SUSANNE ZIEGERT

Der kleine Pferdehof am Deich

SEHNSUCHTSORT AM MEER Nach vielen Jahren kehrt die Berliner Journalistin Lara an den Lieblingsort ihrer Kindheit zurück – den kleinen Pferdehof am Deich. Ihre Großmutter hat ihr den Familiensitz vermacht, jedenfalls die eine Hälfte. Denn es gibt einen zweiten Erben, Pferdetrainer André. Mit der Absicht, den Hof schnellstmöglich zu verkaufen, reist Lara in den Norden. Der attraktive Pferdetrainer ist über ihr Kommen alles andere als erfreut, hat er doch ganz andere Pläne für die Zukunft des Hofs. Beim Zusammensein mit den Pferden, den morgendlichen Ausritten und den rasanten Galoppaden im Watt fühlt sich Lara in die Glücksmomente ihrer Kindheit versetzt. Doch soll sie wirklich ihre erfolgreiche Karriere aufgeben und in Andrés Projekt einsteigen? Spricht sie noch die Sprache der Pferde, so wie früher? Nur wenn sie das Gestüt ein Jahr lang gemeinsam führen, können sie den Hof und die Pferde retten. Wird es ihnen gelingen, die Differenzen zu überwinden?

© privat

Mit 30 Jahren erfüllte sich die Journalistin Susanne Ziegert einen Kindheitstraum und erlernte das Reiten. Kurz darauf entschied sie sich für ihr erstes eigenes Pferd – Haflingerstute Hanna. Aus der Leidenschaft entstand der Wunsch, mit Pferden zu leben. 2019 zog sie mit ihrem Ehemann, zwei Pferden und zwei Eseln in einen alten Bauernhof im Landkreis Cuxhaven. Sie ist als Journalistin und Dolmetscherin für Französisch tätig. Sie liebt das Meer und die grüne Landschaft ihrer neuen Heimat, ganz besonders aber die herzlichen Menschen im Norden und lässt sich hier für ihre Romane inspirieren.

SUSANNE ZIEGERT

Der kleine Pferdehof am Deich

ROMAN

GMEINER

Die automatisierte Analyse des Werkes, um daraus Informationen insbesondere über Muster, Trends und Korrelationen gemäß § 44b UrhG (»Text und Data Mining«) zu gewinnen, ist untersagt.

Immer informiert

Spannung pur – mit unserem Newsletter informieren wir Sie regelmäßig über Wissenswertes aus unserer Bücherwelt.

Gefällt mir!

Facebook: @Gmeiner.Verlag
Instagram: @gmeinerverlag

MIX
Papier | Fördert
gute Waldnutzung
FSC® C083411

Besuchen Sie uns im Internet:
www.gmeiner-verlag.de

© 2024 – Gmeiner-Verlag GmbH
Im Ehnried 5, 88605 Meßkirch
Telefon 0 75 75 / 20 95 - 0
info@gmeiner-verlag.de
Alle Rechte vorbehalten
2. Auflage 2024

Lektorat: Claudia Senghaas, Kirchardt
Herstellung: Mirjam Hecht
Umschlaggestaltung: U.O.R.G. Lutz Eberle, Stuttgart
unter Verwendung der Fotos von: © delphinus12 / istockphoto.com und
ccgocke / stock.adobe.com und auntmasako / Pixabay
und Pawel Kazmierczak / shutterstock.com
Druck: CPI books GmbH, Leck
Printed in Germany
ISBN 978-3-8392-0573-0

KAPITEL 1

Erschrocken löste Lara ihre Arme vom Hals des Ponys und sah durch einen Tränenschleier auf.

»Was tun Sie da?« Vor ihr stand ein hochgewachsener Mann, der mit Jeans und Cowboyhut aussah wie aus der Zigarettenwerbung. Dunkle Locken quollen unter seinem Hut hervor. Sein Gesichtsausdruck wirkte, als würde er gleich den Colt ziehen.

»Das ist mein Pferd.« Sie streichelte ihre Stute an der Stirn, und diese schürzte genussvoll ihre Lippen zu einer Grimasse. Das Fell, der Geruch. Alles war vertraut, obwohl sie 19 Jahre lang nicht mehr hier gewesen war.

Einen Moment hatte sie innegehalten, nachdem sie der Taxifahrer vor dem schmiedeeisernen Tor der Ranch abgesetzt hatte. Es schnürte ihr den Hals zu, als sie das alte Reetdachhaus wiedersah. »786« stand an der Fassade, die »1« von der Jahreszahl war verschwunden.

Mehrere Generationen ihrer Familie hatten ihr Zuhause hier hinter dem Deich gehabt. Es sah genauso aus wie damals. Der Geruch, eine Mischung salzhaltiger Luft mit dem Duft der zahlreichen Rosen und von Lavendel, war so vertraut. Wie ferngesteuert war sie durch die kleine Pforte neben dem Tor geschlüpft. Ihr Koffer holperte über das bucklige Kopfsteinpflaster. Nirgendwo hatte sie so prächtig blühende Rosen gesehen wie hier an der Nordsee. Rote, gelbe und weiße Blütenköpfe reckten sich im Spalier den ganzen Weg entlang bis zum Haupteingang an der Seite, geschützt vor den Herbststürmen.

Genau wie damals in ihrer Kindheit war sie direkt zu den Koppeln marschiert. Die letzten Meter rannte sie, denn sie hatte das hellbraune Kleinpferd mit der blonden Mähne und den ausdrucksvollen dunklen Augen entdeckt. Ihre Hanna. Sie lebte, das hatte sie kaum zu hoffen gewagt.

Die Stute stand mit ihrer Herde auf dem vordersten Paddock. Sie hob den Kopf und schien in Laras Richtung zu sehen. Mit einem leisen Schnauben war das Pferd langsam auf sie zugekommen, dann hatte sie lange an ihrer Hand geschnüffelt. Lara konnte die Tränen, die sich wie eine innere Talsperre angestaut hatten, nicht mehr zurückhalten. Sie hatte ihr Gesicht ins Fell versenkt und den vertrauten Geruch eingesogen. Verstohlen wischte sie mit dem Handrücken über die Augen.

»Das wüsste ich aber. Ich habe Sie hier noch nie gesehen!« Der Mann sah sie prüfend an und strich Hanna über den Hals.

»Ich bin Lara, Johannas Enkelin.«

Er zog seine Hand zurück und musterte sie mit zusammengepressten Lippen. Er hielt es nicht für nötig, sich vorzustellen.

»Und Sie sind?«

Er antwortete nicht, stattdessen ging er in Richtung Reitplatz weiter. Dabei murmelte er: »Das verstehe ich nicht, wie man sein Pferd zurücklässt wie ein Sportgerät, das man nicht mehr braucht.«

Tausende Erwiderungen lagen ihr auf der Zunge, doch die Worte blieben ihr im Hals stecken. Was nahm der Mann sich heraus? Vermutlich war er ein Reitlehrer. Sie sah ihn, wie er mit zwei Reiterinnen und Pferden auf den Reitplatz ging und ihnen Anweisungen zurief. Was war das für ein Akzent?

Ihr Pony stupste sie mit der Nase wieder an, wie um zu sagen »weiterstreicheln«. Schon früher war es ein kleiner Frechdachs.

Am Morgen ihres siebten Geburtstags hatte ihre Großmutter sie mit diesem Blick geweckt, der verriet, dass sie etwas im Schilde führte. Sie hatte es kaum erwarten können, die sieben Kerzen auszupusten. Dann bat Johanna sie, ihr zu den Pferdekoppeln zu folgen. Das neue Pony galoppierte wiehernd über die Wiese und machte wilde Sprünge. Mit einer Möhre hatte sie es angelockt. Vorsichtig hatte es sich ihr genähert, und sie entdeckte die rote Schleife und ein Schild um den Hals. »Willst du mich, Lara?« Die kleine Stute stürzte sich auf die Leckerei und zwickte sie in die Hand.

Sie hörte in Gedanken das vertraute Lachen von Oma Johanna: »Das ist dein erstes eigenes Pferd, erziehen darfst du den Frechdachs selber.« Sie war vor Freude auf und ab gehüpft. Heute musste ihre Hanna etwa Mitte 20 sein. Das Gesicht war schmaler, sie hatte einen kleinen Bauch bekommen, aber vor ihr stand unverkennbar Hanna. Nur der unverschämte Cowboy trübte die Freude. Er hatte keine Ahnung, was in ihrem Leben vorgefallen war, und maßte sich an, ihr Verhalten zu beurteilen. Sie verabscheute Menschen, die anderen ungefragt Lektionen erteilten.

Sie schluckte und ging auf das alte Fachwerkhaus mit dem Reetdach zu. Dieses Haus strahlte noch immer Behaglichkeit aus. Wie gerne war sie als Kind hier zu Besuch gewesen, doch das war lange her. Nun stand sie wieder vor der dunkelgrünen Holztür, und während ihr ein Kloß im Hals saß, wühlte sie in ihrer Tasche, um den Schlüssel zu finden. Erhalten hatte sie diesen zusammen mit dem Schreiben des Notars. Unter ihrem Portemonnaie, Taschentüchern, dem Handy und ihrem Kalender fand sie das kleine Ledertäschchen. Sie knetete es lange in der Hand, bevor sie den Schlüssel ins Schloss steckte. Was würde sie in dem alten Haus vorfinden? Als sie die Tür berührte, sprang diese auf. Es war nicht abgeschlossen. Lara zögerte, ihr war so, als tue sie etwas Verbotenes, und sie versicherte sich, dass sie den Brief in der Tasche hatte. Zögernd setzte sie den Fuß über die Schwelle. Hinter der Tür befand sich ein kleiner Vorraum als Windschutz mit einer Garderobe. Dort hing ein blauer Reitmantel, wie ihn ihre Großmutter immer getragen hatte, daneben standen Reitstiefel. Waren es noch die von ihrer Oma? Hinter dem Eingangsbereich öffnete sich ein hoher Raum mit mächtigen Deckenbalken und einem Treppenaufgang. Hier hatte zu Weihnachten immer die prächtig geschmückte Tanne gestanden, ein riesengroßes Exemplar, und im Kamin mit den Holzschnitzereien dahinter flackerte damals ein wärmendes Feuer. Von der zentralen Diele gingen die Zimmer ab, und auf der einen Seite führte eine breite Treppe in den ersten Stock. Ein Geruch von Holzfeuer lag in der Luft, sie meinte, den Bratapfelgeruch wahrzunehmen. Oder spielte ihr die Sehnsucht einen Streich? Lara schien es, als hätte sie das Haus gestern erst verlassen. Sie sah sich eine Fotowand neben der Sitzgruppe vor dem Feuerplatz an und entdeckte ein Bild von sich und ihrem Pony Hanna im Watt. Sie erinnerte sich genau an diesen Tag, es war der letzte Sommer, den sie mit ihrem Pferd verbringen durfte, sie war damals elf

Jahre alt. Als unzertrennliches Gespann waren sie in den Ferien unterwegs, schwammen in der Nordsee oder lernten gemeinsam Kunststücke. Es war die glücklichste Zeit in ihrem Leben. Sie ging weiter durch das Haus bis zur gemütlichen Wohnküche. Es duftete nach Keksen, wie sie ihre Oma immer gebacken hatte. Fast meinte sie, Johanna am Herd zu sehen, doch der Raum war leer.

Auf der Sitzbank am großen runden Holztisch nahm sie Platz. Dort kamen die Familie, Mitarbeiter und Besucher zusammen, es ging laut und fröhlich her. Jetzt saß sie allein hier, und ihre Kehle schnürte sich zusammen, die Erinnerungen hatten sie einfach überwältigt. Vor 19 Jahren hatte dieses unbeschwerte Leben mit den Pferden – zumindest für Lara – geendet. Sie versuchte, die aufsteigenden Tränen mit dem Handrücken wegzuwischen, als die Tür aufging und eine ältere Frau mit forschem Schritt in die Küche trat. Laras Blick fiel auf die blinkenden Turnschuhe, die bei der mindestens 70 Jahre alten Frau mit dem weißen Bob ungewöhnlich wirkten. Bei ihrem Anblick blieb die Besucherin wie angewurzelt stehen: »Lara?«

Die Stimme war ihr vertraut, trotz der Falten und der weißen Haare. Tante Else! Die Nachbarin und damals beste Freundin ihrer Großmutter. Sie stürzte zu ihr und umarmte sie vorsichtig, um sie nicht aus dem Gleichgewicht zu bringen. Else drückte sie an sich und hielt Lara eine Armlänge von sich, um sie besser betrachten zu können. »Mädchen, warum kommst du jetzt erst, Johanna hat dich so vermisst.«

Lara war verwirrt. Denn Oma Johanna hatte sich nach dem einen grauenvollen Tag, den sie am liebsten aus dem Gedächtnis radieren würde, nie wieder gemeldet. Manchmal hatte sie sich gefragt, was sie falsch gemacht hatte. Als

Kind hatte sie nicht die Möglichkeit, einfach in den Zug zu steigen. Damals gab es noch keine Handys. Sie hatte einmal versucht, ihre Großmutter anzurufen, doch die hatte aufgelegt. Lara hatte immer gehofft, dass ihre Oma ihre Meinung irgendwann ändern würde.

»Die interessiert sich doch nur für ihre Gäule«, hatte ihre Mutter behauptet. Sie hatte sich nicht mehr getraut, ihre Mutter darauf anzusprechen, da diese dann entweder wütend oder sehr traurig wurde. »Das hätte sie doch nicht gewollt«, ging sie auf Elses Frage ein. Die drückte sie noch fester an sich. »Eine wunderschöne junge Frau bist du. Schade, dass sie dich nicht mehr sehen kann!«

»Wie lange bleibst du?«, wollte Else wissen, während sie den schweren Wasserkessel füllte und auf den Herd setzte. Das altmodische Gefäß erinnerte Lara an Johanna, die sich geweigert hatte, einen elektrischen Kocher zu benutzen. »Trink erst einmal einen warmen Tee!«

Das hatte Johanna immer gesagt, wenn sie traurig war.

Lara fummelte in ihrer Tasche und zog das Schreiben des Notars heraus, wegen dem sie an die Nordsee gekommen war. Es ging um die Testamentseröffnung für die Ranch.

»Ich habe morgen diesen Termin. Ich sollte unbedingt persönlich kommen.« Mit dem Schreiben hatte sie vom Tod ihrer Großmutter erfahren und das Datum des Notartermins. Außerdem lag das Kaufangebot einer Hotelkette für das Grundstück bei – dadurch könnte sie das Ganze schnell hinter sich bringen. Das Notariat hatte auf ihrer Anwesenheit bestanden. Sie war überrascht gewesen, dass ihre Großmutter sie überhaupt in ihrem Testament bedacht hatte. Denn Lara hatte mit all dem abgeschlossen. Niemals zurücksehen. Diese Erinnerungen belasteten sie nur. Da sämtliche Hotels und Gästezimmer ausgebucht waren, hatte Lara beschlossen, wie in dem Schreiben vorgeschlagen, im Haus zu übernachten. Das vertraute Pfeifen des Kessels unterbrach ihre Gedanken.

Else nahm die Keramikkanne mit dem Blumenmuster aus dem Regal, füllte das Teeei und ließ das Wasser von weit oben in die Kanne fließen, damit es ein wenig abkühlte. Sie stellte die Eieruhr auf den Tisch, Kandiszucker und Sahne. Nach exakt 4,5 Minuten nickte sie Lara zu und sie füllte das dampfende Getränk in die Tassen. Aus der grünen Tür, hinter der sich die Speisekammer verbarg, brachte sie die vertraute Keksdose. Lara kostete vorsichtig von dem selbst gebackenen Butterkeks, wieder spürte sie den Schmerz aufsteigen, so mächtig kamen die Erinnerungen zurück. Sie kämpfte die Tränen nieder und konzentrierte sich auf das Gebäck. Niemand konnte diese Kekse so backen wie Oma Johanna. Else ging wieder zur Kammer, kippte einen kleinen Schuss aus einer Flasche in Laras Tasse. »Das kannst du gebrauchen.«

Lara schloss die Augen und trank die wärmende Flüssigkeit.

Dann flog die Tür auf, und der Cowboy trat ein, begrüßte Else, musterte Lara kurz und setzte sich mit dem Rücken an die Tür, so weit wie möglich von ihr entfernt. Er beachtete sie nicht, bedankte sich für die angebotene Tasse Tee und trank in kleinen Schlucken.

»Lara, kennst du schon André Rivière, Johannas Partner?« Sie nickte und verkniff sich ein »leider.« Der Mann schien sie ebenso wenig zu mögen.

Er nickte kurz und sah missmutig in ihre Richtung: »Wie stellen Sie sich das vor? Sie verkaufen das alles hier und dann sind Sie wieder weg?«

Sie sah Hilfe suchend zu Else, die sich neben sie gesetzt hatte und das Geschirr auf dem Tisch zurechtrückte.

»Ich bin erfolgreiche Journalistin in Berlin, was sollte ich hier? Ich kann doch mein Leben nicht wegwerfen.«

Sie ahnte, dass Else enttäuscht sein würde, doch sie wollte keine falschen Hoffnungen wecken.

»Genau, was hätten Sie hier tun sollen, außer eine schwerkranke Großmutter und ein altes Pony zu besuchen?« Er spie die Worte aus. Seine Augen hatten einen harten Glanz angenommen. »Ich kann leider mit einem Investor nicht mithalten, ich habe mit Johanna diesen Betrieb aufgebaut. Ein Paradies für die Pferde und die Menschen. Aber das wird Ihnen genauso gleichgültig sein wie Ihre Großmutter und Ihr Pferd.« Er knallte seine Tasse auf den Tisch. »Ich muss die Tiere versorgen.«

Lara blieb der Mund offen stehen. Ehe sie sich eine scharfe Erwiderung zurechtgelegt hatte, war er schon draußen.

»Er meint das nicht so«, beschwichtigte Else, als er aus der Tür war. Sie legte ihre Hand tröstend auf Laras Arm. »Sie hat mich vergessen. Und sie hätte mir ja sagen können, dass sie schwer krank ist«, schluchzte Lara an der Schulter der alten Frau. Else nickte beruhigend. »Johanna war stolz auf dich, sie hat immer verfolgt, was du tust, und mir Artikel von dir vorgelesen. Die hat sie alle ausgeschnitten und aufgeklebt.«

Jetzt brachen die Tränen heftiger aus ihr heraus. Denn eigentlich kam der Brief aus Cuxhaven wie gerufen. Sie hatte zu Hause gesessen, nachdem sie gleichzeitig ihren Job und die Liebe ihres Lebens verloren hatte. Sie war froh über diese Abwechslung, denn als der Brief eintraf, hatte sie gerade mitten am Tag eine Flasche Wein geleert, um den Frust und die Sorgen zu betäuben. Davor hatte sie überschlagen, wie lange sie die Wohnung aus ihren Ersparnissen finanzieren könnte. Ein halbes Jahr würde sie das schaffen, aber dann? Sie war froh um den Ortswechsel. Sie würde hier die Formalitäten abwickeln und nach ihrer Rückkehr eine Lösung finden. Sie hatte immer ihr Leben aus eigener Kraft in den Griff bekommen, und das würde sie wieder schaffen.

Jetzt wollte sie sich um ihre Stute Hanna kümmern. Dieser Cowboy sollte ihr nicht vorwerfen können, dass sie lieber Tee trank, statt ihr Pferd zu versorgen. Sie ging über den gepflasterten Hof zur Scheune, wo sich die Futterkammer in einem Anbau befand. Wie früher standen Tonnen mit Futter auf wandhohen Regalen. An der anderen Wand entdeckte sie die mit den Pferdenamen beschrifteten Eimer. Eine Liste in Johannas Schrift an der Tür führte die Pferde und ihre jeweiligen Rationen und Medikamentengaben auf. Dieses System kannte sie noch, doch sie wusste nicht, ob André ihr Pony schon versorgt hatte. Sie fand ihn im Hof, wo er drei Pferde angebunden hatte, die ihre Portionen malmten.

»Soll ich Hanna füttern?«

Er blickte auf und zuckte die Schultern.

»Meinetwegen, aber nicht die Medikamente vergessen.«

Sie bereitete Hannas Eimer mit etwas Mineralfutter vor und ging zum Paddock. Der kleine Frechdachs schnüffelte an ihrer Tasche. Sie brachte die Stute in den Hof und stellte sie neben die anderen Pferde. Als Hanna genussvoll den letzten Krümel verschlungen hatte und sie das Pferd zurückgebracht hatte, folgte sie dem Cowboy und verteilte mit ihm die übrigen Eimer. »Ich bin André«, er reichte ihr die Hand und sah friedlicher aus. Der Akzent erinnerte sie an eine Freundin aus Frankreich. Ob er auch Franzose war? Sie traute sich nicht, ihm persönliche Fragen über seine Herkunft zu stellen. Ob er im Haus lebte?

Als hätte er ihre Gedanken erraten, deutete er auf das alte Backhaus, einen verwunschenen Ziegelbau hinter dem Haupthaus. »Dort wohne ich mit meiner schwer kranken Mutter und meiner Verlobten Rosalia. Wir sind wegen des Seeklimas gekommen.«

Lara überlegte. Das Häuschen hatte damals leer gestanden, und sie hatte es nur als Ruine mit kaputten Fenstern in Erinnerung. »Da haben wir oft gespielt. Seit wann wohnt ihr hier?«

»Schon 14 Jahre, und wir hatten nicht die Absicht, wieder wegzuziehen. Johanna ist viel zu früh gestorben.« Seine Augen schimmerten feucht.

Lara bekam Gewissensbisse, doch sie beschwichtigte ihn. »Wir finden eine Lösung, wenn das verkauft wird, gibt es ja auf jeden Fall eine Abfindung«, versprach sie. Sie hatte keine Ahnung, ob sie etwas von Johanna erben würde. Das Ganze katapultierte sie nur zurück in die Vergangenheit. Es wäre wohl am besten, das Erbe auszuschlagen. Sie musste ihren Gedanken laut ausgesprochen haben, denn der Cowboy sah alarmiert aus.

Er runzelte die Stirn, deutete auf die Paddocks und das Backhaus. »Und was wird aus den Pferden? Wenn Ihre Stute Hanna zum Schlachter muss, ist Ihnen das vermutlich egal. Aber mir nicht! Und meine Mutter ist schwer krank, so ein Umzug wäre lebensgefährlich.«

Verdattert stand sie da. Sie hatte versöhnliche Worte gewählt, bei ihm jedoch das Gegenteil erreicht. Er hatte die Pferde am Strick genommen. »Den Rest schaffe ich alleine«, erklärte er schroff und bedachte sie mit einem finsteren Blick. Er brachte die Tiere zurück zu ihren Paddocks und ließ Lara stehen.

Wieder hatte er sie mit Vorwürfen bombardiert, dabei kannte er ihre Vorgeschichte überhaupt nicht. Sie würde sich die Testamentseröffnung beim Notar am nächsten Morgen anhören und dann so schnell wie möglich wieder in ihr altes Leben zurückkehren. Falls sie etwas erben sollte, konnte das der Notar regeln. Keine Sekunde nach dem Termin würde sie im Taxi zum Bahnhof sitzen. Morgen um diese Zeit würde sie schon längst wieder im Zug nach Berlin fahren. Zögernd lief Lara in Richtung des Hauses. Diese eine Nacht musste sie unter Johannas Dach schlafen, so schwer ihr das fiel.

KAPITEL 2

Sie hatte damit gerechnet, dass sie kein Auge schließen würde. Aber die Nordseeluft hatte Lara geschafft, schon damals als Kind hatte sie immer geschlafen wie ein Stein. Früh am Morgen war sie voller Energie aufgewacht und hatte aus dem Fenster in die Dämmerung geschaut. Die ersten spärlichen Sonnenstrahlen erleuchteten den wattigen Morgennebel über dem satten Grün der Weiden. Sie hatte dem Drang nicht widerstehen können und war in den Stall gegangen. Sie lächelte bei der Erinnerung an früher. Sie war oft im Schlafanzug zu ihren Lieblingen gelaufen, wenn Johanna noch nicht aufgestanden war. Einige Pferde schliefen liegend, andere standen wachend neben ihnen. Von den Schritten schreckten sie auf, blickten aufmerksam in ihre Richtung. Hanna sprang auf und lief ihr entgegen, stupste sie auffordernd in die Seite. Das hatte sie damals auch immer getan. Lara überkam eine unbändige Lust, endlich wieder im Sattel zu sitzen. Der Cowboy würde ihr vermutlich Vorhaltungen machen, weil sie nach vielen Jahren einfach in den Stall ging und ihr Pferd nahm. Aber sie hatte nur diesen einen Tag nach all den Jahren. Im Gedenken an ihre Kinderzeit auf der Ranch würde sie es einfach tun, ohne irgendjemanden um Erlaubnis zu fragen, auch wenn das vollkommen unvernünftig war. In der Kammer in der Scheune fand sie den Sattel, in dem sie früher so viele glückliche Momente verbracht hatte. Sie bürstete ihr Pferd und legte die Ausrüstung an. Auf dem Reitplatz stieg sie auf und begann langsam im Schritt zu reiten. Ihr Körper folgte den wiegenden Bewegungen ihres Pferdes, die frühere Harmonie stellte sich nach einigen Runden ein, ein Glücksgefühl durchströmte sie. »Was meinst du, Süße, wollen wir?«, fragte Lara die Stute. Diese lief hurtig voran und gab ein munteres Schnauben von sich.

»Also ja?« Lara öffnete vom Pferd aus das Gatter und ritt durch das Außentor der Ranch. Gegenüber führte ein Feldweg auf einen alten Deich, dem sie folgte, während sich ein glutroter schmaler Streifen am Horizont abzeichnete. Kurz sah sie auf. Diese Weite! Wie hatte sie diese Landschaft vermisst. Takatak – bewegten sie sich im gemütlichen Schritttempo voran.

Über einen weiteren ungepflasterten Weg am Rande eines Maisfelds kam sie an den hohen vordersten Deich, den sie an einem Übergang überquerten, um ans Ufer der Nordsee zu kommen. Am Grasstrand sattelte sie ab und setzte sich neben Hanna, die gierig tiefgrüne Büschel Gras zupfte. Sie sah zu, wie sich die Haufenwolken über dem Meer rötlich färbten. Die Sonne erschien wie ein Ball, tänzelte mit ihren Strahlen auf der Meeresoberfläche, ließ ihr Rot immer weiter über den Himmel laufen, bis dieser in Flammen stand. Sie atmete die salzgetränkte Luft ein, um neue Kräfte zu sammeln. Dieser Tag würde ihr einiges abverlangen, die Erinnerungen übermannten sie. Jahrelang hatte sie versucht, mit der Vergangenheit abzuschließen.

»Auf geht's«, forderte sie ihr Pony auf, stieg wieder in den Sattel und ritt gemütlich am alten Deich zurück zur Ranch. Bei Elses gelbem Haus bog sie in einen kleinen Stichweg ein. Im Garten blitzte etwas auf. Else war schon so früh am Morgen dabei, Näpfe für eine ganze Schar von Katzen zu verteilen.

»Du warst ja lange nicht hier, meine Schöne«, hörte sie. Offenbar meinte sie eine Katze. Else zuckte bei Laras »Guten Morgen« zusammen. Sie hatte sie offenbar nicht kommen gehört.

»Ihr beiden! Mit euch hätte ich so früh nicht gerechnet. Möchtest du einen Tee?« Lächelnd war die Nachbarin zu ihnen getreten und reckte Hanna ein paar Löwenzahnblätter über den Zaun.

»Ich muss leider nach Hause. Heute ist doch der Notartermin und ich muss noch das Taxi bestellen«, bedauerte Lara. Hatte sie »nach Hause« gesagt? Sie wunderte sich über sich selbst.

»Da bist du spät dran, unser Herr Meier ist über Wochen ausgebucht. Nimm doch den Käfer«, schlug die alte Dame vor.

Wenn sie den Wagen nahm, musste sie ihn auch zurückbringen, aber nichts sprach dagegen, einen Zug später nach Berlin zu nehmen. »Danke, sehr gerne.«

Hanna war schon weitergelaufen, und sie musste ihren Kopf nach hinten drehen, um zu antworten. Auf dem Heimweg wurde sie schon damals schneller. Sie ließ die Zügel lang und trabte bis zur Ranch. Noch immer war niemand zu sehen. Nachdem sie Hanna ihre Schüssel serviert und das Pony wieder auf die Weide gebracht hatte, ging sie zurück zum Haus. Einen Moment Ruhe brauchte sie, dann musste sie sich für den Termin beim Notar vorbereiten. Sie wählte einen dunklen Hosenanzug und eine helle Bluse, tuschte ihre Wimpern.

Sie ging zu ihrer Nachbarin und sah sich den Wagen in der Garage an. Als sie pustete, kam ihr eine ganze Staubwolke entgegen. Das Auto war schon seit Langem nicht mehr im Einsatz.

»Das geht immer, ist einfach unverwüstlich«, beruhigte Else. Sie versuchte einzusteigen, ohne den gesamten Schmutz mitzunehmen, und stellte dann ihren Sitz ein.

Zum Glück besaß die Rostlaube eine normale Gangschaltung, sie hatte aber den Eindruck, dass jedes Teil an dem Auto klapperte. Erleichtert atmete Lara auf, als sie am Ende der schmalen Straße hinter dem Deich in Richtung Cuxhaven abbog. Nach einer halben Stunde war sie an der Adresse und parkte.

Der Notar hatte seinen Sitz in einer Villa gegenüber dem Schloss Ritzebüttel. Sie wurde in einen Sitzungsraum mit deckenhohen Regalen voller Fachliteratur und einem länglichen Glastisch in der Mitte gebeten. Der Blick aus dem Fenster fiel direkt auf das Schloss, das auf einer Anhöhe gegenüber thronte. Ein korpulenter Herr mit dunklem Anzug und Fliege hielt ihr höflich die Tür auf. Von seinem rötlichen Gesicht perlte Schweiß, den er mit einem großen Taschentuch abwischte.

Überrascht sah sie, dass bereits jemand am Tisch saß. Fast hätte sie ihn ohne Cowboyhut mit seinen lockigen Haaren nicht erkannt. Der Reitlehrer André trug einen dunklen Anzug mit weißem Leinenhemd. Es stand ihm. Nur kurz sah er von seinem Magazin auf, als sie eintrat, und nickte fast unmerklich. Dann las er weiter.

Warum waren sie beide eingeladen? Das war Lara ein Rätsel. Der Notar nahm ächzend an der Stirnseite Platz und bat Lara, sich zu setzen. Er stellte sich als »Doktor Harry Rickmer« vor.

»Das ist das merkwürdigste Testament, das ich im Lauf des Berufslebens gesehen habe. Wenn Johanna nicht eine meiner besten Freundinnen gewesen wäre, hätte ich das zurückgewiesen. Auf fachlichen Rat hat sie gepfiffen.« Sein Mund verzog sich zu einem schiefen Lächeln, er wischte seine Stirn erneut ab.

Die Vorzimmerdame erschien mit einem Tablett und bot ihnen Getränke an. Lara hatte das Gefühl, dass ihr Puls raste. Sie hatte um einen Früchtetee gebeten. Ihre Hand zitterte so, dass sie die Tasse lieber stehen ließ. All die Jahre hatte sie nichts von Johanna gehört. Und nun hatte ihre Großmutter sie im Testament erwähnt. Warum meldete sie sich posthum, als es zu spät war? Der Notar hatte die Mappe vor sich geöffnet. Dann sah er Lara und André nacheinander an. »Können wir anfangen, oder gibt es vorab irgendwelche Fragen?« Da beide den Kopf schüttelten, begann er zu lesen.

»Ich, Johanna Kolberg, vererbe die Nordseeranch inklusive aller Pferde und des Inventars sowie das Vermögen jeweils zur Hälfte meiner Enkelin Lara und meinem langjährigen Partner André Rivière.«

Er sah sie prüfend an, um sicherzustellen, dass sie seine Worte verstanden hatten. Dann senkte er wieder den Kopf und las weiter.

»Für die Übertragung der Ranch an meine Erben müssen diese folgende Bedingungen erfüllen: Beide Parteien führen den Reiterhof gemeinsam für ein Jahr erfolgreich. Alle Tiere bleiben auf dem Hof. Das Konzept des gewaltfreien Umgangs wird fortgeführt.«

»Wie bitte?«, fragte Lara perplex.

Doktor Rickmer nestelte das Stofftuch aus seiner Tasche und betupfte sich die Stirn. »Sie dürfen gerne am Ende Fragen stellen, wenn etwas unklar ist. Jetzt kommt eine wichtige Passage.« Lara schreckte hoch, was kam da noch? Ihre Gedanken fuhren Karussell, sie versuchte, das Gehörte zu verarbeiten.

Der Notar schwieg und drehte seinen Kugelschreiber in der Hand. »Kann ich weitermachen?« Sie signalisierte durch ein Nicken, dass sie bereit war, und er las weiter aus dem Testament vor. »Wenn das gelingt, geht mein Besitz zu gleichen Teilen an die zwei Erben über. Falls die beiden sich gegen diesen letzten Wunsch entscheiden oder es nicht schaffen, den Hof gemeinsam ein Jahr lang weiterzuführen, erhält die *Tierglück-Stiftung* Hof und Vermögen. Es besteht die Auflage, allen Pferden auf dem Hof einen angenehmen Ruhestand zu sichern. Meine Lieben, ich wünsche euch ein gutes Gelingen. Eure Johanna und Großmutter.«

Lara fragte sich, ob sie richtig gehört hatte oder ob sie gerade aus einem Traum aufgewacht war. Einem Albtraum, genauer gesagt. Was hatte Oma Johanna sich nur für einen Unfug ausgedacht! Das konnte nicht ihr Ernst sein! War sie am Ende nicht mehr bei Trost gewesen? Die andere Möglichkeit war, dass sie das alles bei klarem Verstand geplant hatte. Das schien Lara ebenso wenig zu gefallen. Warum wollte Johanna sie nach Jahren des Schweigens manipulieren und so in ihr Leben eingreifen?

André riss sie aus ihren Gedanken. »Nicht mit mir! Was soll der Blödsinn?« Er war aufgestanden und hätte beinahe den Stuhl umgerissen.

Lara stand ebenfalls auf: »Nein, vielen Dank. Das Spiel läuft ohne mich.«

Der Notar machte eine beschwichtigende Geste und entnahm der Mappe zwei Briefumschläge, er hielt ihr den einen und André den anderen hin. »Johanna hat diese Briefe hinterlassen. Ich bin mir sicher, sie wünschte nur das Beste für den Hof und Sie beide. Und bedenken Sie, es war ihr letzter Wille.«

Mit widerwilligem Gesichtsausdruck nahm André sein Schreiben entgegen. Der Notar hatte sich erhoben, während Lara wie unter Schock sitzen geblieben war. Er schob ihr den Umschlag über den Tisch.

»Sie haben eine Woche Zeit für Ihre Entscheidung«, wandte er sich nochmals an sie. Dann mussten sie erneut persönlich beim Notar erscheinen, um das Erbe anzunehmen oder auszuschlagen.

Lara schüttelte den Kopf. »Das ist völlig unmöglich, ich habe ein Leben in Berlin und kann nicht ein Jahr Bäuerin spielen. Dann bin ich raus.« Sie würde zumindest schnell eine neue Stelle finden, da war sie sicher. Aber das ging diesen Cowboy nichts an. Sie nickte kurz und wandte sich zur Tür. »Tut mir leid«, sagte sie in Richtung André.

»Das war ja klar«, entgegnete der Cowboy und schüttelte den Kopf.

»Spielen Sie nicht die gekränkte Eitelkeit. Sie haben zuerst abgesagt«, verabschiedete sie sich wütend. Sie verließ die Kanzlei und stieg in den klapprigen Käfer. Erstaunlicherweise sprang er auch dieses Mal ohne Probleme an, sie fuhr zurück und stellte den Wagen in die Garage.

Sie würde ihre Taschen packen, abreisen und keinen Gedanken mehr an Johanna und ihre Ranch verschwenden. Ihre Sachen hatte sie schnell eingesammelt. Ohne Abschied von Else wollte sie nicht nach Berlin zurückfahren. Auf dem Weg zu ihrem Haus schaute sie nicht nach rechts oder links. Möglichst bald alles hinter sich lassen. Lächelnd öffnete die alte Dame die Tür und bat Lara, ihr zu folgen. Das Haus sah anders aus, als sie es in Erinnerung hatte. Die Wohnung war lichtdurchflutet und sparsam möbliert. Sie gingen in einen verglasten Wintergarten, der einer blühenden Oase glich. Orangenbäume und Oleander umrahmten den gedeckten Tisch.

»Setz dich«, bat Else und hob zwei Kätzchen von ihrem Stuhl.

»Das sind meine Findelkinder. Ich habe sie in einem Karton am Straßenrand entdeckt. Sie hätten den Winter nicht überstanden.« Else kam aus der Küche mit einer Torte, die wieder Erinnerungen weckte.

»Rhabarber-Baiser-Torte? Die habe ich ewig nicht gegessen.«

»Die habe ich extra gebacken. Erzähl doch mal, wie der Termin gelaufen ist«, bat Else, nachdem sie ihr ein riesiges Stück auf den Teller gelegt und Tee eingeschenkt hatte.

Else nickte nach Laras Bericht.

»Ich habe erwartet, dass du so reagierst. Das war keine gute Idee von Johanna.«

Lara war nicht überrascht, dass Else in die Pläne eingeweiht war. Die beiden Frauen hatten ein enges Verhältnis gehabt, fast als wären sie Schwestern. Sie war erleichtert, dass Else sie nicht verurteilte.

»Und du fährst wieder?«, fragte sie nur. Lara nickte, obwohl sie gerne noch mehr Zeit mit Else verbracht hätte. Mit der Rückkehr an die Nordsee kamen all diese Fragen zurück, auf die sie keine Antwort hatte. Es quälte sie – und die Menschen, die ihr etwas darüber hätten sagen können, waren tot.

»Diese Torte ist ein Gedicht«, lobte sie. Else schob ihr ein weiteres Stück zu. Sie würde die nächsten Mahlzeiten auslassen.

»Hast du Uli wiedergesehen? Sie hat die Praxis von Doktor März übernommen.«

Lara machte große Augen. Das hätte sie von ihrer Kindheitsfreundin nicht erwartet.

»Sie ist Ärztin geworden?«

»Ja, eine hervorragende. Sie hat sich um Johanna gekümmert. Sie redet oft von dir, vielleicht kannst du ja auf dem Weg kurz vorbeischauen.«

Lara nickte, dann drückte sie die zerbrechliche alte Frau vorsichtig. Else war damals für sie wie ein Familienmitglied, das immer ein offenes Ohr hatte und manchmal vermittelnd auf ihre Großmutter einwirkte. Sie ging aus der Tür und schlug den Weg über den alten Deich ein, den sie am Morgen mit Hanna entlanggeritten war. Sie kannte die Praxis, mal hatte sie sich den Fuß verstaucht, einen Zeh von einem Pferdetritt gebrochen und einmal ihr Schlüsselbein verletzt. Sie staunte, dass Uli die Stelle des alten Landarztes eingenommen hatte.

Uli war damals ihre beste Freundin. Oft hatten sie auf dem Heuboden über dem Pferdestall gesessen und sich Geschichten erzählt. Tagsüber waren sie mit den Pferden unterwegs. Uli schwang sich, ohne mit der Wimper zu zucken, auf den wilden Hengst und lachte nur, wenn er sie abwarf. Für Lara war ihre Freundin immer eine zweite Pippi Langstrumpf. Wann immer sie die Bücher las, hatte sie die unerschrockene und schlagfertige Uli vor Augen. Nach einer Viertelstunde Fußmarsch war sie an dem rot geklinkerten Zweifamilienhaus direkt am vorderen Deich an der Nordsee angekommen.

»Doktor Ulrike Meyer. Internistin und Hausärztin«, stand auf einem Messingschild am Haus. Wie würde Uli reagieren, nach all den Jahren? Lara trat unschlüssig vor dem Eingang von einem Fuß auf den anderen. Es war Mittagspause. Sollte sie klingeln oder wieder gehen? Sie hatte sich für Letzteres entschieden, da flog die Tür auf, und Uli stand ihr sprachlos gegenüber. Sie öffnete den Mund und schloss ihn wieder.

Uli sah genauso aus wie damals, nur dass ihre roten drahtigen Haare nicht zu Zöpfen geflochten waren. Ein eleganter Pagenschnitt umrahmte ihr Gesicht. Sommersprossen bedeckten ihre Nase genau wie damals. Was, wenn die Freundin sie nach so vielen Jahren nicht erkannte, sich gar nicht an diese Zeit erinnerte. Ein wenig bang musterte sie die junge Frau. Doch ihre Bedenken waren unbegründet.

»Lara, bist du es wirklich?« Uli erkannte sie, ohne zu zögern. Sie strahlte sie an und umarmte Lara stürmisch. »Ich habe dich so vermisst all die Jahre. Lebst du jetzt wieder hier?«

Lara schüttelte bedauernd den Kopf. »Ich muss zurück nach Berlin. Aber komm mich doch besuchen.«

»Schade, aber lass uns zusammen mittagessen. Ich habe einen Mordshunger.« Lara lächelte, das hatte Uli früher schon immer gesagt. Sie gingen zur *Hafenschänke* im kleinen Kutterhafen vor dem Deich. Sie musterte sie von der Seite. »Journalistin in Berlin? Du musst mir alles erzählen!«

Die Kutterfischer waren von ihren Touren zurück und luden Kisten mit frischem Fisch und Krabben aus. Der Himmel hatte sich verdunkelt, bedrohlich peitschten hohe Wellen der aufgewühlten See ans Ufer, die Gicht spritzte fast bis zu ihnen. Schnell schlüpften sie in die Tür der *Hafenschänke* in dem kleinen roten Häuschen am Deich. Es roch nach Holz, im Kamin flackerte ein Feuer. Im Gastraum mit den Fischernetzen an den dunkel getäfelten Wänden schien die Zeit stehen geblieben zu sein. Sogar die Seebären am Tresen sahen aus wie früher, vermutlich waren es mittlerweile ihre Söhne.

Lara berichtete über den Termin beim Notar, und Uli hörte aufmerksam zu. Die kleine Falte zwischen ihren Augenbrauen wurde tiefer. »Bist du glücklich in Berlin?«

Sie musterte sie forschend mit ihren blassblauen Augen, und Lara hatte wieder das Gefühl, dass die Freundin ihr in die Seele schaute. »Ja, doch«, druckste sie zögerlich. Uli hatte eine Augenbraue nach oben gezogen. Zum Glück bohrte sie nicht weiter. Am Tresen war es laut geworden, hektisch räumte der Kellner die Stühle vor dem Haus weg. Der Wind trieb die Plastikkästen der Fischer über den Kai. Während des Essens berichtete Uli, wie es sie von Göttingen nach dem Studium zurück in die Heimat verschlagen hatte. Es war so ein vertrautes Gefühl, hier mit Uli zu sitzen. Nach 19 Jahren. Das hätte Lara nicht erwartet. Sie sprang auf, als sie einen Blick auf die Uhr am Tresen warf. »Meine Güte, ich muss doch zum Zug!«

»Das würde ich nicht tun«, warnte die Bedienung, als sich Lara und Uli zum Ausgang begaben. Die Tür wurde von einem Windstoß erfasst und schloss sich mit einem Knall, der den Raum erschütterte. Vor dem Fenster krachte eine schwere Werbewand direkt neben dem Restaurant zu Boden. Das war kein laues Lüftchen, sondern ein ausgewachsener Nordseesturm. Sie waren gefangen. Uli sagte per Telefon ihre Sprechstunde ab, vermutlich wären bei dem Unwetter ohnehin keine Patienten gekommen.

Dann setzten sie sich wieder und bestellten einen Grog. Nachdem Lara diesen hinuntergestürzt hatte, sah Uli sie mit ihrem Röntgenblick an. »Jetzt sagst du mir mal, wo der Schuh drückt.« Lara erzählte ihr von dem

Zeitungsartikel über den Korruptionsskandal, der sie den Job gekostet hatte. Bis dahin war sie in ihrem Beruf anerkannt gewesen, hatte Preise gewonnen. »Eine Kollegin hatte mir den Informanten vermittelt, das war alles schon geklärt. Deshalb habe ich es nicht so gründlich geprüft wie üblich. Doch das Ganze war erfunden, ich bin benutzt worden.«

Der Senator, um den es ging, hatte den Verlag verklagt. Daraufhin hatte die Rechtsabteilung die Unterlagen geprüft, von dem angeblichen Interviewpartner gab es keine Spur mehr. Er meldete sich weder am Handy noch antwortete er auf Mails. Unter dem Namen und der Adresse, die er Lara gegeben hatte, war niemand gemeldet, auf den die Personenbeschreibung zutraf. Sie war einem Betrüger aufgesessen. Im Zuge der Aufdeckung hatte sie sich oft mit Lars, ihrem Verlobten, gestritten. Sie schrien sich dauernd an. Er hatte kein Verständnis für ihre Fehler gezeigt – und wurde zu ihrem härtesten Kritiker.

»Du musst wissen, dass er der Sohn des Verlegers ist und die Firma eines Tages übernimmt. Leider hat der ganze Vorgang mit der Klage die aktuelle Krise in der Zeitung verschärft«, fasste sie zusammen.

Ihre Kindheitsfreundin hatte beruhigend den Arm um sie gelegt. »Und was ist das für eine Kollegin, die dir das eingebrockt hat?«

»Das ist Stella, eine erfahrene Reporterin, die ich immer bewundert habe. Sie hat mir das Thema übergeben, da sie eine Auszeit nehmen wollte. Sie hat das nicht mit Absicht getan«, erklärte Lara. Andererseits hatte die Kollegin sie nicht verteidigt, ohne ihre Empfehlung hätte Lara anders gearbeitet. Nur die wenigsten Menschen hatten Rückgrat, wenn sie um den eigenen Arbeitsplatz bangen mussten.

»Noch mal dasselbe«, rief Uli in Richtung Tresen und hielt die Finger hoch. Draußen wütete der Orkan. Es war unmöglich, einen Fuß vor die Tür zu setzen. Sie sahen die Masten der Kutter schwanken, Gartenstühle und abgebrochene Äste wirbelten über den Platz vor dem Hafen.

»Warum nimmst du Johannas Testament nicht an und versuchst es?«, fragte Uli, nachdem sie das nächste Glas zu Hälfte geleert hatte. Lara tat es ihr gleich und schüttelte überzeugt den Kopf.

Sie hatten sich über die Jahre auseinandergelebt, das war nicht anders zu erwarten. Sie wünschte sich, die Freundin könne sie ohne Worte verstehen so wie früher.

»Nie im Leben. Erst verstößt sie mich und dann veranstaltet sie posthum Spielchen mit mir. Ich bin weg, so schnell es geht.« Lara hatte beschlossen, sich in Berlin eine neue Stelle zu suchen. Ihr war ein Fehler unterlaufen, doch sie hatte jede Menge Auszeichnungen aufzuweisen. Sie wollte nicht alles aufgeben, was sie sich in harter Arbeit aufgebaut hatte.

»Da schätzt du deine Oma falsch ein«, meldete sich Uli zu Wort. »Sie hat immerzu von dir geredet, aber sie hat dich in Ruhe gelassen, um keinen Loyalitätskonflikt auszulösen.«

Lara zuckte mit den Schultern. Es hatte eine Zeit gegeben, da hatte sie tagtäglich darauf gehofft, Johanna endlich wiederzusehen. Die alten Geschichten lagen hinter ihr. Sie würde einen späteren Zug nehmen und suchte die Fahrzeiten in der App auf ihrem Handy. Kein einziger Zug wurde angezeigt. Wegen des Sturms war der gesamte Verkehr eingestellt worden. Erst am Morgen war wieder mit einer Verbindung über Hamburg nach Berlin zu rechnen. Sie seufzte. Sie musste eine weitere Nacht in

Johannas Haus verbringen, falls sie die Kneipe an diesem Abend verlassen konnten. Endlich nahm der Wind ab, sie verließen das Lokal. Schnell verabschiedete sich Lara von der alten Freundin.

KAPITEL 3

Vor dem Zugfenster sah sie die Elbmündung, wo ein haushohes Frachtschiff in Richtung Meer steuerte. Dann passierten sie die *Dicke Bertha*, ihren Lieblingsleuchtturm. Früher hatte sie an dieser Stelle immer tränenreich Abschied vom Meer genommen. Wieder hatte sie einen Kloß im Hals. Überrascht war André am Morgen zurückgeprallt, als er sie am Küchentisch gesehen hatte. Sie hatte Tee getrunken und zum letzten Mal einen der unvergleichlichen Butterkekse genascht, der wie von allein im Mund zerbröselte und dennoch nicht trocken schmeckte. Er stand vor dem Tisch und sah sie mit großen Augen an.

»'tschuldigung, alte Gewohnheit. Ich habe mich morgens immer mit Johanna besprochen. Ich dachte, Sie sind weg.« Sie zeigte auf ihre fertig gepackte Tasche und bot ihm einen Tee an: »Ich beiße nicht. In zehn Minuten sind Sie mich los.«

Er lehnte den Tee ab, seine Augen hatten einen harten Glanz, sein Mund bildete eine schmale Linie. »Das hätte ich mir denken können von jemandem, der seine Großmutter kein einziges Mal besucht und nur an die eigene Karriere denkt.« Dann wandte er sich zur Tür.

»Eine Großmutter, die einen völlig vergessen hat? Die einem nicht einmal zum Geburtstag eine Karte schickt! Sie haben doch keine Ahnung!«, schleuderte sie ihm hinterher. Lara spürte, wie ihr die Hitze ins Gesicht stieg, leider wurde sie immer krebsrot, wenn sie wütend war.

Vor diesem Typen war ihr das fürchterlich peinlich. Sie knallte ihre Teetasse auf den Tisch und sprang auf. Sie würde ihrer Hanna noch einmal die Mähne kraulen und dann ein Taxi rufen. Er war hinter der Tür stehen geblieben und deutete über das Anwesen. »Und was wird aus den Tieren? Ich habe eine schwer kranke Mutter, die ihr Zuhause verliert, wenn ich vom Hof gejagt werde. Wir könnten doch alles ein Jahr lang durchziehen. Sie lassen mich machen und kümmern sich um nichts. Dann nehme ich einen Kredit auf und zahle Sie aus?«

Das war unverfroren. Soeben hatte er sie mit ungerechten Vorwürfen traktiert, nun wollte er ihre Zustimmung für ein krummes Geschäft. »So hat sich das Johanna bestimmt nicht vorgestellt«, wandte sie ein.

»Komisch, dass Sie Johannas Wille auf einmal interessiert!«

Sie schulterte ihre Tasche und rief über ihre Schulter.

»Machen Sie doch, was Sie wollen. Ich bleibe hier keine Minute länger.« Sie schritt schnurstracks in Richtung Hoftor. Sie würde auf der Straße auf das Taxi warten, um diesen Menschen nicht länger ertragen zu müssen. Vermutlich war sie vor Wut krebsrot, im Auto kochte sie innerlich über die Unverschämtheit dieses Typen. Erst im Zug atmete sie auf und sah aus dem Fenster. Etwas fiel aus ihrer Tasche, die sie ins Gepäcknetz gehievt hatte.

Der Brief! Den hatte sie vergessen, doch mitten im Zug war ihr das unangenehm, ihn zu lesen. Was sollte Johanna schon schreiben? Eine Großmutter, die ihre Enkelin nicht mehr sehen will. Das konnte eine Erbschaft nicht wiedergutmachen. Schnell in die Tasche damit. Die Häuser der Cuxhavener Altstadt und die grüne Landschaft am Deich glitten am Zugfenster vorüber, Lara lehnte sich im Sitz zurück. Ihre Gedanken kehrten in ihre Realität zurück. Was würde sie in Berlin erwarten? Ihre Mutter war im letzten Jahr gestorben, ihr Vater vor langer Zeit bei einem Unfall ums Leben gekommen. Mit ihm hatte sie ohnehin keinen Kontakt mehr gehabt. Auf sie wartete nur die leere Wohnung mit den Erinnerungen an Lars, der ausgezogen war. Aber wozu gab es Freundinnen? Tanja würde sie aufheitern. Sie waren Kolleginnen, und die Berliner Göre mit ihren frechen Sprüchen hatte ihr gleich gefallen. Genau wie sie hielt Lara mit ihrer Meinung nicht hinter dem Berg. Im Lauf der Zeit wurden sie Freundinnen. Sie tippte eine kurze Nachricht an Tanja. Ein Treffen mit ihr war ein Lichtblick.

In der Ferne war die *Dicke Bertha* nur noch klein zu sehen. Sie schluckte. Damals hatte sie beim letzten Blick auf den Stummelleuchtturm immer gefragt, wann sie wieder an die Nordsee fahren dürfe. Papa erzählte Geschichten über das Bauwerk. Wie die Zwerge einen kurzen, dicken Leuchtturm bauten, in dem sie alle ihren Urlaub verbringen könnten. Sie hatte seine Fortsetzungsmärchen geliebt. Warnend erschien das Bild ihrer Mutter vor ihrem inneren Auge. Wie konnte sie vergessen, was für ein charakterloser Schuft ihr Vater war! Und Oma hatte zu ihm gehalten, weil er ihr Sohn war. Lara seufzte.

Die Aussicht auf einen Cocktail hob ihre Stimmung. Sie sah sich schon mit Tanja am Tresen von *Harry's New York Bar* sitzen und an einem *Kir royal* nippen. Sie würde erfahren, wie die Lage im Verlag war und wie es Lars ging. Seine Reaktion hatte sie verletzt, doch sie hatte einen gravierenden Fehler begangen. Sie selbst konnte sich das kaum verzeihen. Und sie war gespannt, was Tanja zu ihrer Erbschaft sagen würde. Sie blätterte lustlos in einer Zeitung, stieg in Hamburg um. Den Rest der Strecke verschlief sie im ICE.

Kurz vor dem Hauptbahnhof wachte Lara auf und sah auf ihr Handy. Keine Nachricht. Sie hatte als Treffpunkt das *Café Extrablatt* vorgeschlagen, direkt neben der Redaktion. Sie wusste, dass die Freundin Dienst hatte, und würde dort warten. Sie rief bei Tanja an, die vermutlich zu tun hatte. Keine Antwort, das war ungewöhnlich. Sie stieg aus der U-Bahn und ging zu dem Lokal mit den gemütlichen Plüschsesseln und Sofas. Viele der Plätze waren belegt, sie ließ ihren Blick schweifen, erkannte aber keine bekannten Gesichter. Sie entdeckte einen freien Tisch am Fenster zur Straße und setzte sich. Von dort aus würde sie die Freundin entdecken, der Eingang zur Redaktion lag direkt auf der gegenüberliegenden Straßenseite.

Der *Eden-Verlag* residierte in einem Hochhaus mit 22 Stockwerken in Berlin-Kreuzberg. Früher verlief die Mauer direkt hinter dem Gebäude. Der Verleger warb damit, dass er »Honecker in die Suppe spucken konnte«. Sie war so stolz, als sie zum ersten Mal durch diese Tür gegangen war.

Die Arbeit als Journalistin war seit ihrer Kindheit ihr Traum, und endlich hatte sie es geschafft. Noch immer liebte sie den Beruf, trotz allem. Sie seufzte und bestellte sich eine Apfelschorle. Auf dem Tisch lag eine Ausgabe ihrer ehemaligen Zeitung, der *Berliner Blätter*. Laras Blick fiel auf die erste Seite. Ein Artikel, der mit »Gegendarstellung« in großen schwarzen Buchstaben auffällig gekennzeichnet war, zog ihren Blick an. Es ging um ihren Korruptionsartikel. Der Verleger widerrief die Darstellung der Ereignisse in dem entsprechenden Artikel und schrieb, dass er Opfer einer kriminellen Handlung einer

Mitarbeiterin geworden sei. Lara wich das Blut aus dem Gesicht. War etwa sie damit gemeint? Was bedeutete das? Sie musste Tanja fragen und wählte wieder deren Nummer. Die Freundin ging nicht ans Telefon. Sie las den Text nochmals durch. Es ging eindeutig um sie. Ihr Puls raste. Was tun? Hoffentlich meldete sich Tanja endlich. Ungeduldig sah sie zum Verlagseingang und entdeckte ihn. Lars. Ihre Liebe. Ihr Lebenspartner, mit dem sie für immer zusammen sein wollte. Er musste ihr glauben! Sie würde alles erklären.

Lara wollte aufstehen und sich in seine Arme werfen. Er kam direkt auf ihr Fenster zugelaufen, sie eilte in Richtung Ausgang. In dem Moment trat eine zweite Person aus der Verlagstür, die sie nicht genau erkennen konnte, ein Lkw fuhr vorüber und verdeckte die Sicht. Als der Weg frei war, überquerten die beiden die Straße, sie liefen eng umschlungen. Lara erstarrte. Sie erkannte sie sofort, konnte nicht fassen, was sie sah. Sie taumelte zu ihrem Sessel zurück und saß einen Moment wie gelähmt. In einem Augenblick würde das Paar eintreten, sie sprang auf und rannte in Richtung Toilette. Auf keinen Fall wollte sie ihnen begegnen. Fast hatte sie die rettende Tür erreicht, als sie auf ein Hindernis prallte und stürzte. Glas splitterte, weißes Pulver staubte, Besen, Papierhandtücher und ein Eimer fielen auf sie herab, ein Schwall lauwarmes Wasser lief ihr auf den Pullover. Die Reinigungskraft, die sie vom Sehen kannte, stand wie erstarrt neben dem Wagen.

»Sieh mal, wer da ist«, hörte sie im gleichen Moment eine weibliche Stimme. Sie lag halb unter dem Putzwagen und sah die Gesichter von Lars und seiner Begleiterin auf sie hinabschauen. Er zeigte einen bestürzten Gesichtsausdruck. »Lara, was tust du da?«, er reichte ihr die Hand, um ihr aufzuhelfen. Sie arbeitete sich durch die Putzmittel, stand auf, wischte sich die pappige Mischung vom Gesicht und schüttelte ihre Haare.

»Die will doch nur deine Aufmerksamkeit – mit allen Mitteln«, höhnte Stella, die neben ihn getreten war. Ihr Make-up war wie immer makellos, ein enges rotes Kleid unterstrich ihre Modelmaße. Sie trug Pumps mit hohen Absätzen, von denen Lara Zehenschmerzen bekommen hätte. Sie versuchte, die Putzutensilien vom Pullover zu pflücken, und wandte sich an Lars.

»Können wir reden?« Sie musste erfahren, was es mit dem Artikel in der Zeitung auf sich hatte.

Er nickte und begleitete sie zu ihrem Tisch. Doch Stella hängte sich an seinen Arm. »Hast du etwa Geheimnisse vor mir, Schatz?«

Sie zog sich einen dritten Stuhl heran und setzte sich zwischen Lara und Lars, ihre Modelbeine hatte sie gegen seine gelehnt. Merkte er denn gar nicht, wie sie ihn manipulierte?

Lara zeigte auf die Zeitungsseite. »Was hat es damit auf sich?«

Er sah auf den Text und warf Stella einen langen Blick zu. Er mied es, Lara in die Augen zu sehen. »Es gibt Vorwürfe, dass du für den Bericht Geld erhalten hast. Ich traue dir so etwas nicht zu, aber es liegen Beweise vor.«

Lara sah ihn ungläubig an. »Wie kannst du auf solche Lügen hereinfallen? Ich habe das Thema von Stella übernommen. Sie hat mir den Kontakt zum Informanten vermittelt!« Mit fragendem Blick wandte sie sich der Kollegin zu. »Du hattest ihn doch überprüft. Es wäre schön, wenn du das richtigstellen könntest!«

Die Reporterin fiel ihr ins Wort: »Was erzählst du für einen Unsinn, willst du deinen Fehler auf mich schieben? Dein Name stand darüber, also hättest du das genauer recherchieren müssen. Komm, Schatz, wir gehen!« Ihre Stimme war um einige Oktaven gestiegen, die meisten anderen Gäste schauten zu ihnen. Sie stand vor dem Tisch und warf ihren Kopf empört zurück und schritt hoch erhobenen Hauptes in Richtung Ausgang. Lars zögerte kurz und trottete hinterher.

Dass sich ihr Liebster so schnell umorientierte, war ein Tiefschlag. Wie konnte er zulassen, dass Stella ihn »Schatz« nannte. Vor zwei Wochen hatten sie noch Tisch und Bett geteilt. Bevor er das *Extrablatt* verließ, drehte er sich kurz um, hielt seine Hand wie einen Telefonhörer ans Ohr. Das hieß, wir telefonieren? Bislang hatte er sich verleugnen lassen. In dem Moment klingelte ihr Handy, eine unbekannte Nummer erschien auf dem Display.

Tanja war am Telefon. »Ich habe ewig gesucht, bis ich eine Telefonzelle gefunden habe. Wir haben ein Kontaktverbot mit dir wegen der internen Untersuchung.« Sie klang gehetzt und schlug vor, sich bei Tanjas Bruder zu treffen, der verreist war. »Am besten, du kommst dahin. Dann verschwindest du ein paar Wochen aus der Stadt, bis sich die Gemüter abgekühlt haben.«

Lara überlegte. Viele andere Möglichkeiten hatte sie nicht. Ihr Zugang zum Verlag war gesperrt, sie musste sich eine Strategie für ihre Verteidigung zurechtlegen.

Sie fuhr bei ihrer Kreuzberger Wohnung vorbei, um saubere Wäsche zu holen. Zögerlich stieg sie die fünf Stockwerke hinauf zu ihrem Dachgeschoss. An der Tür hing das wolkenförmige Holzschild mit der Aufschrift »Wolkenkuckucksheim« und ihren beiden Namen. Sie hatten die hohen, lichtdurchfluteten Räume geliebt, die Sonnenuntergänge hinter der Skyline der Stadt. Doch jetzt wirkten die Glasfronten kalt und abweisend. Sie trat gegen einen der modernen Küchenstühle, die Lars großartig gefunden hatte, und hoffte, dass er dies über Telepathie am Schienbein spürte. Dann nahm sie die Fotos, die sie beide in Paris und am See zeigten, von der Wand und stopfte sie in den Mülleimer. Im Kühlschrank fand sie eine Packung Schokoeis und löffelte sie genüsslich aus. Ein paar Sachen würde sie für die nächsten Tage brauchen. Sie zog Kleidungsstücke aus dem Schrank im Flur und stopfte sie in die Reisetasche.

Bevor sie aus der Tür trat, kehrte sie noch mal um und nahm die beiden gerahmten Bilder von ihrem Schreibtisch mit. Das mit ihrer Mutter und ein altes Foto, auf dem sie auf Hanna über den Sandstrand von Sahlenburg galoppierte. Dann fuhr sie mit der U-Bahn nach Neukölln-Britz. In der Reihenhaussiedlung am Stadtrand lebte Tanjas Bruder mit seiner Familie. Sonst hatte sie immer mit ihrer Freundin über das Spießerleben in der Vorstadt gespottet, wenn sie nach einem Grillabend wieder in Richtung Kreuzberg fuhren. Jetzt schätzte sie die Ruhe in dem grünen Stadtviertel. Sie nahm den Schlüssel aus der Plastiktüte im Schuppen und räumte ihr Gepäck ins Gästezimmer. Einen Moment lang legte sie sich erschöpft auf das Bett, da fiel ihr der Brief ein. An einem solchen Tag würde sie nicht einmal mehr Oma Johannas Botschaft aus dem Jenseits erschüttern. Sie nahm den Umschlag aus der Tasche und betrachtete die steile altmodische Schrift.

»An meine geliebte Enkelin Lara«, stand darauf. Wie konnte Johanna sie lieben, sie kannte sie nicht einmal mehr? Mit dem Bild ihrer Oma vor Augen legte sich ein steinerner Druck auf ihre Brust. Es schnürte ihr die Luft ab. So war das mit der Vergangenheit, diese alten Geschichten überwucherten die Gegenwart wie eine unersättliche Schlingpflanze. Das würde sie nicht geschehen lassen. Sie schüttelte den Kopf und versenkte das Kuvert in der Tasche. Dann musste sie eingeschlafen sein. In ihrem Traum war sie in ihr früheres Leben vor den Ereignissen in der Redaktion zurückgekehrt. Der Frühlingstag war heiß, und sie kam beschwingt in einem bunten Sommerkleid zur Arbeit. Lars hatte sie zu einem Spezialauftrag in sein Büro gebeten und geheimnisvoll getan. »Komm mit«, hatte er gesagt, und sie war ihm in die Tiefgarage zu seinem Sportwagen gefolgt. Sie fuhren zu einem Brandenburger See, am Bootssteg lag ein Ruderboot. Mitten auf dem Wasser hatte er die Ruder eingezogen und eine Flasche Champagner mit edlen hohen Gläsern aus seinem Rucksack gezaubert. Er hatte nichts gesagt, ihr das prickelnde Getränk gereicht. Am Boden glitzerte etwas.

»Das ist doch nicht etwa …?«, ungläubig hatte sie ihren Sekt mit Inhalt am Boden des Glases geschwenkt.

»Rate mal. Gefällt er dir?« Er hatte sie verschmitzt angesehen und gegrinst.

Sie brauchte einen Moment, bis sie ihre Fassung wiederfand. Sie angelte den Ring heraus und probierte ihn. Das Gold verlief nicht rund, sondern wellenförmig um ihren Finger, die Oberfläche sah rau aus.

»Für dich, meinen Rohdiamanten«, er hatte sie in den Arm genommen und geküsst, bis eine Welle das Ruderboot ins Krängen brachte. Lara versuchte vergeblich, das aufsteigende Glucksen zu bekämpfen, konnte ihrem unbändigen Drang nicht widerstehen und bekam einen

Lachkrampf. Irgendwie passte das nicht zu ihrem Lars, der so lange über kitschige Filmszenen scherzte, bis sie beide lachend am Boden vor dem Fernseher lagen. Es hatte nur gefehlt, dass er auf einem Schimmel angeritten kam. Lars erlangte sein Gleichgewicht wieder und angelte nach den Rudern, die aus dem Boot geglitten waren. Lara saß ihm gegenüber und rang um Fassung, beinahe wäre ihr der Ring ins Wasser gerutscht, schnell zog sie ihn über ihren linken Ringfinger. Er passte, als wäre er nach Maß gemacht.

Er grinste wieder. »Kunststück, ich habe ein wenig in deinem Schmuck gewildert, um die richtige Größe herauszufinden.« Dann fiel er vor seiner Sitzbank auf die Knie, während das Boot wieder gefährlich schwankte.

»Jut, da du mir den Romantiker nicht abnimmst, frage ich mal direkt. Magst du mit mir Steuern sparen? Langsam verdiene ich zu viel.« Das klang schon eher nach dem Lars, den sie kannte.

Lara kicherte. »Eine Starreporterin wie ich hat kein übles Gehalt. Da wäre ich doch glatt mit einverstanden.«

Von einem Geräusch schreckte sie hoch. Einen Moment lang dachte sie, alles wäre in Ordnung, so realistisch wirkte der Traum. Diesen Ausflug hatten sie tatsächlich unternommen, und es war nicht einmal ein Jahr vergangen. Doch dann fiel ihr dieser schreckliche Streit ein. Lars hatte mit ihr abgeschlossen. Und jetzt nannte Stella ihn »Schatz«.

Von einem Klopfen schreckte sie auf. Tanja streckte den Kopf ins Zimmer und begrüßte sie. Sie sah besorgt aus. »Wie geht es dir?« Sie nahm auf der Kante Platz.

Lara zuckte mit den Schultern. Es ging gar nicht gut, aber sie würde die Ärmel hochkrempeln. Sie musste Lars überzeugen, dass er sich geirrt hatte. Sie würde mit ihm reden. Eine so große Liebe löste sich doch nicht von heute auf morgen in nichts auf. Diese Stella manipulierte ihn. Niemals hätte sie sich vorstellen können, dass er wie ein Dackel hinter der Blondine herlaufen würde. Sie würde ihn zurückholen. Der Traum hatte eine Botschaft, sie sollte nicht aufgeben.

»Ich müsste kurz weg. Darf ich mir dein Auto leihen?« Sie hatte sich entschlossen hochgerappelt und die Beine aus dem Bett geschwungen.

Doch Tanja drückte sie sanft in die Kissen. »Warte bitte einen Moment.« Kurz darauf kam sie mit einem Tablett voller belegter Brötchen und mit einer Kanne Tee zurück. »Erst isst du mal was. Du wirst Kraft brauchen, und dann überleg mal, ob das Sinn macht. Ich rate dir dringend davon ab, Lars hinterherzulaufen.«

Lara knabberte an einem Brötchen herum. Von außen betrachtet hatte Tanja recht. Doch sie würde ihm zumindest die Wahrheit mitteilen. Sie hatte einen Fehler begangen und ihrer Kollegin aus Gutgläubigkeit vertraut. Er glaubte, dass sie gegen Geld eine Skandalgeschichte in die Zeitung gesetzt hatte. Sie musste ihm erklären, wie das Ganze gelaufen war.

»Wir waren drei Jahre zusammen und wollten heiraten. Das möchte ich nicht so kampflos aufgeben.«

Tanja sah sie mitleidig an und reichte ihr noch eine Tasse Tee.

»Ich wollte es dir nicht gleich sagen, da du genug Probleme hast. Aber er hat in der Redaktionskonferenz erklärt, wie enttäuscht er von dir ist, wie er sich hintergangen fühlt. Und das ist nicht alles, er nannte dich eine Betrügerin. Von seiner neuen Flamme weißt du ja schon.«

Lara nickte traurig. Was er über sie gesagt hatte, konnte sie kaum fassen. Zaghaft fragte sie ihre Freundin: »Und die anderen? Hat denn niemand widersprochen?«

»Ich habe es versucht, ehrlich, aber die haben mir das Wort abgeschnitten.« Tanja nahm sie in den Arm. Wie schön, die Freundin auf ihrer Seite zu wissen. Aber sie konnte es nicht fassen, dass kein einziger anderer Kollege für sie Partei ergriffen hatte. Lara hatte angenommen, dass sie in der Redaktion beliebt war.

»Du weißt ja, dass es Entlassungen geben soll, da traut sich keiner, dem Sohn des Verlegers zu widersprechen. Das heißt ja nicht, dass die Kollegen mit den beiden einer Meinung sind«, versuchte Tanja, sie zu trösten. Lara schob die Schnitten weg, die Neuigkeiten hatten ihr auf den Magen geschlagen. Sie würde das zurechtrücken. Ob er ihr zuhören würde? Es kam auf den Versuch an.

»Ich habe Unterlagen in meiner Wohnung vergessen«, gab Lara vor, denn sie hatte keine Lust auf eine Diskussion über Sinn und Zweck eines Besuches bei ihrem Ex. Sie brauchte dringend den Wagen, auch wenn sie sich mit der Notlüge nicht wohlfühlte. Zweifelnd sah Tanja sie an, gab ihr kopfschüttelnd den Autoschlüssel. »Dann tu, was du nicht lassen kannst.«

KAPITEL 4

Über dem Großen Wannsee hingen dunkle Wolken, der Wind rüttelte den klobigen Geländewagen kräftig durch. Sie sah auf den See hinaus, wo Surfer wie bunte Farbtupfer über die Wellen hüpften. Gischt schäumte auf der aufgewühlten Wasseroberfläche. Die Stadtautobahn war ausnahmsweise frei. Hinter der Brücke befand sich die Insel Schwanenwerder. Im dortigen Villenviertel residierte die Verlegerfamilie Eden.

»Die einzig vernünftige Nachbarschaft. Hier bleiben die Milliardäre unter sich«, hatte Monika, Lars' Mutter, bemerkt. Sie war die Erbin eines alteingesessenen Pharmaunternehmens und griff angeblich mit ihrem Geld dem Verlag ihres Mannes unter die Arme. Langsam holperte der Wagen die schmale Kopfsteinstraße entlang und parkte vor der dreistöckigen weißen Villa aus den 20er-Jahren. Schon immer weckte der Anblick des pompösen Gebäudes gemischte Gefühle in ihr. Wenn sie bei den Eltern eingeladen waren, hatte sie stets Angst, sich danebenzubenehmen.

Gespannt hatte sie bei Tisch beobachtet, welches Besteck oder Glas die anderen Gäste benutzten. Sie hatte den Eindruck, dass sich seine Eltern vielsagende Blicke zuwarfen, als sie die Hummerzange oder ihre erste Auster beäugte. Als sie sich sicherer in diesem gesellschaftlichen Umfeld bewegte, hatte sie den Unterhaltungen kritisch zugehört.

Was sollte sie dazu sagen, wenn es um die neueste Villa in Florida ging oder die Frage, wo man die Designer-Handtaschen für tausende Euro bekommen könne. Ihr fehlte es nicht nur an Erfahrung, sie fand diese Themen gähnend langweilig.

Sie atmete auf, wenn Lars' Vater mit ihr über die Zeitung sprach. Fasziniert hörte sie seine Berichte über die Gründung in der Nachkriegszeit. Er lobte ihre Arbeit, erwähnte bei der Vorstellung ihrer Person im Bekanntenkreis stets den Reportagepreis, den sie gewonnen hatte. Die Mutter ließ stichelnde Bemerkungen fallen, in ihren Augen war Lara nicht die richtige Partie für ihren geliebten Sohn.

Die erste Etage der Villa war hell erleuchtet, es war Essenszeit bei den Edens. Wenn sie Glück hatte, traf sie Lars in seiner Wohnung unten. Dorthin war er vor zwei Wochen zurückgezogen mit täglichem Service im *Hotel Mama*, den eine Hausangestellte diskret erledigte. Sie ging zum schmiedeeisernen Tor und hoffte, dass sie hineinschlüpfen und an die Tür der Junggesellenwohnung klopfen konnte. Der Eingang war abgeschlossen. Sie meinte, eine Bewegung im ersten Stock bemerkt zu haben. Auf ihr Klingeln folgte keine Reaktion. Sie beschloss, mit einem Steinchen auf sich aufmerksam zu machen, und suchte auf dem Gehweg, der in dem Reichenghetto wie geleckt aussah, nach einem Kiesel. Beim Versuch, ein Pflasterstück auszubuddeln, riss ihr Fingernagel. Lara fluchte. Einige Brocken hatte sie gelockert. Sie stellte sich an den Zaun und holte weit nach hinten aus, doch sie traf nur die Hauswand. Der Stein hinterließ einen dunklen Fleck an der Mauer. Der zweite Versuch ging weit daneben. Ein Geschoss konnte sie aus einer brüchigen Gehwegplatte gewinnen. Sie richtete sich auf, atmete tief ein und holte Schwung, bevor sie es schleuderte. Der Flugwinkel verlief genau in die richtige Richtung. Den würde er kaum überhören. Einen Sekundenbruchteil später splitterte es, und in der Scheibe klaffte ein gewaltiges Loch. Die Alarmanlage heulte los, und Rundumleuchten auf dem Zaun blinkten. Lara erstarrte. Sie hatte nicht die Absicht gehabt, das Glas zu zerstören. Aber endlich ging die untere Tür auf. Ihr Herz wummerte beim Anblick von Lars. Mit säuerlichem Blick lief er auf das Tor zu. Auch wenn die Zerstörung ihr peinlich war, konnte sie ihm endlich ihre Version der Ereignisse berichten.

In dem Moment kam sein Vater, Werner Eden, mit erhobenem kahlem Haupt und funkelnden Augen aus der Tür und stieg die Freitreppe hinab. Wie immer korrekt gekleidet mit weißem Hemd und Fliege.

»Du gehst zurück ins Haus«, herrschte er seinen Sohn an, der dem Befehl widerspruchslos und mit gesenktem Kopf folgte. Energisch schritt der Verleger zum Tor. Dort blieb er stehen und sah sie von oben herab an.

»Und du, mein Fräulein, brauchst hier nicht länger zu randalieren. Du kannst froh sein, wenn wir keine Anzeige erstatten wegen Zerstörung von fremdem Eigentum«, donnerte er über den Zaun und fuchtelte mit erhobenem Zeigefinger.

»Ich ersetze das. Darf ich hereinkommen und alles erklären?« Sie zitterte am ganzen Körper und bemühte sich, ihre Stimme unter Kontrolle zu halten. Das war noch vor zwei Wochen ihr oberster Chef sowie ihr Beinah-Schwiegervater gewesen. Jetzt stand er mit verschränkten Armen hinter dem geschlossenen Tor und machte keinerlei Anstalten, sie einzulassen.

»Ich muss dringend mit Lars sprechen. Es ist nicht so, wie es aussieht. Ich bin nicht bestechlich«, bot sie ihm von ihrer Torseite aus die Stirn.

Er machte keine Anstalten zu öffnen und stand bewegungslos auf der anderen Seite. »Da gibt es eindeutige Beweise. Es gibt nichts mehr zu reden! Lass endlich den Jungen in Ruhe!« Mit diesen Worten drehte er sich um und ging, doch Lara blieb hartnäckig.

»Wir haben hier einen Rechtsstaat, du bist kein Richter«, schrie sie ihm hinterher. In dem Moment fiel die schwere blaue Tür mit Kraft ins Schloss. Sie klingelte wieder, schlimmer konnte es nicht mehr kommen. Jahrelang hatte sie der Zeitung die Exklusivmeldungen geliefert, ihren Urlaub verfallen lassen, die Stunden nicht gezählt. Das schien jetzt nichts mehr zu gelten. Sie wollte wenigstens aus ihrer Sicht erklären, wie es zu diesem Fehler gekommen war. In der oberen Etage ging das Licht aus. Unten sah sie Lars hinter dem Loch am Fenster stehen, er sah zu ihr und rührte sich nicht. Er war so nah, doch unerreichbar. Warum konnte er nicht die paar Meter an den Zaun kommen oder einen ihrer Anrufe beantworten? Sie sah hinüber. Da bemerkte sie eine kleine Bewegung an der Gardine. Es war nicht zu fassen, da stand jemand neben ihm mit langen blonden Haaren. War Stella hier eingezogen? Sie klingelte wieder, als ein röhrender Motor die Stille durchbrach. Mit quietschenden Reifen kam ein dunkler Wagen mit der Aufschrift »Security« direkt vor dem Eingang zu stehen, ein durchgehend tätowierter Blonder kam auf sie zu. Im Auto saß ein weiterer Mann.

»Steig in deinen Wagen, Dewuschka. Und mach, dass du wegkommst, oder du schwimmst morgen mit dem Bauch nach oben im Wannsee«, knarzte er mit russischem

Akzent. Er hielt einen länglichen Stab in der Hand. Das war doch ein Elektrotaser. Sie hatte mal einen Bericht über diese Waffe geschrieben, die Menschen durch einen Stromschlag außer Gefecht setzte. Wie um die Gefährlichkeit zu demonstrieren, drückte er auf einen Knopf, und sie hörte ein Knistern, das sie lieber nicht am eigenen Leib spüren wollte. Sie sah wieder nach oben zur Villa. War das der Umgang dieser feinen Gesellschaft mit einer ausrangierten Freundin? Bedrohlich hatte sich der zweite Mann, ein zwei Meter großer Glatzkopf mit Oberarmen, die wie aufgepumpt aussahen, vor ihr aufgebaut. Es war besser, den Rückzug anzutreten. Sie lächelte unschuldig.

»Danke, ich finde den Weg«, flötete sie zuckersüß und stieg schnell in den Wagen von Tanjas Bruder. Es hatte keinen Sinn, weitere Kontaktversuche zu unternehmen. Die Edens hatten ihr wahres Gesicht gezeigt. Sie fuhr zügig auf die Brücke zu, im Rückspiegel sah sie, dass die angeblichen Sicherheitsleute ihr folgten. Sie beschleunigte, doch der Wagen kam bedrohlich näher. Sie drückte das Gaspedal weiter hinunter und konzentrierte sich darauf, die Spur zu halten, als es plötzlich einen ohrenbetäubenden Knall gab. Das Lenkrad machte sich selbstständig, das Auto geriet ins Schleudern. Diese Muskelprotze hatten sie gerammt! Sie versuchte verzweifelt, den Lenker festzuhalten. Da es ihr nicht gelang, ließ sie die Bewegung zu. Endlich verlangsamte sich der Wagen, sie konnte gegensteuern und ihn wieder in Fahrtrichtung bringen. Ihre Knie schlotterten, doch anhalten kam nicht infrage. Ob Lars billigte, dass sein Vater diese Verbrecher auf sie gehetzt hatte? Sie atmete auf, denn das Auto funktionierte noch. Sie raste weiter bis auf die Stadtautobahn, wo sie den dunklen Wagen zu ihrer

Erleichterung nicht mehr im Rückspiegel entdeckte. Vermutlich wollten sie Lara nur erschrecken und verfolgten sie nicht weiter. Sie fuhr zügig zum Haus zurück, dort sah sie das Malheur. Die Rückseite war eingedellt, die Stoßstange hielt nur mehr an einer Seite. Wie sollte sie das ihrer Freundin beibringen?

Tanja saß im Wohnzimmer und tippte auf ihrem Laptop herum. »Ich wollte schon eine Vermisstenmeldung aufgeben.« Sie zwinkerte sie an. Lara bat sie, in die Garage zu kommen, und zeigte ihr den Schaden am Heck des Wagens. Sie berichtete in einer Kurzfassung, was geschehen war. Mit offenem Mund betrachtete ihre Freundin das Desaster. »Ich komme für die Reparatur auf«, versuchte sie, Tanja zu beruhigen.

Die schüttelte den Kopf. »Du bist mir eine tolle Freundin. Wenn die mitbekommen, wem das Auto gehört und dass ich dich unterbringe, bin ich meinen Job los.« Sie klang nicht wütend, sondern traurig. Lara wünschte, sie könnte diese Tour rückgängig machen. Das war eine egoistische Reaktion von ihr. Wie konnte sie die einzige Verbündete, die zu ihr hielt, so in Schwierigkeiten bringen.

»Tanja, das tut mir alles so leid! Aber ich dachte, es gibt eine Chance, meine große Liebe zu retten.« Sie hoffte, dass ihre Freundin das nachvollziehen konnte. Ihr Leben lag komplett in Trümmern, sie hatte gedacht, dass Lars nach einem vernünftigen Gespräch zumindest die Vorwürfe gegen sie zurücknehmen würde.

»Du hast denen die Fenster eingeworfen? Mensch! Musste das sein?« Tanja klopfte wütend auf den SUV.

»Das war ein Versehen«, warf Lara ein.

Tanja starrte sie mit gerunzelter Stirn an. »Ich kenne dich doch. Du kannst wie ein Panzerkreuzer sein, wenn du was willst. Aber so wirst du keinen von deiner Unschuld überzeugen!«

Lara senkte den Kopf. Da hatte Tanja recht. »Und ich hänge da mit drin. Denk bitte dran, dass ich meinen Job gerne behalten möchte.« Lara nickte. Es war keinem gedient, wenn die feinen Edens ihre einzige Verbündete auf die Straße setzten. Sie hatte überhaupt nicht an die Risiken für Tanja gedacht. »Das tut mir schrecklich leid. Keine Ahnung, wie ich das wieder gutmachen kann. Du bist meine Allerbeste.« Sie wollte ihre Freundin umarmen, doch die schob sie weg.

»Ich fahre besser nach Hause. Ich muss über alles nachdenken.« Tanja nickte stumm. Lara ging ins Gästezimmer und packte ihre Sachen, rief ein kurzes »Danke« und verließ das Haus.

KAPITEL 5

Auf ihrer Straße saßen Menschen in den Cafés, Touristen flanierten über den Gehweg, lachten. Sie schaute in die Schaufenster und trottete in Richtung ihres Hauses, es graute ihr, in ihr früheres Liebesnest zurückzukehren. Lara schlich die fünf Treppen nach oben und schloss auf. Als Lars hier gelebt hatte, war sie über seine Laufschuhe im Flur gestolpert, daneben lag sein Rucksack, und seine Jacke warf er auf den Boden. Sie hatte ein paarmal versucht, ihm Ordnung nahezubringen. Jetzt fehlte ihr sein Sammelsurium, der Flur war gähnend leer. In den hohen, offenen Räumen hallte jeder Schritt, wie um ihr zu verdeutlichen, dass sie allein war.

Sie sah sein Gesicht vor sich, seine tiefgrünen Augen, den spöttischen Blick und die verwuschelten Haare, ihr Bauch zog sich vor Schmerz zusammen. Sie kämpfte gegen die Tränen. Statt dem Drang nachzugeben, sich weinend ins Bett fallen zu lassen, schenkte sie sich ein Glas Rosé ein und öffnete die Terrassentür. Immer, wenn sie zu Hause war, genoss sie den Blick über die Dächer der Stadt von der Dachterrasse. Die Abendstimmung nach dem Sonnenuntergang liebte sie. In der Dämmerung flatterten Fledermäuse, Hochhäuser boten ein eigenes Lichtspektakel. In der Ferne konnte sie den hell erleuchteten Bahntower am Potsdamer Platz sehen und den Schatten des roten *Kollhoff-Towers*. Das Blinken direkt davor gehörte zur Kirche an der Yorckstraße, die sie morgens aus dem Schlaf läutete. Von hier aus beobachtete sie, wie der rote Ball langsam hinter den winzigen Flugzeugen in Tegel verschwand, und sah den Wolkengebirgen nach. Wenn sie die Augen zusammenkniff, konnte sie sich überall hinträumen, manchmal sogar ans Meer. Dann wurden die Hochhäuser zum Kreuzfahrtschiff, und das spitze Kirchendach wurde zum Leuchtturm.

Doch an diesem Abend stellte sich der Zauber nicht ein. Wieder schweiften ihre Gedanken zu ihm. Alles erinnerte an Lars und stimmte sie traurig. Sie nippte an ihrem Glas und sah in Richtung Westen. Lag er schon mit seiner Neuen im Bett? Sie schob den Gedanken von sich. Es würde sie nicht weiterbringen, sich in einem See von Selbstmitleid zu versenken. Sie wollte ihn zurück, egal, was Tanja darüber dachte. Obwohl er sich nicht heldenhaft benommen hatte. Sie musste das Heft wieder in die Hand nehmen. Der Wein schmeckte schal, sie knallte die Tür zu und schüttete den Rest ins Spülbecken.

Gleich morgen würde sie sich einen neuen Job suchen. Sie hatte häufig Angebote von anderen Zeitungen und Magazinen erhalten, das wäre ein Kinderspiel. Beim *Eden-Verlag* hatte sie einen Aufhebungsvertrag unterschrieben. Ab dem nächsten Monat würde sie kein Gehalt mehr bekommen, lange würden ihre Ersparnisse nicht reichen, um die Miete zu bezahlen und die Reparatur des defekten Geländewagens.

In ihrem ehemals gemeinsamen Bett schluchzte sie sich in den Schlaf, immer wieder wachte sie auf und hatte das Bild der Gangster an der Villa vor Augen. Sie wälzte sich herum, versuchte, Schäfchen zu zählen. Irgendwann war sie in einen todesähnlichen Schlummer gesunken. Wie benommen schreckte sie gegen 9 Uhr hoch. Nicht einmal die Glocken hatte sie an diesem Morgen gehört. Nach einer kalten Dusche und einem doppelten Espresso ging es ihr besser. Sie hatte beschlossen, Eric anzurufen.

Er war ihr bester Freund, auch wenn sie sich seit der Geburt seines Sohnes seltener sahen. Sie hatten sich bei der Zeitung kennengelernt, wo er ihr erster Ressortleiter nach der Ausbildung war. Mit keinem anderen Menschen, nicht einmal mit Lars, verstand sich Lara so blind. Sie hatte viel von ihm gelernt, er war ein Kollege, der zuhörte und Neulingen die Freiheit gab, eigene Ideen zu verwirklichen. Sie hatten gemeinsam Reportagen verfasst, die für Aufsehen sorgten. Er war vor einem Jahr in die Chefredaktion vom *Berliner Express* gewechselt, der Konkurrenz ihrer Zeitung. Eric ging sofort ans Telefon.

»Ich hatte mir fest vorgenommen, dich anzurufen, Kleene«, sagte er. »Du machst mir Sorgen!« Dann schlug er vor: »Wie wäre es mit einem Weinchen? Same time, same place?« Er sprach abgehackt, vermutlich war er in Eile, sie sparte sich die Schilderung der Ereignisse für später.

Bis zu ihrer Verabredung am Abend würde sie ihre Adressliste abarbeiten, um nach freien Stellen zu fragen. Dann könnte sie Eric von ihrem Erfolg berichten, statt ihn um Hilfe bitten zu müssen. Sie bereitete sich mit der Maschine einen weiteren Kaffee und trank ihn genussvoll in kleinen Schlucken. So düster, wie es gestern aussah, war ihre Lage nicht. Bis zum Ende der Woche würde sie einen neuen Job haben und dann dem unverschämten Pferde-flüsterer absagen. An die Ranch an der Nordsee würde sie keinen Gedanken mehr verschwenden. Wenn sie an Hanna, ihre Stute, dachte, wurde sie traurig. Sie trug die Verantwortung für ihr Schicksal. Ein älteres Pferd fand oft keine Käufer mehr, es würde zum Schlachter kommen. Sie verdrängte das Bild und hängte sich ans Telefon.

Fünf Stunden hatte sie fast ununterbrochen gesprochen, Small Talk ausgetauscht, Termine vereinbart. Sie ging auf die Terrasse und atmete durch. Dann war es höchste Zeit für ihre Verabredung. Lara zog sich ein Blumenkleid an und schminkte sich. Ihr Freund sollte nicht auf den ersten Blick ihre Verzweiflung sehen. Sie radelte entlang des Landwehrkanals mit seinen Uferbäumen, diese Fahrt durch eine grüne Oase am Wasser entspannte sie. Verabredet waren sie im *Freischwimmer*, ihrer Lieblingskneipe am Kanal. Von der Straße aus war der Ort nicht einsehbar, ein schmaler Pfad führte hinter einer Tankstelle entlang zum Eingang in den abgezäunten Bereich hinter einem Bauunternehmen. Das Lokal bestand aus bunten Holzbüdchen und schwimmenden Stegen. Lampions spiegelten sich im Wasser und machten neben den kunterbunt zusammengewürfelten Möbeln und Holzskulpturen den Charme dieses Ortes aus.

Sie erkannte das Fahrrad von Eric vor dem Eingang, er musste also schon da sein. Sie fand ihn auf der Hollywoodschaukel, die abseits hinter der letzten Holzbude unter einem Dach stand. Das war ihrer beider Lieblingsplatz. Er schaukelte gemächlich vor sich hin und tippte auf seinem Mobiltelefon herum. Er trug jetzt sogar einen Anzug, das war seiner neuen Position geschuldet, aber wie früher hatte er Sneakers an den Füßen.

Sie begrüßten sich mit Küsschen auf die Wange, dann hielt er sie einen Moment von sich weg, als würde er ein Kind begutachten. »Was hast du da bloß fabriziert, Kleene?«

Sie zuckte mit den Schultern und ließ sich neben ihn auf die Schaukel plumpsen. Leider hatte das Gerücht bereits die Runde gemacht, das hatte sie schon bei ihren Anrufen festgestellt. Entweder waren die Bekannten aus ihrem Netzwerk nicht zu erreichen, oder sie erklärten kurz angebunden, dass keine Stellen frei waren. Sogar die ausgeschriebenen Positionen für absolute Anfänger wurden ihr nicht angeboten.

»Du kennst doch Stella?« Mit ihm konnte sie offen reden, er würde das Gesagte für sich behalten.

»Da sie in den Urlaub fahren wollte, habe ich diese Story und ihren Informanten übernommen. Ich war mir sicher, dass damit alles stimmt, sie hatte es überprüft!« Sie versuchte nicht, etwas zu beschönigen.

»Ja, ich weiß, ein guter Reporter traut niemandem.« Das war immer einer seiner Grundsätze gewesen, den er seinen Schützlingen eingebläut hatte. Er hasste es, wenn man log oder gar heulte. Deshalb bemühte sie sich, die Fassung zu wahren und alles der Reihe nach zu berichten.

Er hörte ihr aufmerksam zu.

»Mensch, Mädel, da hast du dich ja reingeritten. Aber Stella ist eine gute Journalistin. Ich weiß nicht, ob ich da misstrauisch geworden wäre.« Er legte zum Trost seine Hand auf ihre Schulter.

»Was sagt denn Lars dazu? Der wird dich doch sicher unterstützen.«

Sie schüttelte den Kopf. »Der sagt gar nix, wir reden nicht mehr, und er hat eine Neue: Stella.«

»Sprechen wir über die gleiche Stella, von der du die Story übernommen hast?« Er hatte prompt die Schaukel angehalten und sah sie mit weit aufgerissenen Augen an. Sie nickte.

»Das ist doch ein Skandal, daher weht also der Wind«, er nickte ernst und stand auf, ging einige Schritte in Richtung Wasser und wieder zurück.

Lara schaukelte vor sich hin, es hatte eine beruhigende Wirkung auf sie. »Meinst du? Ich glaube, das ist ein dummer Zufall. Sie hat dann einfach die Gelegenheit genutzt.«

Er war vor der Schaukel stehen geblieben und folgte ihren Bewegungen mit nachdenklichem Blick. »Es gibt keine Zufälle! Das ist ungeheuerlich. Man müsste sofort einen Aufmacher in die Zeitung setzen!« Er war so echauffiert, dass er beinah mit einer Handbewegung das Tablett der Kellnerin heruntergefegt hätte, die an sie herangetreten war. Mit einem Ausfallschritt konnte sie die Getränke in Sicherheit bringen.

»Das kommt genau richtig.« Lara nahm ihr die Gläser ab und reichte ihm seinen Rotwein und erhob ihren Rosé.

»Dein Verleger würde das nicht drucken. Eine Krähe hackt der anderen kein Auge aus, wie du weißt!«, mutmaßte sie.

Er nickte, denn sie hatten vor Jahren einmal eine Geschichte über Steuersparmodelle eines anderen Medienunternehmers vorbereitet, die war nachts aus der geplanten Zeitungsausgabe verschwunden. Der Verleger persönlich hatte dagegen in der Druckerei sein Veto eingelegt. Über Kollegen werde nicht berichtet, hieß es. Der Bericht war nie erschienen.

Sie stießen trotzdem auf die Wahrheit an, wie immer, wenn sie einen Skandal aufdeckten. Lara trank hastig den Rest ihres Glases leer, ein kleiner Schwips in angenehmer Gesellschaft half am besten gegen Liebeskummer. Dann wagte sie sich mit ihrer Bitte vor:

»Ich brauche dringend einen neuen Job. Hättest du etwas für mich?«, fragte sie hoffnungsvoll. Er atmete tief ein und schüttelte dann langsam den Kopf. »Du weißt, wie ich dich als Mensch schätze, du bist eine hervorragende Journalistin. Im Moment sehe ich nur leider keine Chance.«

Lara schluckte. Wenn nicht einmal Eric etwas tun konnte, sah es düster aus.

»Ich bin keine Betrügerin, wie der Verlag behauptet«, protestierte sie und spürte, wie ihre Stimme zitterte. Das war ihre letzte Hoffnung. »Ich gehe mal kurz die Enten zählen«, entschuldigte sie sich. In der Toilettenkabine konnte sie die Tränen nicht länger zurückhalten. Was nun? Sie versuchte, die Spuren ihres Gefühlsausbruchs mit Wasser zu entfernen. Sorgfältig zog sie den Lidstrich nach und tuschte ihre Wimpern. Als sie wiederkam sah sie den Brief in Erics Hand. Sie hatte ihn geöffnet, aber nicht gelesen. Er hielt ihr das Kuvert hin.

»Ist dir das aus der Tasche gefallen? Es lag unterm Tisch.«

»Von meiner verstorbenen Großmutter«, knurrte sie und versuchte, ihm den Umschlag aus der Hand zu nehmen. Er nahm das Kuvert hoch, sodass sie nicht drankam. Dann schüttelte er den Kopf.

»Entschuldige, dass ich den Brief gelesen habe, aber der lag herum, den hättest du hier vergessen. Diese Frau hat dich geliebt – und will dir ihre Ranch vererben. Mensch, Lara. Da bist du alle Sorgen los!«

Es gelang ihr endlich, ihm den Umschlag zu entwinden, hastig stopfte sie ihn in ihre Tasche, stand auf und ging in Richtung Ausgang. Wie übergriffig er doch sein konnte. Manchmal behandelte er sie wie ein Kleinkind. In Lara brodelte die Wut. Ehe sie ihrem besten Freund all den Frust an den Kopf warf, wollte sie schnellstmöglich weg.

»Was wird das, wenn es fertig ist?« Er versperrte ihr den Weg. »Erinnerst du dich an das abgeschaltete Atomkraftwerk?«, wollte er wissen. Sie nickte und versuchte, ihm auszuweichen. Das war eine ihrer ersten gemeinsamen Reportagen, die ihre Mutter ausgeschnitten und in einem Rahmen aufgehängt hatte.

Er ließ sie nicht vorbei und blockierte immer noch den Weg. »Das Gebäude musste abglühen, genauso muss dieser Skandal abkühlen. Niemand wird dich derzeit einstellen. Wir werden eine Strategie entwickeln, um deine Unschuld zu beweisen, doch das braucht Zeit.«

»Ja und wie soll ich die Miete bezahlen, essen und solche Kleinigkeiten finanzieren?«, protestierte sie.

Er deutete auf ihre Tasche, in der sie das Schreiben wieder verstaut hatte.

»Da hast du die perfekte Lösung, du kannst auf der Ranch leben, bis das Ganze in Vergessenheit geraten ist. Am besten, du kommst heute mit zu uns, und dann nimmst du morgen den ersten Zug.«

Lara wollte widersprechen, doch sie hatte keine Alternative. Niemand aus der gesamten Berliner Medienwelt hatte sie zurückgerufen, nicht einmal die Redakteure der Anzeigenblätter oder des drittklassigen Mini-Senders, kein einziger Kollege aus ihrem Netzwerk hatte eine Stelle für sie. Lars hatte sich nicht gemeldet. Und ihre beiden besten Freunde wollten sie an die Nordsee verfrachten. Dabei steckten sie nicht in ihrer Haut. Nichts zog sie dorthin, sie hatte dieses Kapitel ihrer Vergangenheit vergessen wollen, war deshalb sogar jahrelang in Therapie gewesen. Doch jetzt hatte sie keine andere Wahl. Sie hatte sich überreden lassen, die Nacht bei Eric und seiner Frau zu verbringen. Er saß bereits auf seinem Fahrrad und drehte sich zu ihr um: »Kommst du oder willst du Wurzeln schlagen?« Das war mal wieder typisch Eric! Sie schwang sich auf den Sattel und folgte dem Freund.

KAPITEL 6

Lara lehnte sich in ihren Sitz und sah aus dem Fenster. Langsam zogen die Neubauten des Regierungsviertels an ihr vorbei, im Westhafen nahm der Zug Fahrt auf, sie erhaschte einen Blick auf die beschaulichen Gassen der Spandauer Altstadt. Das war die letzte Station in Berlin, und sie erinnerte sich an den Besuch mit Lars auf dem Weihnachtsmarkt dort. Nur wenige Monate war das her. Sie waren beim Weihnachtslieder-Karaoke wegen ihrer schrägen Töne im Duett ausgepfiffen worden und lachten, bis Lara die Tränen herunterliefen. Gerade war ihr zum Heulen zumute.

Ihr Freund Eric hatte am Morgen darauf bestanden, sie persönlich in den Zug zu setzen. Nach dem Frühstück in der Wohnküche verabschiedete sie sich. Er sah Lara misstrauisch an. »Ich kenne dich doch, und Nil findet, dass du wie ein junges wildes Pony bist, das ausbüxen wird.« Dabei hatte er seine Frau Nilüfer angelächelt, eine resolute und warmherzige Deutschtürkin. Zum Glück hatte sie nicht, so wie Lars, eifersüchtig auf die Freundschaft zwischen ihr und Eric reagiert, sondern Lara zur Begrüßung liebevoll in die Arme geschlossen und wie eine Glucke mit Leckerbissen und Streicheleinheiten umsorgt. Der kleine Sohn der beiden, Jason, hatte sie am Morgen mit seinen Grimassen zum Lachen gebracht. Der Besuch hatte ihr gutgetan.

Eric und Tanja hatten recht. Es war am besten, für eine Weile aus der Stadt zu verschwinden und eine Zeit lang auf der Ranch ihrer verstorbenen Großmutter zu bleiben. Doch sie ärgerte sich schon jetzt, dass der Cowboy sich mit seinem Ansinnen durchgesetzt hatte. Wenn sie die Bedingungen des Testaments annahm, musste sie ein Jahr lang diesen unverschämten André ertragen. Andererseits war das keine Ewigkeit. Danach bekamen sie das Erbe, sie könnte ihren Teil der Ranch verkaufen und dann wieder nach Berlin ziehen. Mittlerweile war der Zug in der Pampa angekommen, ihre Lieblingsstadt entfernte sich. Sie sah Grün in allen Nuancen und verschlafene Dörfer, auf einer Weide galoppierten Pferde neben dem Zug her. Pferde hatten von klein auf zu ihrem Leben gehört, bis der Kontakt abbrach.

Warum nur hatte Eric behauptet, ihre Oma habe sie geliebt? Er hatte diesen verflixten Brief gelesen, für den sie nicht bereit war. In den nächsten zwei Stunden hatte sie nichts zu tun und nicht einmal ein Buch dabei. Kurz entschlossen nahm sie das handbeschriebene Papier aus dem zerknitterten Umschlag und las.

Meine geliebte Lara,
es fällt mir nicht leicht, diesen Brief zu schreiben. Du wirst ihn von meinem Freund Harry, dem Notar, erhalten, wenn ich nicht mehr bin. Ich hoffe, dass es anders kommt, dass wir uns eines Tages noch mal sehen und über die Jahre sprechen, in denen wir uns verloren haben.
Als Erstes, mein Kind, möchte ich dir schreiben, dass ich nichts und niemanden im Leben so geliebt habe wie dich. Wir hatten nur wenige Jahre zusammen, doch das war die glücklichste Zeit in meinem Leben. Und ich tröste mich damit, dass es

dir gutgeht, dass es besser ist, wenn ich dich dein Leben leben lasse.

Von all den Briefen, die ich dir geschrieben habe, hast du vermutlich nichts erfahren, alle Sendungen kamen ungeöffnet zurück. Deine Mutter hatte sich jeden telefonischen oder schriftlichen Kontakt verbeten – und ich verstehe sie. Die Trennung hat sie zutiefst verletzt. Es tröstete mich, dir zu schreiben, auch wenn das nie bei dir angekommen ist. Ich habe meine Briefe gesammelt, du findest sie im Schreibtisch.

Ich bin mir sicher, dass dir unsere gemeinsamen Unternehmungen, die Ferien auf der Ranch und vor allem Hanna, gefehlt haben, doch irgendwann bist du darüber hinweggekommen, hattest deine Freundinnen, andere Hobbys und dann den ersten Freund. Kannst du dich an das Café Atempause neben eurem Haus erinnern? Manchmal saß ich da und habe mich gefreut, einen Blick auf meine Enkelin zu erhaschen. Beinah wäre ich schwach geworden und wollte dich ansprechen, einmal deine Stimme hören. Ich habe es nur schwer ausgehalten, meine Enkelin zu verlieren. Ich wollte dich aber nicht in Gewissensnöte stürzen. Es war mir am wichtigsten zu wissen, dass es dir gutgeht. Als du 18 warst, habe ich langsam die Hoffnung verloren, dass wir uns noch mal wiedersehen werden. Meine Glückwünsche kamen genauso zurück wie alle Briefe vorher. Ich hatte so gehofft, dass ich wieder mit dir in Kontakt treten kann, wenn du volljährig bist. Ein letztes Mal habe ich dich kontaktiert, als du in die neue Wohnung gezogen bist, mit deinem Freund. Als dieses Schreiben wieder ungeöffnet in meinem Kasten lag, wusste ich, dass du zu verletzt bist und nichts mehr mit mir zu tun haben möchtest, nach all den Jahren. Wenn du mir Vorwürfe machst, hast du recht, ich habe es leider nicht anders hinbekommen mit uns beiden. Ich war die Erwachsene und hätte eine Lösung finden müssen. Andererseits wollte ich dich nicht in einen Zwiespalt bringen. Bitte hasse mich nicht, geliebte Enkelin. Denn in meinem Herzen ist nur Liebe. Es tut mir so unendlich leid.

Nachts im Traum sehe ich dich auf Hanna über die Wiese galoppieren, höre dein Lachen, erwische dich wieder in der Speisekammer beim Naschen aus der Keksdose. Vielleicht wirst du eines Tages hierherkommen, wenn ich nicht mehr bin. Sei nett zu André, denn nur mit ihm habe ich es geschafft, die Ranch über Wasser zu halten. Ich hoffe, er wird dir ein Freund, wie er es mir war. Entscheide dich bitte nicht aus falschem Stolz gegen ein Leben auf der Ranch. Ich bin mir sicher, du wärst hier glücklich. Vielleicht ist es sogar deine Berufung, mit Pferden zu sein. Davon war ich immer überzeugt, Du hast so ein Talent dafür! Alles, was ich mir hart erarbeiten musste, flog dir zu. Ich greife deiner Entscheidung nicht vor, ich wünsche mir nur, dass du glücklich bist. Bitte versuche, mir zu verzeihen.

In unendlicher Liebe
Deine Johanna

Dicke Tränen tropften auf das Papier, Lara ließ den Brief sinken. Die Worte stürzten sie in ein Gefühlschaos.

Warum nur schrieb sie ihr so etwas, es gab doch Telefone, Mail und 1.000 andere Möglichkeiten, sie zu erreichen, wenn Johanna das gewollt hätte?

»Soll ich später noch mal kommen?«, fragte der Schaffner, der schon eine ganze Weile neben ihr gewartet hatte. Sie nickte stumm, ein Sturzbach von Tränen brach aus ihr heraus, der Schmerz, den sie in den letzten Jahren in sich verkapselt hatte, schien sich zu lösen. Doch gleichzeitig fragte sich Lara, ob das alles stimmte. Warum hatte sie die Briefe nicht erhalten? Sie dachte an die Zeit, die sie miteinander verbracht hatten, ihre unbeschwerte Kindheit, die Ausritte, die Momente in der Küche, wo sie über Gott und die Welt gesprochen hatten. Nie wieder war sie so glücklich gewesen, das wurde ihr in dem Moment klar. Doch es war zu spät, alles vergeblich, ihre Oma war nicht mehr. Der Zug fuhr in Hamburg ein. Schnell raffte sie ihr Gepäck zusammen und sprang aus dem Zug, bevor sich dieser wieder in Bewegung setzte. Ihre Gedanken kreiselten, sie hätte so gerne mit Johanna gesprochen. Sie ruhte sich einen Moment auf der Bank am Bahnsteig aus, bevor sie zu ihrem Regionalzug nach Cuxhaven ging.

Wie früher suchte sie sich einen Platz auf der oberen Etage auf der Seite, auf der die Elbmündung auftauchen würde. Bei diesem Anblick hüpfte ihr Herz. Endlich wieder salzige Nordseeluft, im Watt buddeln und lange Ausritte mit ihrer Großmama. Jetzt war alles anders. Der Ranch fehlte die Seele des Hauses. Sie musste ein Jahr lang mit einem Unbekannten zusammenarbeiten, der ihr nicht freundlich gesonnen schien. Er hatte keine Ahnung, was damals geschah, und verurteilte sie dennoch, weil sie ihr Pferd zurückgelassen hatte. Sie nahm sich ein Taxi und fuhr zur Ranch. Das Wetter war trüb, es nieselte leicht. Als sie das schmiedeeiserne Tor geöffnet hatte, blickte sie zum Reitplatz und den Balken, wo die Pferde angebunden wurden. Sie sah keine Gäste.

Der Cowboy stand im Hof neben einem dunklen Pferd und bearbeitete das Fell mit der Bürste. Es überraschte sie, wie sanft der ungehobelte Klotz das große Tier berührte und wie es sich in seiner Gegenwart entspannte. Sie stellte ihren Koffer ab und lief zum Anbindeplatz.

Erst als sie direkt vor ihm stand, bemerkte er ihre Anwesenheit.

»Ich dachte, Sie sind wieder in der Großstadt, wo Sie hingehören?«

Das Pferd hatte ihr den Kopf zugewandt, sie hielt ihre Hand an die Nüstern, damit es sie schnuppernd begrüßen konnte. Sie beschloss, ihm die Neuigkeit später mitzuteilen.

»Da komme ich gerade her. Wie wäre es mit einer Tasse Tee und einer Besprechung wegen der Ranch. Die Frist läuft ja bald ab?«

Er hielt in der Bewegung inne und sah mit erhobener Augenbraue auf ihren Koffer und mit fragendem Blick zu ihr: »Ich muss mit Queen arbeiten und dann habe ich drei weitere Pferde zum Beritt. Das kann dauern«, knurrte er. Er würdigte sie keines Blickes, sondern machte sich an den Hufen zu schaffen.

Sie bemühte sich um ein Lächeln, sie würde die Unverschämtheit einfach ignorieren: »Ich freue mich auch, sagen wir 15 Uhr?«

Er murmelte etwas Unverständliches, das sie als Zustimmung deutete.

»Bis später!«

Lara ging weiter zu den Weiden und sah sich nach ihrer Stute um. Hanna kam auf sie zugelaufen und stupste sie mit der Nase gegen die Hand. So forderte sie ihre Streicheleinheiten. Sie knetete ausgiebig die Mähne und kuschelte sich an das samtige Fell, auf dem sie einige weiße Haare entdeckte. Pferde wurden wie Menschen im Alter grau, ein Zeichen für Weisheit, das waren die Worte ihrer Großmutter, die ihr in den Sinn kamen. Ach Johanna, wie sie ihr all die Jahre gefehlt hatte. Lara seufzte, als sie durch den Rosenbogen ins Haus ging. Sie lief durch die Zimmer. Alles sah noch so aus, als wäre die Bewohnerin nur kurz bei Else und würde gleich wiederkommen. In Johannas Schlafzimmer verweilte sie, setzte sich an den Bettrand. In dem Zimmer fühlte sie sich ihrer Oma nah, sie entschied, sich dort häuslich einzurichten. Lara packte die Kleidung aus, die sie schnell zusammengesucht hatte. In den Schränken hingen noch alle Sachen ihrer Großmutter, um die konnte sie sich später kümmern. Sie räumte ein Fach frei, das genügte für das Mitgebrachte. Auch das Büro inspizierte sie, es gab Internet, sie platzierte ihren Laptop auf dem Schreibtisch. Dann ging sie in die Küche, um die Besprechung vorzubereiten.

Sie gab sich Mühe mit dem Kaffeetisch, suchte Johannas Blümchengeschirr heraus und legte eine passende Tischdecke auf. Sie kochte Tee und Kaffee, platzierte eine Rose aus dem Garten in der Mitte und stellte die Keksdose auf. Ein kleiner Vorrat von Großmamas Plätzchen war übrig. Sie schaute auf die Uhr, er war eine Viertelstunde über der Zeit. Ob er den Termin vergessen hatte? Statt in der Küche Däumchen zu drehen, ging sie ihn suchen. Draußen war jetzt mehr Betrieb als um die Mittagszeit. Im Hof putzten drei Frauen ihre Pferde, das waren vermutlich Einstellerinnen, die ihre Pferde auf der Ranch betreuen ließen. Das hatte Johanna damals schon angeboten, als Lara klein war.

Sie entdeckte André auf dem Reitplatz mit einem Schimmel. Er tastete über den Rücken des Pferdes. Neben ihm stand eine Frau, den Blick auf ihn fixiert.

»Was hat sie denn, muss sie in die Klinik?«, sie warf ihm einen sorgenvollen Blick zu.

Er arbeitete sich weiter am Rücken vor, dann strich er die Beine von oben nach unten ab, sah sich die Gelenke an.

»Kann ich bitte mal den Sattel sehen«, fragt er, als er fertig war.

Die Frau holte diesen aus der Sattelkammer, er betrachtete ihn genau und untersuchte die Unterseite. Das Pferd wich seitlich aus, als er ihn auf den Rücken legen wollte.

»Schschscht, nur mal schauen, Chéri. Es tut nicht weh.« Er sprach so sanft mit dem Pferd, dass es sich beruhigte und er es satteln konnte. Lara staunte, was für ein Feingefühl er gegenüber dem Tier besaß, während er sie gleich schroff zurechtgewiesen hatte.

André sah sich von mehreren Seiten die Passform an und schüttelte heftig mit dem Kopf.

»Wer hat denn so einen Mist angefertigt? Das passt hinten und vorne nicht und verursacht Schmerzen«, schimpfte er.

»Den habe ich auf der Messe gekauft«, sagte die junge Frau schuldbewusst.

»Weg mit diesem Ding.« Er nahm ihn ab, dann deutete er auf die Wirbelsäule. »Dieser Winkel passt überhaupt nicht zu Fatima, das drückt bei jeder Bewegung, und sie hat das deutlich gesagt, als sie weggelaufen ist. Es kann sein, dass sie eine Blockade im Rücken hat. Am besten, die Pferdephysiotherapeutin sieht sich das mal an.« Die junge Frau nickte und nahm ihre Stute am Halfter, bevor sie sie wieder in ihre Herde führte.

Erst jetzt schien er Lara zu bemerken. Beinah erschrocken sah er auf die Uhr. »Oh, das tut mir leid. Ich habe den Termin vergessen. Aber ich wüsste eh nicht, was wir uns zu sagen hätten.«

»Da würde mir schon etwas einfallen – die Zukunft der Ranch zum Beispiel!« Sie drehte sich um. Betteln würde sie nicht um dieses Gespräch, obwohl sie im Moment keine andere Option hatte, als auf der Ranch zu arbeiten.

Er folgte ihr in die Küche und blieb in der Tür stehen, als er den sorgfältig gedeckten Tisch sah.

»Ich habe das nicht absichtlich verpasst, Entschuldigung«, wiederholte er und trat mit schuldbewussten Blick an den Tisch. Sie nickte und schenkte ihm mit einer leicht zitternden Hand einen Kaffee ein, nahm sich selbst eine Tasse Tee und einen Großmutterkeks. Sie atmete tief durch, dann nahm sie allen Mut zusammen.

»Ich habe mich entschieden und möchte das Projekt durchziehen. Wir übernehmen die Ranch gemeinsam und führen sie für ein Jahr«, eröffnete sie ihm.

Er trank seinen Kaffee mit unbewegtem Gesichtsausdruck und nahm einen Keks.

»Freuen Sie sich gar nicht, das wollten Sie doch?« Warum sagte er nichts? Sie versuchte, seine Gedanken zu lesen. Er ließ keine Freude erkennen, seine Kiefer mahlten.

»Das heißt, Sie unterschreiben das Ganze mit mir beim Notar und fahren dann zurück in die Stadt? Ich bleibe auf der Ranch und halte den Betrieb aufrecht?«, fragte er nach einer längeren Pause.

Sie überlegte kurz, doch das war für sie keine Option mehr. Sie schüttelte den Kopf.

»Ich meine, wir führen das aus, was Johanna geplant hat. Die Ranch gemeinsam betreiben!« Sie lächelte auffordernd, er musste sich doch freuen, dass er weitermachen konnte und Hilfe bekam.

Er rührte so lange in seiner Tasse, dass sie Angst um das Porzellan hatte:

»Wie stellen Sie sich das vor? Sie haben keine Ahnung von Pferden. Ich werde mir nicht von einer Großstadtdame in den Betrieb reinreden lassen.« Er starrte auf die Wand und sah sie dann an. »Alleine würde ich besser zurechtkommen. Sie passen nicht hierher!«

Lara nahm Johannas Brief aus der Tasche wie eine Art Legitimation. »Ich habe den letzten Willen gelesen, Sie haben ja auch ihr Schreiben bekommen. Johanna hat gesagt, ich habe eine natürliche Begabung für den Umgang mit Pferden. Ich war eine passable Reiterin, selbst wenn das etwas eingerostet ist. Ställe misten und Pferde füttern kann jeder«, widersprach sie.

Es war keine gute Idee von ihrer Großmutter, zwei so grundverschiedene Menschen zusammenzuspannen. Sie war kommunikativ und fröhlich, er wirkte wortkarg und in sich gekehrt. Nur im Umgang mit den Pferden schien er offen, fast zärtlich.

Er hatte seine Stirn in Falten gelegt, sein Blick hatte sich verfinstert. Er schüttelte resolut den Kopf. »Das wird nicht funktionieren. Ich lasse mich nicht ausnutzen, damit Sie an Ihre Erbschaft kommen! Sie haben sich hier jahrzehntelang nicht sehen lassen.«

Er war aufgestanden und ließ seine halb volle Tasse Kaffee auf dem Tisch stehen und wollte gehen.

»Was maßen Sie sich an. Sie wissen gar nichts, was damals vorgefallen ist. Ich war elf Jahre alt! Das war nicht meine Entscheidung, von hier wegzugehen!«

Er musterte sie noch mal von oben bis unten. »Na, etwas älter sehen Sie aus. Zumindest als Johanna krank war, hätten Sie Ihre Großmutter mal besuchen können!«

Traurig schüttelte sie den Kopf. »Ich habe nichts davon gewusst und dachte, dass ich hier nicht mehr willkommen bin.« Im gleichen Moment biss sie sich auf die Zunge. Warum rechtfertigte sie sich vor ihm? Sie war damals ein Kind – und Johanna hatte sich im Brief entschuldigt, dass sie den Kontakt nicht aufgenommen hatte.

Er hatte die Tür zugeschlagen, ohne darauf einzugehen. Sie überlegte. Das war danebengegangen. Hätte sie ihm sagen sollen, dass sie keine andere Wahl hatte?

Er stellte sie als Erbschleicherin hin, die keine Ahnung vom Ranchbetrieb hatte. Tatsächlich lag ihre Erfahrung auf dem Hof weit zurück. Doch er konnte sie anlernen. Wenn sie beide an einem Strang zogen, könnten sie den Betrieb retten. Warum begriff er das nicht?

Sie ging nach oben in das Zimmer ihrer Großmutter, das sich nicht verändert hatte, und setzte sich an deren Schreibtisch. Gerahmte Fotos standen hinten an der Wand, eines davon war das Hochzeitsbild ihrer Groß-eltern, daneben befand sich Laras Porträt und ein weiteres Bild, das Johanna und Lara, im Gras liegend, neben ihren Pferden zeigte. Sie erinnerte sich an diesen Tag, als wäre es gestern gewesen. Sie hatten einen Wanderritt durch die Küstenheide und den Wald unternommen und abends bei Freunden ihrer Großmutter die Pferde untergestellt und selbst im Zelt geschlafen. Lara hatte sich gefühlt wie im Wilden Westen, als sie Marshmallows über dem Lagerfeuer gegrillt hatten. Wobei die alten Cowboys dieses Zucker-zeug vermutlich gar nicht kannten. Sie seufzte und fragte das Foto:

»Und was soll ich jetzt tun? Das mit der Freundschaft klappt nicht.« Doch das Bild blieb stumm. Im linken Fach des Schreibtischs sah sie Briefumschläge liegen. Zögernd nahm sie einen davon und erkannte ihre Anschrift. Auch die darunter trugen ihre Adresse, jeweils durchgestrichen und der Notiz »Zurück an den Absender«. Das waren Hunderte Briefe! Lara saß wie betäubt vor dem Haufen. Ihre Großmutter hatte ihr geschrieben! Immer wieder. Die Schreiben hatte sie aber niemals bekommen. Das konnte nur ihre Mutter veranlasst haben!

Wie hatte Mama ihr das antun können? Lara hatte sich so verlassen gefühlt, weil sie nie wieder etwas von ihrer Großmutter gehört hatte. Wie immer meldete sich das schlechte Gewissen, wenn es um Mama ging. Denn ihrer Mutter ging es schlecht. Sie hatte um die zerbrochene Ehe getrauert. Papa hatte sie ausgetauscht und sich aus dem Staub gemacht. Lara hatte immer Angst um sie gehabt, hatte versucht, ihr alles recht zu machen. Aber jetzt wuchs ein grollendes Gefühl in ihrem Inneren. Wut! Warum hatte sie nicht an ihre Tochter gedacht? Wie gerne wäre sie an die Nordsee zurückgekehrt, zu ihrer Großmutter und ihrem Pferd. Wie sehr hatte sie beide vermisst. Trä-nen liefen ihr über die Wangen.

KAPITEL 7

Eine Amsel trällerte eine Arie vor dem Fenster, die rötlich schimmernde Morgendämmerung weckte Lara. Sie sprang aus dem Bett und öffnete den Fensterladen. Obwohl es noch nicht richtig hell war, fühlte sie sich ausgeschlafen. Tief atmete sie die salzgetränkte Luft ein. Von hier oben konnte sie die Nordsee zwischen den Stämmen der hohen Eichen vor dem Haus schimmern sehen. Am Abend vorher hatte sie angefangen, Johannas Briefe zu lesen. Das war wie ein Gespräch mit ihrer Großmutter. Sie hatte von Hannas Streichen geschrieben. Das Pferdchen bekam jede Tür auf und kroch unter den niedrigsten Zäunen hindurch. Nicht nur einmal war sie ausgebrochen, weil das Gras auf der anderen Seite des Zauns grüner aussah. Eines Tages hatte ihre Stute die Futterkammer überfallen. »Sie hat eine derartige Schweinerei angerichtet, jede einzelne Tonne umgekippt und den Inhalt verspeist. Zum Glück ist sie nicht geplatzt«, las sie. Lara lächelte und hatte beim Einschlafen das Bild vor Augen.

Sie räkelte und streckte sich am Fenster. Auf dem Hof sah sie André zur Futterkammer laufen. Als Kind hatte sie Johanna immer beim Frühstück für die Herden geholfen, sie würde ihm zur Hand gehen. Er würde sehen, was sie konnte.

Unter Johannas Sachen hatte sie Jeans und ein kariertes Hemd gefunden, wie es die Cowboys trugen. Beides passte wie angegossen, ebenso die Western-Stiefeletten.

Sie hätte sich fast selbst nicht im Spiegel wiedererkannt. Es fehlte nur ein Cowboyhut. Sie machte sich auf den Weg zum Wirtschaftsgebäude, wo André die Futtereimer mit Mineralmischungen, Getreide und Möhren füllte. Lächelnd sah sie ihm über die Schulter. »Guten Morgen, wen soll ich füttern?«

Er stutzte bei ihrem Anblick, murmelte aber ein kurzes »Bonjour«. Der Stallmitarbeiter war erkrankt, sie konnte ihm helfen, die Pferde zu holen. »Stehen die Namen nicht an den Boxen, dann kann ich das entsprechende Futter einfüllen?«, fragte Lara.

Er zeigte auf die Flächen hinter dem Stall: »Die Boxen-haltung haben wir abgeschafft. Wir haben komplett auf die Offenstallhaltung umgestellt. Das ist artgerechte Haltung. Man wusste das früher nicht, als Johanna angefangen hat. Im Stall lagern wir das Heu und Stroh.« Er hatte die Tür des Gebäudes geöffnet, wo sich der alte Boxen-trakt befand.

»Und die stehen alle leer?«

Er nickte. »Momentan schon. Die Pferde kommen nur bei Verletzungen in diesen Stall und die Zuchtstuten kurz vor der Geburt«, erklärte er.

»Was passiert bei Sturm, Regen und Schnee? Frieren die denn gar nicht?«, staunte Lara.

Er nickte. »Man sollte die Tiere nicht vermenschlichen, das Fell dämmt und schützt vor Witterungseinflüssen. Sie brauchen im Sommer ein Dach und Schatten, aber Regen stört die meisten nicht. Sie haben ja ihre Unterstände.« Sie gingen weiter zu den Paddocks und holten die erste Gruppe Vierbeiner auf den Hof. Damit jeder die richtige Portion erhielt, wurden sie dort angebunden und beka-men ihren Eimer serviert. Hanna wieherte, als sie kam, und Laras Herz schlug höher. Später wollte sie einen langen Ausritt unternehmen.

Eines der Pferde lief vor ihnen weg, sprang mit allen vieren in die Luft, stellte sich auf die Hinterbeine. Lara wollte versuchen, die schwarze Stute einzufangen. Doch er hielt sie zurück.

»Das ist Gianna, sie war Johannas Pferd. Sie trauert um ihre menschliche Bezugsperson. Ich denke, man muss ihr Zeit lassen.« Nachdenklich sah er dem Pferd hinterher. »Das ist eine Vollblutstute, für die braucht man ein Händchen.«

»Ist sie von der Rennbahn?«, fragte Lara.

Er nickte. »Ja, sie hat die Ausbildung zum Rennpferd bekommen und sollte mit zwei Jahren ihr erstes Rennen laufen, hat aber den Start verweigert. Dann wurde sie ausgemustert, Johanna hat sie vor dem Schlachter gerettet und als Reitpferd trainiert.«

Lara nickte. Sie hatten schon damals ehemalige Rennpferde umgeschult, und Lara hatte diese eleganten und eigenwilligen Tiere immer mit großen Augen bewundert, war aber zu klein für die Ex-Galopper. Wenn ihre Großmutter mit ihnen arbeitete, wurden manche der Rennpferde so zutraulich wie Hunde und liefen ihr überall hinterher.

»Ist Johanna bis zum Ende geritten?«

»Fast bis zum letzten Tag. Ich bin mit ihr im Watt geritten, sie ist in einem Tempo galoppiert, als wäre der Teufel persönlich hinter ihr her. Das war schon unvernünftig.« Er lächelte zum ersten Mal, und seine dunklen Augen blitzten. »Mit Gianna hat sie noch täglich leichte Schrittarbeit gemacht. Sie hat sich so sehr auf das Fohlen gefreut.«

»Ich habe gar nicht bemerkt, dass sie tragend ist«, Lara suchte nach den typischen Wölbungen, doch mehr als einen kleinen Bauchansatz konnte sie nicht feststellen.

»Alle drei Vollblutstuten haben aufgenommen. Diese Rasse ist sehr schlank, die Schwangerschaft sieht man erst am Ende«, sagte André.

»Wer ist eigentlich der Papa?«, wollte Lara wissen.

»Ein berühmtes Rennpferd namens Ramses, der Hengst steht in einem Gestüt in Deauville in Nordfrankreich. Johanna hat ihn extra für ihre drei Stuten kommen lassen. Bei Vollblütern wird der Akt sonst im Labor erledigt. Sie wollte beweisen, dass der natürliche Weg möglich ist, ohne dass die Tiere Schaden nehmen.« Er zeigte ihr auf dem Mobiltelefon das Foto eines hochgewachsenen Pferdes in Fuchsfarbe mit einer großen Blesse auf der Stirn und zwei weißen Füßen auf der linken Seite. »Ein sogenannter Natursprung. Der Hengst schien fleißig zu sein. Kurz gesagt, die vier hatten auf der Wiese ihren Spaß.« Er lächelte verschmitzt unter seinem Cowboyhut.

Jeder von ihnen führte jeweils drei Pferde am Strick zurück, dann öffnete er den Eingang zum nächsten Offenstall. »Die Stutenherde, das gleiche Spiel. Wenn Sie die erste Gruppe wieder auf die Koppel bringen, bereite ich schon das Futter vor.« Es dauerte eine Stunde, bevor sie den kompletten Stall verpflegt hatten. Sie hatte nicht gefrühstückt, doch das behielt sie für sich, um nicht als verweichlichte Städterin bezeichnet zu werden. Sie ging wieder zum Cowboy, der in der Sattelkammer aufräumte.

»Was liegt denn als Nächstes an?«

»Jetzt kommt das Reinigungsprogramm, das normalerweise unser Stallarbeiter erledigt.« Er zeigte auf die Schubkarren und Mistgabeln. Sie ging zu den Paddocks, um die

Pferdeäpfel zu entfernen. Er hatte die Pferde auf die Weiden gelassen, die sich hinter den Sandflächen befanden. Nach dem zweiten Offenstall schmerzte ihr der Rücken, sie war vollkommen erschöpft, und ihr Magen knurrte. Als er kam, hoffte sie, dass er vorschlagen würde, eine Mittagspause zu machen. Dann könnte sie das heikle Thema, das sie komplett ausgespart hatten, noch mal ansprechen. Doch er deutete auf die Ponys.

»Könnten Sie mir helfen, die Pferde für die Reitstunde vorzubereiten?«

Sie hätte eine Pause gebraucht, doch sie trank nur schnell einen Schluck Wasser in der Futterkammer und knabberte ein Möhre, bevor sie die vier Ponys nacheinander holte und an den Ringen im Hof anband.

»In der Gruppe sind kleine Kinder, ansonsten putzen die Schüler selbst. In dem Fall übernehmen wir das. Jedes Tier hat Sattel, Zaumzeug und Putzbeutel.« Er zeigte auf einen Raum neben der Futterkammer, wo sie das Beschriebene fand. Als die vier Reitschüler mit ihren Müttern kamen, war sie fertig. Er ließ die Kinder die Pferde auf den Reitplatz führen, sie nutzte den Moment, um sich zum Haus davonzustehlen. Völlig erledigt fiel sie auf die Sitzbank am Tisch, bevor sie sich einen Kaffee und ein spätes Frühstück machen konnte, war sie eingenickt.

»Na, Sie sind ja eine Hilfe!« Entsetzt fuhr sie hoch, als er in die Küche trat. Sie war vor Erschöpfung fest eingeschlafen, wie lange der Schlummer gedauert hatte, wusste sie nicht. »Ich habe mich auf Sie verlassen und Sie überall gesucht. Wie soll ich das allein hinbekommen: Pferde vorbereiten, Reitstunden geben, Termine annehmen«, schimpfte er.

»Ich hatte noch nichts gegessen, ich wäre sonst umgefallen«, entschuldigte sie sich, schaltete die Kaffeemaschine an und nahm sich einen Joghurt aus dem Kühlschrank und löffelte diesen gierig, nachdem sie sich und ihm einen Kaffee serviert hatte. Sie brauchte Koffein, um aufzuwachen.

Er zog seine Reitstiefel aus und setzte sich an den Tisch ihr gegenüber:

»Das ist eben nichts für Sie. Sie gehören in ein schickes Büro mit Großstadtluft!«

Das fand Lara ungerecht. Denn sie war zwar körperliche Arbeit nicht gewöhnt, war sich aber sicher, ihre Kondition mit der Zeit zu verbessern. »Na, Sie konnten alles auf Anhieb und waren kein bisschen müde«, erwiderte sie ironisch und nahm einen großen Schluck aus der Tasse und einen Keks.

»Das ist mein erster Tag, ich muss mich einarbeiten. Ich könnte später auch Reitstunden übernehmen«, bot sie an. Er zog die Augenbrauen nach oben. »Erst zeigen Sie mir mal Ihre Reitkünste. Etwas Hilfe könnte ich heute Abend gebrauchen.«

Sie nahm sich einen Keks zur Stärkung mit und folgte ihm auf den Reitplatz. Sie wollte Hanna holen, doch er bat sie, einen gescheckten Wallach mit dem Namen Filou zu reiten.

»Der macht in letzter Zeit, worauf er Lust hat. Reitschüler gehören gerade nicht dazu. Er müsste korrigiert werden. Es ist wichtig, konsequent zu sein und beim Reiten das Körpergewicht korrekt zu verlagern, sodass er versteht, wo Sie hinwollen«, erklärte er. Sie holte das Tier von der Weide, putzte und sattelte es. Dann schwang sie sich in den Sattel und ritt ein paar Figuren im Schritt, um warm zu werden. Sie genoss es, auf dem Pferd zu sitzen und eins zu werden mit dem Kraftpaket unter ihr. Dann trat André an den Rand des Reitplatzes und sah ihr zu. Sie fühlte sich wie ein Fremdkörper, schaffte es nicht, ihre Bewegungen harmonisch fließen zu lassen. »Stell dir vor, dein Körper besteht aus fließendem Wachs, der sich einfach mitbewegt«, das hatte Johanna immer gesagt. Vergeblich mühte sie sich um einen geschmeidigen Sitz im Sattel. Unter seinem Blick verspannte sie sich, und jedes Körperteil entwickelte ein Eigenleben. Prompt rannte der Wallach los, sprang mehrfach vorne und hinten hoch und versuchte, sie aus dem Sattel zu katapultieren. Doch ihr Körper reagierte fast automatisch, bewegte sich elastisch mit. Schließlich sah sie, dass ein Ohr in ihre Richtung zeigte. Filou hörte ihr wieder zu. Sie ritt Wendungen, um das Tier zu beschäftigen, und der große Körper unter ihr begann, sich weich mit ihr zu bewegen, ihren Gedanken förmlich anzuschmiegen.

»Gut gemacht«, lobte André vom Rand aus. »Und jetzt würde ich gerne den Trab sehen, am besten ein paar Bahnfiguren.« Filou rannte in einem ungleichmäßigen Rhythmus, den sie durch ihre ruhige Atmung, Stopps und Wendungen nach einiger Zeit ausgleichen konnte. Sie war hoch konzentriert und blendete aus, dass der Cowboy am Zaun stand und über sie urteilte. Das Pferd ließ seinen Kopf sinken, spannte den Rücken an, setzte seine Hinterhand unter den Körper. »Die Haltung ist hervorragend. Trauen Sie sich zu, ihn zu galoppieren? Er wird immer recht schnell.«

Sie überlegte nicht lang. Angst hatte sie nie gehabt, das ließ sie sich nicht zweimal sagen. Sie gab die Galopphilfen und lenkte ihn dann in einen Kreis, als er losstürmen wollte, wechselte die Seiten, trabte ein wenig, bis er einen gleichmäßigen Schritt gefunden hatte. Schließlich gönnte sie ihm eine Pause und ließ ihn an langen Zügeln in einer entspannten Haltung gehen.

André klatsche Beifall. »Das Reiten haben Sie nicht verlernt. Am Anfang haben Sie unkoordiniert gerudert, dann kam das Können durch!«

Lara schwebte in den letzten Runden mit Filou vor Glück, so gut fühlte es sich an.

»Wie wäre es mit einem Ausritt, ich habe Hanna eine Tour versprochen?«

Sie hatte eine schroffe Abfuhr befürchtet, doch er nickte. Sie übergab ihm den Wallach. Überrascht sah sie, wie er Filou den Sattel und die Trense abnahm und ihm einen Ring um den Hals legte.

»Am liebsten reite ich ohne alles, aber zur Sicherheit nehme ich den Ring.« Er hatte ihre fragenden Blicke bemerkt. Das war für sie eine neue Art zu reiten. Als sie Hanna fertig gesattelt hatte, sprang er mit einem eleganten Schwung auf den Pferderücken.

Sie ritten in Richtung des alten Deichs über den Stichweg und dann an der Seite des Deichs, wo es eine Grasspur extra für Reiter gab. Ein Feldweg führte zur vordersten Deichlinie vor der Nordsee. Lara erinnerte sich, dass es an manchen Stellen sieben Deiche vor den Wurten gab, den Hügeln mit den Häusern. Wie ein Berg wölbte sich der höchste und moderne Schutzwall vor ihnen auf – ganze zwölf Meter maß er und war weithin die höchste Erhebung.

Sie überquerten ihn über die Zufahrtsstraße zum Kutterhafen, um an den Strand zu gelangen. Es war Ebbe, das Meer hatte sich zurückgezogen, und vor ihnen lag die weite Wattfläche.

André sah prüfend auf die Uhr. »Wir könnten eine Tour ins Watt wagen.«

An einer flachen Stelle gelangten sie auf den Meeresboden. Gleichmäßig patschten die Pferdehufe durch die Pfützen im Watt. Diese Weite des Blicks öffnete Lara das Herz, sie fühlte Lasten von sich abfallen.

Auf dem Boden war das Muster der Wellen zu erkennen, silbern glitzerten die Pfützen. Eine Krabbe kreuzte ihren Weg. Sie ritten im Schritt am Ufer entlang. André drehte sich von Filou aus nach ihr um: »Wie wäre es mit einem kleinen Galopp? Ich warte auf euch!« Mit diesen Worten ließ er sein Pferd durchstarten. Das ließ sie sich nicht zweimal sagen und brauchte Hanna nur leicht mit dem Oberschenkel zu touchieren, sofort startete sie in einen Galoppsprung. Trotz ihrer kürzeren Beine und ihres Alters konnte ihre Stute mit Filou mithalten, Laras Körper passte sich den harmonisch fließenden Bewegungen an, ihre Haare wehten im Wind. Sie genoss den Augenblick und jauchzte laut auf. Pfützen spritzten, die Hufe wirbelten den Schlamm auf, doch das störte sie nicht. In vollkommenem Gleichklang bewegte sie sich mit Hanna, genoss das Gefühl zu schweben.

André gab das Zeichen dafür, dass er abbremsen würde, dann kehrten sie um und trabten am Ufer zurück. Hanna wurde jetzt langsamer und atmete schwer. Ihre Kondition war wohl nicht mehr die beste, sie wollte ihr Pony nicht überfordern. »Wir gehen zu Fuß weiter«, rief sie André zu, stieg ab und führte ihr erschöpftes Pferd. Er ritt neben ihr und betrachtete sie.

»In dir steckt ja doch ein Cowgirl.«

Die Farbe schoss ihr ins Gesicht. Dieses Kompliment bedeutete ihr etwas. Zum ersten Mal zollte er ihr Anerkennung – und er hatte sie geduzt. Vielleicht konnten sie doch noch Freunde werden? Als sie eine halbe Stunde später auf dem Hof ankamen, sattelten sie die Pferde ab, kontrollierten die Hufe und putzten die Sattellage. »Wie wäre es mit einem kühlen Bier?«

»Klingt gut«, befand der Cowboy. Sie stellten den Pferden zur Belohnung eine Schüssel mit Müsli hin. Während die Vierbeiner malmten, ging Lara zwei Flaschen aus der Küche holen. Er stand an die Wand der Sattelkammer gelehnt und schien in Gedanken. Er trug zwar seinen Hut nicht, ansonsten sah er aus wie aus der Zigarettenwerbung. Groß, schlank, mit einem kantigen Gesicht und diesen ausdrucksvollen dunklen Augen. Er hatte sie nicht kommen hören und schrak auf. Sie stießen an, und sie bedankte sich. »Das war ein wunderschöner Tag, fast wie früher mit Johanna.«

»Schade, dass sie das nicht miterlebt hat.« Sie sah, dass seine Augen feucht schimmerten. Er schien ihre Großmutter verehrt zu haben.

»Ich bin froh, dass sie dich hatte. Ich habe jetzt erst verstanden, dass sie mich geliebt hat«, gab Lara zu. Er ging darauf nicht ein, trank seine Flasche aus und verabschiedete sich dann.

Sie blieb an den Paddocks sitzen und sah ihm hinterher. Vermutlich ging er zu seiner Mutter und seiner Verlobten, die sie noch nicht kennengelernt hatte. Die beiden wollten nach seiner Aussage keinen Besuch, da es seiner Mutter nicht gut ging. Sie hoffte, dass sie ihn von ihren Reitkünsten und ihrem Pferdeverstand überzeugt hatte. Und sie hatte eine Idee, wie sie ihn beeindrucken konnte. Sie hatte erstmalig nicht an Lars gedacht und das Desaster bei der Zeitung. Erst jetzt verstand sie, wie ihr die

Welt der Pferde gefehlt hatte. »Das Glück dieser Erde«, für sie lag es tatsächlich auf dem Rücken der Pferde. Wie leicht fühlte sie sich, wie durchs Leben schwebend. Ihre Großmutter musste das gewusst haben. Nur André schien noch nicht überzeugt. Sie wollte alles dafür tun, dass er seine Meinung änderte. Sie war sich sicher, dass sie den Betrieb ein Jahr gemeinsam führen könnten. Zusammen die Ranch retten.

KAPITEL 8

Lara war es speiübel, sie kroch mit letzter Kraft zum Zaun des Reitplatzes, bevor sich alles in ihrem Kopf drehte. Es hatte keinen Sinn, um Hilfe zu schreien. Willy, der Stallarbeiter, war noch immer krank. Das Haus von André lag hinter dem Stallgebäude, sodass er und seine Verlobte ihre Rufe nicht hörten. Die Außentore hatten sie geschlossen, Reitschüler und andere Pferdebesitzer waren nicht mehr auf der Ranch.

Am schlimmsten war es, dass Gianna, die Stute ihrer Großmutter, über den Zaun gesprungen und nicht mehr zu sehen war. Hoffentlich hatte sie nicht weitere Absperrungen umgerissen, war auf die Straße geflüchtet und hatte sich verletzt. Sie durfte sich gar nicht vorstellen, dass sie in ein Auto gerannt war. Lara hatte einen metallenen Geschmack auf der Zunge und Sand zwischen den Zähnen, der Schmerz in ihrem Knöchel war kaum auszuhalten. Blut tropfte aus ihrer schmerzenden Nase in den Sand. Sie blieb lieber einen Moment auf der Stelle liegen, damit es ihr nicht wieder schwarz vor Augen wurde.

Wie hatte das nur passieren können? Sie hatte gehofft, dass die Stute ihrer Großmutter, Gianna, genug Vertrauen gefasst hatte. Als sie den Fuß in den Steigbügel gesetzt und den anderen über den Rücken geschwungen hatte, war das Tier auf einmal nach vorne gesprungen, hatte ausgeschlagen und war auf den Hinterbeinen in die Höhe gegangen. In dem Moment war Lara abgesprungen, aber beim Fallen mit dem Fuß umgeknickt. Sie hörte ein Knirschen und spürte darauf einen so stechenden Schmerz, dass es ihr schwarz vor Augen wurde. Mit dem Gesicht war sie auf die Erde gefallen. Sie schaffte es nicht aufzutreten und aufzustehen, gleichzeitig raste Gianna wie von einer Tarantel gestochen hin und her, bis sie über den Zaun sprang und davongaloppierte.

Lara suchte ihre Taschen ab, doch sie hatte ihr Handy bei den Sätteln gelassen. Da sie es nicht schaffte, zum Tor zu gelangen, war sie am Zaun liegen geblieben und lehnte ihren Kopf an. Jede Bewegung verursachte Schmerzen, und ihr wurde wieder schwarz vor Augen. Sie konnte nur warten und hoffen, dass André so früh wie möglich seinen Dienst antrat.

Sie hatte keine Ahnung, was das Pferd so in Rage versetzt hatte. In den letzten Tagen hatten sie sich miteinander vertraut gemacht. Nach dem Ausritt mit André war sie das erste Mal zu Johannas Pferd gegangen. Als sie kam, wendete sich die Stute ab und kehrte ihr den Rücken zu. Lara wusste, dass sie Geduld brauchen würde. Sie versuchte, sie mit einer Möhre zu locken, und wartete, doch das Pferd ihrer Großmutter ignorierte sie. Lara überlegte, was Johanna getan hätte. Das Pferd neugierig machen? Sie ging zur weißen Kaltblutstute Fatima, die auf der gleichen Koppel stand, und massierte ihr den Hals und den Rücken, dabei wendete sie sich ab und ignorierte Gianna. Eine Stunde war sie schon auf dem Paddock. Sie hatte den Pferden den Rücken zugewandt und wollte gehen, da berührte sie eine weiche Fellschnauze an der Hand. Es war Gianna. Sie wandte sich dem Pferd zu, in dem Moment drehte sich die Stute weg. Das Spiel wiederholte sich mehrmals. Nach einigen Versuchen erlaubte Gianna

Lara, ein Halfter und einen Strick anzulegen, und ließ sich führen. Eine Viertelstunde später folgte sie ihr sogar freiwillig. Das hatte sie an den darauffolgenden Tagen wiederholt, danach war es Zeit für den nächsten Schritt. Den Sattel auflegen und reiten. Sie wollte es am Abend probieren, um André am Tag darauf zu überraschen. Was für eine idiotische Idee. Sie war zu ungeduldig gewesen. Sie würde hier bis zum Morgen ausharren müssen – wenn sie es denn überhaupt schaffte. Um sich von dem stechenden Schmerz im Knöchel abzulenken, rief sie sich die Briefe von Oma Johanna ins Gedächtnis. Sie füllten den ganzen Schreibtisch. Fein säuberlich waren sie aufgestapelt, auf jedem Umschlag stand »Zurück an den Absender«, geschrieben mit der Handschrift ihrer Mutter. Gefesselt hatte sie angefangen, einen nach dem anderen zu öffnen. Es war so, als würden Johanna und sie die verlorenen Jahre nachholen. Wie gerne würde sie dort in dem gemütlichen Zimmer mit der geblümten Tapete sitzen und weiterlesen. Sie hatte in chronologischer Reihenfolge angefangen. Johanna hatte alles berichtet, was auf der Ranch geschah, bestimmt würde sie auf Gianna zu sprechen kommen. Lara hatte von André nur wenig über die Stute erfahren. Es war ein Risiko, sich auf ein Tier zu setzen, das vom Verlust seiner Bezugsperson traumatisiert war und von dem sie absolut nichts wusste. Doch sie hatte überlegt, wie sie André von ihrer Kompetenz bei der Pferdearbeit überzeugen konnte – und ein Journalistenpreis oder ein toller Text hätten ihm nicht imponiert. Daher kam sie auf die Idee, mit Gianna zu arbeiten. Das war leider gründlich schiefgegangen, er würde sie für vollkommen unverantwortlich erklären und von dem gemeinsamen Projekt Ranch Abstand nehmen.

Aber das war ihre geringste Sorge. Ihr wurde kalt, und obwohl sie auf dem Boden lag, wurde ihr schwindlig. Sie fürchtete, dass es ihr wieder schwarz vor Augen wurde und sie das Bewusstsein verlor.

Lara befand sich in einem Dämmerzustand, als André vor ihr stand und die Hand auf ihren Arm und dann auf die Stirn legte. Sie wusste nicht, wie lange sie auf dem Sand des Reitplatzes gelegen hatte, und öffnete mit Mühe die Augen. Es dämmerte und musste früh am Morgen sein. Sie fror jämmerlich und hatte Schmerzen.

Plötzlich klatschte seine Hand auf ihre Wange. Hatte er sie geohrfeigt?

»Aufwachen!«, rief er. »Nicht aufgeben. Wir schaffen das!«

Sie bemühte sich um eine Antwort, doch mehr als Gestammel brachte sie aus ihrem ausgetrockneten Mund nicht heraus.

Als sie mit Anstrengung blinzelte, begegnete sie seinem Blick. Seine Augen hatten ihren harten Glanz verloren und ruhten fast liebevoll auf ihr. Nur seine Stirn lag in Falten vor Sorge.

»Es kommt gleich Hilfe«, versprach er sanft.

»Gianna«, murmelte sie nur, bevor es ihr wieder schwarz vor Augen wurde. Sie spürte, wie er sie aufhob und trug, atmete seinen herben Geruch ein, bevor sie wieder das Bewusstsein verlor.

Alles war weiß, als sie wieder aufwachte. Die Bettwäsche, die Wände, nur der Fußboden war grau. Eine junge Frau, Anfang 20, lag im Nachbarbett und starrte vor sich auf den Bildschirm. Sie musste im Krankenhaus gelandet sein. Und in der Glotze lief ausgerechnet eine Krankenhausserie!

»Hallo«, krächzte sie.

»Moin, mal wach?«, fragte ihre Nachbarin und stellte sich als »Anja, Schulter-Bruch«, vor.

»Lara, ziemlich kaputt«, sie winkte matt zum Nachbarbett. Sie erinnerte sich, wie sie mittels einer Trage in den Krankenwagen gehoben worden war, danach hatte sie ein Schmerzmittel und ein Kreislaufmittel gespritzt bekommen. Damit ging es ihr besser, der Schmerz und das dauernde Schwindelgefühl ließen nach. An die Fahrt erinnerte sie sich nicht, als sie aufwachte, stand ihr Bett vor der Röntgenabteilung. Als der Arzt ihr die Diagnose mitteilte, wäre sie beinah wieder ohnmächtig in ihr Kissen gefallen. Sie hatte sich das Wadenbein am Sprunggelenk gebrochen und das Band gerissen. Damit konnte sie unmöglich auf der Ranch arbeiten. Der Traum war ausgeträumt.

»Wir müssen operieren, um beides wieder in die richtige Position zu bringen«, hatte der Oberarzt Doktor Alexander, ein schlaksiger junger Mediziner mit Brille, anhand des Röntgenbildes erläutert. Der Eingriff sollte sofort stattfinden, ihre Einwilligung vorausgesetzt. Ihr graute zwar vor Operationen, aber da sie keine andere Chance sah, schnell wieder gesund zu werden, stimmte sie schweren Herzens zu. Nach der Einleitung der Narkose bekam sie die Fahrt auf dem Krankenbett in den Operationssaal mit, dann sah sie die Lichter, die Umrisse lösten sich allmählich auf und bildeten einen einzigen weißen Schein.

Sie war in einen tiefen Schlaf gefallen. Stunden später wachte sie auf und sah zu ihrem Bein hinab, das sich wie ein Fremdkörper anfühlte. Fuß und Knöchel steckten in einem roten Gipsverband, der kurz unter dem Knie endete. Die Farbe sah echt verboten aus.

»Wenn du weiter dauerschläfst, spanne ich dir diesen heißen Typen aus«, sagte ihre Bettnachbarin.

»Hat er etwas ausgerichtet?«, fragte Lara überrascht. Sie dachte an Lars. Wie konnte er wissen, dass sie hier im Krankenhaus lag. Hatten die Ärzte ihn benachrichtigt? Sie hatte in den letzten Tagen nach ihrer Rückkehr kaum an ihn gedacht, jetzt merkte sie, wie sehr er ihr fehlte.

»Nee, der hat dich nur mit einem verknallten Blick angestarrt, dann ist er aufgesprungen und rausgeeilt«, berichtete Anja Schulter-Bruch.

»War das so ein großer Blonder mit einer Sturmlocke?«

Anja drehte den Ton am Fernsehen leiser und sah sie mit großen Augen an:

»Der war es nicht. Frau Matsch-Knöchel, fahren wir mehrgleisig? Wieso weißt du nicht, welcher Typ dich im Krankenhaus besuchen kommt?«

Fast hätte Lara gekichert über die Vermutung.

»Na das fehlte! Das sind einfach nur Kollegen.«

»Dieser nette Kollege trug Cowboystiefel, hatte dunkle Haare und einen Blick zum Dahinschmelzen. Du kannst ihm jederzeit meine Telefonnummer geben. Aber der hatte leider nur Augen für dich«, bedauerte ihre Bettnachbarin. Die Beschreibung klang nach André. Es erstaunte sie, dass er bei ihr im Krankenhaus war. Natürlich hatte er sie gerettet, denn er hatte sie gefunden. Doch nach ihrer Dummheit dürfte er wütend auf sie sein – und das zu Recht. Diese angeblich verliebten Blicke entstammten der Fantasie ihrer Bettnachbarin.

In dem Moment ging die Tür auf, und sie sah ihre Freundin Ulrike, die Else untergehakt hatte. Die alte Dame trug einen Rosenstrauß, hinter dem sie fast verschwand. Sie winkte, die beiden steuerten auf sie zu.

»Wir wollten schauen, wie es der wilden Reiterin geht«, sagte Else. Sie standen vor ihrem Bett und sahen beide aus, als würden sie gleich um die Wette heulen.

Lara berichtete zerknirscht, was vorgefallen war. »Ja, ich weiß, nicht gerade vernünftig. Aber ich musste etwas tun, um André zu zeigen, was ich kann. Jetzt ist er bestimmt auf 180 – ich habe alles vermasselt.«

»Ach was«, widersprach Else. Sie trat an ihr Bett, richtete das Kissen, sodass sie sich besser aufsetzen konnte. Dann strich sie ihr liebevoll über die Wange.

»Du bist genau wie Johanna. Die hat sich mit 80 Jahren auf jeden wilden Gaul geschwungen.« Sie lächelte milde.

Lara nickte schuldbewusst:

»Was ist mit Gianna, ich hoffe, ihr ist nichts geschehen?«

»Ich habe den Tierarzt kommen sehen, mehr weiß ich nicht«, bedauerte Else. Die beiden Frauen nahmen sich jeweils einen Stuhl und setzten sich an ihr Bett.

»Ja, Johanna war meine beste Kundin. Aber bis auf kleinere Blessuren war sie fit«, bestätigte Ulrike. Dann kicherte sie: »Mensch, Lara, du hast dich wieder gut eingelebt. Ich denke oft an die alten Zeiten. Wir als Pferdemädels waren unschlagbar!«

Es tat Lara gut, dass die beiden sie nicht mit Vorwürfen überhäuften. Das tat sie selber. Sie war kein Kind mehr wie damals, als sie nachts heimlich auf der Koppel ritten, weil sie tagsüber nicht genug bekommen hatten.

Die Tür ging auf, und Oberarzt Doktor Alexander kam zu ihr ans Bett. Er grüßte gut gelaunt.

»Wie geht es nach der Operation, wie fühlen Sie sich?«, wollte er wissen und sah sich den Gips ebenso wie ein am Bett angebrachtes Tablet mit den Röntgenaufnahmen noch mal genau an.

Ehe sie etwas sagen konnte, war Uli aufgesprungen und rief laut:

»Alex, das gibt es ja nicht, bist du wieder hier?«

»Uli«, sagte der Arzt, dann fielen sich beide in die Arme. Ihre Freundin drehte sich lächelnd zu Lara. »Du hast ja absolutes Glück, dass du ausgerechnet meinem Kollegen Christian Alexander in die Hände gefallen ist. Niemand hat so ein Händchen bei Operationen«, schwärmte Uli. Dann gingen die beiden an den Bettrand und betrachteten die Datenlage. Else zwinkerte Lara bedeutungsvoll zu.

Uli hatte ein Strahlen auf dem Gesicht wie damals, als sie von Johanna ein eigenes Pflegepferd bekommen hatte. Vom Gespräch über die Verletzung bekam Lara wenig mit, denn das war von lateinischen Fachausdrücken gespickt.

Lara räusperte sich: »Wenn ich die beiden Koryphäen kurz unterbrechen dürfte: Wie sieht denn jetzt der Fahrplan für mich aus? Ich würde gerne mit den beiden nach Hause fahren!«

Uli sah ihren alten Studienkollegen fragend an. Doktor Alexander nahm nochmals das Tablet zur Hand, auf dem die Daten gespeichert waren, wiegte bedächtig den Kopf.

»Ausgeschlossen. Ich möchte Sie mindestens drei Tage zur Überwachung hierbehalten«, widersprach er.

»Und wenn Uli diese Aufgabe übernehmen könnte und mich einmal am Tag besuchen käme?«, schlug Lara vor. Doch ihre Freundin schüttelte entschieden den Kopf.

»Wie im Krankenhaus kann ich dich nicht betreuen, ich habe volle Sprechstunden und keinen Operationssaal zur Verfügung.«

Hilfe suchend sah Lara zu Else. Ihre Zeit lief ab, der Notartermin stand an, bei dem sie persönlich erscheinen musste. Andernfalls würde das Erbe an die Stiftung fallen.

Auch wenn André absagte und sie die Ranch nicht übernehmen konnten, würde sie zumindest gerne Abschied vom Ort ihrer Kindheit nehmen. Gerade hatte sie innerlich mit ihrer Großmutter Frieden geschlossen, war bereit für einen kompletten Neuanfang, doch sie hatte sich ihren Traum mit einer unbedachten Aktion verbaut. Wenn sie die nächsten Tage neben Anja Schulter-Bruch und ihren Klinikserien verbringen musste, würde sie verzweifeln.

»Gegen ihren Willen kann man sie hier nicht festhalten. Dann übernehme ich eben die Pflege«, meldete sich Else resolut zu Wort und baute sich vor den Halbgöttern auf. Diese diskutierten wieder mit gesenkten Stimmen.

»Auf eigene Gefahr und nur, wenn Uli täglich die Entwicklung der Fraktur untersucht«, gab Doktor Alexander nach. Uli nickte. »Und von Pferden halten Sie bitte gebührenden Abstand in den kommenden Wochen«, rief er ihr hinterher. »Jaja«, antwortete sie vom Flur, nicht dass die beiden Mediziner ihre Meinung änderten. Mit ihren beiden Freundinnen an der Seite humpelte Lara auf Krücken den langen Flur entlang bis zum Parkplatz.

KAPITEL 9

Als André zur Futterkammer kam, war Lara fertig mit der Befüllung der Eimer mit den Rationen und Medikamenten für die Tiere. Sie hatte auf der Bank vor dem Raum ihren Fuß hochgelegt. Überrascht zuckte er bei ihrer Begrüßung »Moin, Monsieur« zusammen.

»Bonjour. Was zum Kuckuck tust du hier? Du solltest dich im Krankenhaus erholen«, begrüßte er sie und sah überrascht auf die Batterie von gefüllten Futtereimern.

»Da ich die Pferde leider nicht zum Frühstück holen kann, habe ich schon mal angefangen.« Sie verriet ihm nicht, wie schwierig es gewesen war, mit dem Rollstuhl durch die engen Türen zu kommen. Beinah wäre sie auf einem Sandweg stecken geblieben und hatte sich nur mit äußerstem Krafteinsatz bis zur Futterkammer vorarbeiten können. Vielleicht würde sie mit ein bisschen Training auch bald schneller vorankommen. Erst am Abend davor hatte ihr Ulrike das Gefährt vor ihr Bett gestellt.

»Langsam, dein Kreislauf ist nicht völlig stabilisiert«, hatte die Freundin sie gewarnt. Mit Else war sie zum Krankenbesuch und der täglichen Untersuchung gekommen. Lara war sofort in der Wohnstube hin und her gerollt, um zu üben. Sie war froh, dass sie ein wenig Mobilität gewonnen hatte. Sehnsüchtig sah sie André die Pferde führen. Dann drehte sie ihren Rolli wieder in Richtung Futterkammer und füllte die nächsten Portionen ab. Sie biss vor

Schmerzen die Zähne zusammen, sie hoffte, dass es eine Chance für die Ranch gab.

»Wie geht es Gianna?«, fragte sie ihn vorsichtig, als die Pferde Hafer und Müsli malmten. Er kam auf sie zu.

»Mensch, das war halsbrecherisch, es hätte übel ausgehen können«, brach es aus ihm heraus. »Was hat sie denn?«, wollte Lara wissen.

»Sie hatte eine Schramme an der Hinterhand, nur oberflächlich, aber das war reine Glückssache. Wir spielen hier kein *Russisches Roulette*. Sicherheit ist oberstes Gebot«, schimpfte er.

»Ich habe doch schon eine Zeit lang mit ihr gearbeitet und dachte, dass ich das hinbekomme«, räumte sie zerknirscht ein.

Er sah sie etwas versöhnlicher von der Seite an: »Ungeduld ist bei der Arbeit mit Pferden selten ein guter Ratgeber.«

Er drehte sich um und holte die verbleibenden Vierbeiner von der Koppel, darunter auch die Stute ihrer Großmutter. Gianna hatte einen grünen Verband am Bein, lahmte jedoch nicht. Sie mischte ihr einige Leckerlis in die Portion. »Meinst du, die Pferde erschrecken, wenn sie den Rollstuhl sehen«, fragte sie vorsichtshalber.

Er schüttelte den Kopf. »Kennen sie, wir haben hier eine Therapie-Reitgruppe. Wir veranstalten ein bis zwei Mal im Jahr ein Anti-Schrecktraining.«

Lara war sich nicht sicher, ob er sie verschaukeln wollte. »Was meinst du damit?«

Er zog sein Telefon heraus und zeigte ihr Bilder, wo die Pferde durch Gatter mit Flatterband gingen, über schmale Holztreppen marschierten oder durch ein Bällebad schritten, sie sah ihn neben einem der Ponys einen Regenschirm schwenken. Das Pferd senkte entspannt den Kopf. »Das ist ein Training, das Polizeipferde durchlaufen. Es sind Fluchttiere, je mehr Dinge sie kennenlernen, desto gelassener werden sie gegenüber unbekannten Gegenständen, und sie lernen, ihrer Führperson zu vertrauen«, erklärte er.

Das hatte Lara nie gehört. Sie hoffte, dass Gianna ihren Rollstuhl gelassen hinnehmen würde. Sie nahm den Eimer auf den Schoß und rollte langsam auf sie zu. Die Stute schnaubte aufgeregt, schnupperte an Laras Fahrzeug, bevor sie die Nase in den Eimer mit ihrem Pferdemüsli steckte. Lara streichelte ihr den Kopf und murmelte der Stute eine Entschuldigung ins Ohr. Dann lauschte sie dem Malmen der Vierbeiner, André brachte die Pferde zurück auf die Koppeln. »Kann ich etwas helfen?«, fragte sie, als er wieder kam. Er zog eine Augenbraue hoch und sah sie an. »Kümmere dich lieber um dein Bein.« Er wollte die Schulpferde Korrektur reiten, und Lara rollte zum Zaun des Reitplatzes, um ihm zuzusehen. Er begann mit Filou, den sie kannte, und setzte sich wieder ohne Sattel und ohne Trense auf den bloßen Rücken des Tieres. Sie hatte noch nie jemanden reiten sehen wie ihn. Die Bewegungen von Zweibeiner und Pferd flossen in perfekter Harmonie ineinander, beide schienen zu einem Mischwesen zu verschmelzen. Sie sah ihm mit offenem Mund zu. So schnell wie möglich musste sie das rote Ungetüm an ihrem Bein wegbekommen, sie wollte auch so reiten lernen!

So ungehobelt er häufig auf sie reagiert hatte, mit den Pferden hatte er Einfühlungsvermögen. Sie erinnerte sich an Anja Schulter-Bruch aus dem Krankenhaus, die so von ihm geschwärmt hatte. Dabei hatte sie ihn nicht einmal reiten sehen. Er brachte die Pferde mit den kleinsten Bewegungen dazu, die Gangart zu wechseln oder Seitengänge vorzuführen. Filou lief unter ihm wie ein Hochleistungssportler. Wie von Zauberhand ließ André das Pferd auf der Stelle galoppieren. Der Blick seiner dunklen Augen war nach innen gerichtet, er versank in seine Tätigkeit, seine Bewegungen waren weich und fließend. Sie hätte so vieles von ihm lernen können.

Am nächsten Tag mussten sie sich wieder beim Notar melden, dann war die Woche abgelaufen. Sie überlegte, wie sie ihn auf das Projekt ansprechen könnte, ohne wieder in Streit zu geraten. Andererseits hätte er ihr eine Meinungsänderung sicher mitgeteilt. Ihre Reitversuche mit Gianna waren alles andere als eine vertrauensbildende Aktion gewesen. Sie seufzte, und er schien wie aus der Versenkung aufzuwachen.

»Du wärst gern an meiner Stelle, oder?« Er hatte eine Pause eingelegt, Filou stand neben ihr am Zaun, und er saß entspannt auf dessen Rücken. Er klang versöhnlicher.

Sie nickte verdrossen. Dann sah sie auf ihren Gips. »Könntest du mich auf Hanna heben?«

Er schüttelte den Kopf, und sie meinte zu sehen, dass sich seine Augenwinkel zu einem fast unmerklichen Lächeln verzogen hatten.

»Else hat doch recht, du kommst nach Johanna. Und im Übrigen: Lass es sein!«

In dem Moment erschrak Lara, da eine Hand auf ihrer Schulter lag.

»Der Meinung bin ich aber auch!« Uli stand hinter ihr, sie musste Mittagspause haben. Die Zeit war trotz ihrer derzeitigen Behinderung wie im Flug vergangen. Sie bedauerte, dass sie André nicht länger zusehen konnte, und ließ sich von ihrer Freundin zum Haus rollen. Uli kam mit einem großen Koffer.

»Das Reiten lässt du mal bitte sein, oder du sitzt für immer in dem Gefährt.«

Uli deutete auf die Couch. »Wenn du hier aufsteigen könntest, wäre das eine Leistung, und es würde mir echt helfen!«

Lara hievte sich vom geparkten Rollstuhl auf das Sofa. Es fiel ihr schwer, das Reiten war doch keine gute Idee.

Uli kam mit einer riesigen Schere wieder, und sie hätte ihr Gipsbein am liebsten weggezogen, wenn sie so beweglich gewesen wäre.

»Was tust du da, willst du mein Bein abschneiden?« Angsterfüllt sah Lara auf das Folterinstrument. Unbeeindruckt beugte sich ihre Freundin hinab, setzte oben am Verband an und begann, diesen aufzuschneiden.

»Ist mit Alex abgestimmt. Du bekommst eine Gehschiene und bist damit mobiler. Dann wirst du nicht komplett deine Muskelkraft verlieren«, erklärte Uli, die bis zur Hälfte vorangekommen war. Lara zitterte, denn sie hatte Angst, ihre Freundin könnte sie in die Haut schneiden.

»Au, mein Bein«, schrie sie.

Erschrocken hielt Uli inne. »Hab ich dich geschnitten?« Sie sah auf ihr Werk und untersuchte die Stelle, sah Lara dann verständnislos an, die vor Angst geschrien hatte. Die Schere hatte ein wenig ihre Haut berührt und nicht einmal einen Kratzer hinterlassen.

»Da ist nichts, sei nicht so zimperlich. Denk an Pippi Langstrumpf.« Sie öffnete den Rest des Verbands und bat Lara, still liegen zu bleiben. Endlich hatte sie es geschafft, triumphierend hielt Uli den Gips in der Hand.

»Magst du den zum Andenken an die Wand hängen?«

Lara wollte die Sache lieber so schnell wie möglich vergessen. Sie blickte auf ihr zitterndes Bein mit der

Operationsnarbe, das sich ohne den Schutz verletzlich anfühlte.

»Schaff mir das bloß aus den Augen!« Ihre Freundin nahm eine Rolle und verband geschickt den Knöchel. »Das ist ein Tape, du kannst damit besser schlafen. Und ansonsten habe ich etwas Hübsches mitgebracht.« Sie grinste. Dann holte sie einen Skistiefel aus dem Koffer. So sah es zumindest aus. Fragend sah Lara sie an, sie hatte keine Ahnung, was das sein sollte. »Skifahren würde ich momentan eher ungern.«

»Damit bist du halbwegs einsatzfähig, du kannst leichte Arbeiten verrichten und zum Notar gehen.« Sie begann, die Klettverschlüsse an dem Riesenstiefel zu öffnen, hob Laras Unterschenkel und platzierte ihn dann behutsam im geöffneten Stiefel. »Die gepolsterte Gehschiene legst du an, wenn du auf der Ranch unterwegs bist. Dein Bein ist damit gegen leichte Stöße gesichert.«

Lara betastete den Schutz und bewegte dann vorsichtig ihr Bein. Sie nahm die Gehhilfen, die ihr Uli zurechtgestellt hatte, und stand auf. Sie konnte sich aufrecht halten und schaffte ein paar vorsichtige Schritte durch das Wohnzimmer. Sie war endlich wieder mobil. Sie hinkte auf Uli zu, ließ die Krücken fallen und fiel ihr um den Hals. »Danke dir! Du bist die beste Freundin der Welt!« Dann konnte sie sich nicht mehr halten und heulte wie ein Schlosshund. Was für ein Glück, dass sie sich wiedergetroffen hatten und so wunderbar verstanden.

Uli drückte sie fest und gab ihr ein Taschentuch.

»Ich freue mich so, dass du zurück bist. Du darfst nicht wieder verschwinden! Und schone dich vor dem wichtigen Termin, dein Bein ist nicht vollständig abgeschwollen.«

Lara nickte. »Wir bleiben in Kontakt. Aber die Chancen stehen schlecht. André war immer dagegen, dass wir diese Ranch weiterführen. Der Unfall hat die Lage leider nicht verbessert. Damit fällt alles an die Stiftung«, sagte sie niedergeschlagen.

»Das ist verständlich, aber trotzdem traurig. Gibt es eine Möglichkeit für dich, bei dieser Organisation unterzukommen?«, fragte Ulrike.

Lara sah auf ihren Skischuh. »Das habe ich mir leider selbst verbaut.« Wer würde schon jemanden mit einem frischen Beinbruch auf einer Ranch einstellen?

Ulrike sah auf die Uhr, suchte ihre Utensilien zusammen und eilte aus der Tür. »Bis spätestens morgen früh, ich werde heute erst spät aus der Praxis kommen.« Sie winkte, dann war sie verschwunden.

KAPITEL 10

Ein Wiehern von draußen weckte sie, der Schmerz erinnerte sie daran, dass sie nicht aus dem Bett springen durfte. Vor dem Fenster bot sich ein Bild von fast übernatürlicher Schönheit. Wie eine Bettdecke lag dichter Nebel über den Weiden, an den Rändern verlief das Weiß in ein zartes Rot der aufgehenden Sonne. Schattenförmig zeichneten sich die Silhouetten der Pferde ab. Dieses Licht kannte sie nur hier an der Nordsee. Mit Mühe riss sie sich von dem Anblick los und legte den neuen Skischuh an. Erschrocken stellte sie fest, dass sie zu spät aufgewacht war, um beim Füttern der Pferde zu assistieren.

Sie wollte André nochmals auf den Notartermin ansprechen. Bis zum 15. Mai um Mitternacht sollten sie ihre Entscheidung in der Kanzlei von Harry Rickmer kundzutun. Das ließ ihr genügend Zeit, doch Lara beschloss, so schnell wie möglich dort anzurufen und abzusagen.

Sie wählte die Nummer, seine Sekretärin teilte ihr mit, dass sie persönlich vorbeikommen müsse. Bis Mitternacht würde der Notar warten. Am besten, sie fuhr gleich mit André dorthin. Dann würde er ihr auf der Fahrt einmal für längere Zeit zuhören, und sie konnte ihm erklären, wie es zu dem Unfall mit Gianna gekommen war. Mit ihren Krücken stakste sie zum Reitplatz, hinkte durch das Wirtschaftsgebäude und sogar den weiten Weg zu seinem Privathaus, das am äußersten Ende des Grundstücks stand.

Früher war es einmal das Backhaus für den Gutshof gewesen. Es war ein Ziegelbau mit efeubewachsener Fassade. Dort traf sie auf eine alte Dame, die im Rollstuhl im Garten saß und hingebungsvoll ein gestreiftes Muster strickte, eine Socke. »Bonjour, Mademoiselle«, begrüßte diese Lara mit einem Lächeln.

Oh, da musste sie die alten Französischkenntnisse hervorkramen. »Bonjour, Madame«, fiel ihr auf Anhieb ein. Dann radebrechte sie eine Frage nach André.

»André ist mit dem Auto weggefahren«, teilte ihr die alte Dame in fließendem Deutsch mit leichtem Akzent mit. In dem Moment kam eine junge blonde Frau in einem weißen Kittel aus der Tür, sah sie von oben bis unten an:

»Wer sind Sie und warum belästigen Sie Frau Rivière? Sie ist sehr krank.«

Die Pflegerin drehte den Rollstuhl in Richtung Haus und schob Andrés Mutter, die laut protestierte, durch die Tür, ohne eine Antwort abzuwarten.

Lara hätte sich gerne kurz hingesetzt, wagte aber nicht, sich auf der Bank vor dem Haus niederzulassen. Trotz zunehmender Schmerzen und nachlassender Kraft in den Armen humpelte sie zum Haus zurück und ging zur Couch, um das Bein hochzulagern.

Sie schrieb ihm eine Nachricht und wartete. Da keine Antwort kam, streckte sie sich aus, um einen Moment zu ruhen, war innerhalb von kürzester Zeit eingeschlafen. Von einem Geräusch schreckte sie hoch, da war es 19 Uhr. Wie sollte sie bloß zum Notar kommen? Sie versuchte, Ulrike zu erreichen. Die Sprechstundenhilfe wimmelte sie ab, die Spätsprechstunde war längst vorbei, das Wartezimmer noch immer voll. Ulis Arbeitstag würde bis in den späten Abend gehen. Ein Taxi wäre die Lösung, sie rief die Nummer an, doch mitten in der Touristensaison war keines zu bekommen. Lara humpelte ruhelos durch die Diele, Wohnzimmer und Küche. Else fiel ihr ein. Ihr Rettungsanker. Die Nachbarin nahm bei dem Anruf nicht ab, häufig hörte sie das Klingeln nicht oder vergaß ihr Telefon im Haus. Das hatte sie ihr gesagt. Doch eine andere Lösung hatte Lara nicht.

Erstaunt sah die Nachbarin sie an, als sie mit ihren Krücken und dem Skischuh vor der Tür stand. »Kind, du sollst dich doch ausruhen!«

Umgehend verschwand die alte Dame in der Speisekammer und wollte etwas auftischen, Lara lehnte ab. »Heute ist der Termin beim Notar. Ich muss dringend nach Cuxhaven, kannst du mich da hinbringen?«

Else sah sie mit großen Augen an: »Ich fahre schon seit zehn Jahren nicht mehr. Nur Uli fährt mich manchmal mit dem Käferchen spazieren, damit er nicht einrostet.« Sie tippte auf ihre Brille. »Ich möchte kein Menschenleben auf dem Gewissen haben!«

»Und wenn ich noch mal deinen Käfer nehmen würde?«, überlegte Lara.

Else stand entgeistert vor ihr und deutete auf den Skischuh. »Mit dem da, wie soll das gehen?« Da hatte sie zweifellos recht, damit die Pedale zu treffen, war reines Glücksspiel.

»Und wenn wir zusammen fahren?«, bettelte sie.

»Kind, weißt du, wie alt ich bin? Das ist zu aufregend für mich.« Kopfschüttelnd setzte sie sich an den Küchentisch, wo Lara Platz genommen hatte und ihr Bein hochgelagert hatte.

»Dann schaffe ich den Termin eben nicht, es hat nicht sollen sein«, resignierte Lara, die keine andere Chance

mehr sah, rechtzeitig in die Stadt zu kommen. Else überlegte, dann straffte sie entschlossen die Schultern.

»Ach, was soll's, wir probieren das! Wenn wir das im
Garten hinbekommen, fahren wir.«

Die alte Dame setzte sich ans Steuer, Lara quälte sich auf
den Beifahrersitz, beugte sich hinüber und nahm links das
Lenkrad und rechts den Ganghebel in die Hand. »Kupp-
lung«, sagte sie und Else trat das richtige Pedal. Ruckelnd
und holpernd drehten sie eine Runde über die Wiese.
Schnell waren sie nicht, doch sie kamen voran. Dann sahen
sie sich an, Lara prustete los, und Else stimmte ein. »Auf
geht's. Du darfst nicht zu spät kommen.«

An der kleinen Straße hinter dem Deich, die kaum
befahren war, setzten sie sich holpernd in Bewegung. Die
Übungsrunden hatten Zeit gekostet, sie bewegten sich
im Schneckentempo voran. Selbst ein langsamer Traktor
hätte sie überholt. Lara sah auf die Uhr, der Termin rückte
näher. Sie kamen am Krankenhaus vorbei.

»Kannst du ein bisschen schneller«, bat sie Else, die darauf den Motor aufheulen ließ. Es war 23.38 Uhr, als sie
sich vor der Kanzlei auf den Parkplatz stellten. »22 Minuten«, rief Lara und hinkte mit ihrem Skischuh so schnell
sie konnte auf das Gebäude zu. Sie klingelte unten, doch
nichts rührte sich. Waren sie zu spät gekommen? Wieder drückte sie auf den Knopf. Else hatte das Auto abgeschlossen und stand mit einem fragenden Blick neben ihr.
»Zwölf Minuten«, sagte Lara nach einem Blick auf die Uhr.

»Ruf doch mal da an«, schlug Else vor.

»Rickmer«, meldete sich eine verschlafene Stimme,
kurz darauf ging der Summer, und die Tür öffnete sich.
Sie trommelte mit den Fingern auf die Knöpfe am Fahrstuhl, die Treppe wäre sie in keinem Fall hinaufgekom-

men. Endlich waren sie im vierten Stock angekommen, wo der Notar sie an der Tür empfing. »Schön, dass Sie es pünktlich geschafft haben.« Säuerlich sah er auf seine Uhr.

Sie wurde in den gleichen Raum gebeten wie bei der Testamentseröffnung. Schloss Ritzebüttel war beleuchtet und sah eindrucksvoll aus. Wahrscheinlich würde die Ranch trotz ihrer Bemühungen an die Stiftung gehen. Doch sie hatte gekämpft, das gab ihr ein gutes Gefühl. Der Notar hatte Platz genommen und fragte fast feierlich: »Frau Lara Kolberg. Wie haben Sie sich entschieden? Möchten Sie das Erbe von Johanna Kolberg annehmen und den Hof ein Jahr lang gemeinsam mit André Rivière führen, bevor das Eigentum zu gleichen Teilen an sie beide übergeht?«

Lara machte eine bedauernde Handbewegung. »Ja, das hätte ich gerne, aber leider möchte Herr Rivière das gemeinsame Erbe nicht antreten.«

»Wie ist denn bitte Ihre Entscheidung?«, wiederholte der Notar.

Erstaunt sah sie zu ihm. »Ich habe alleine keine Chance.« Sie zeigte auf ihren Skistiefel. »Da gibt es ein kleines Handicap.«

Er sah auf die Uhr, die an der einen Seite des Raums hing. Es war eine Minute vor Mitternacht. Dann fragte er nochmals: »Ich möchte Ihre persönliche Entscheidung hören. Wollen Sie das Erbe antreten?«

Blitzschnell schossen Gedanken durch ihren Kopf. Gab es einen Passus, den sie überhört hatte? Wie könnte sie das allein bewerkstelligen? Andererseits fragte er, was *sie* wollte.

Sie nickte entschieden: »Ja, ja, ja, ich will mein Erbe antreten. Es ist nur schade, dass ich das nicht tun kann.«

Er atmete erleichtert aus. »Das ist ja mal ein klares Wort. Sie haben Ja gesagt, und ich darf herzlich zum Erbe gratulieren, vorausgesetzt, dass Sie beide die Ranch erfolgreich führen. Ich wünsche Ihnen und Herrn Rivière ein erfolgreiches erstes Jahr, und möge es nicht das letzte sein. Johanna wäre stolz!«

Er schüttelte zur Gratulation ihre Hand. Er erzählte etwas von Besuchen, die er ihnen abstatten würde. Lara fragte nicht nach, sie war überwältigt von dieser Überraschung.

Mechanisch legte sie ihre Hand in die dargebotene Pranke, während sie versuchte, das eben Gehörte zu verarbeiten. Wie war das nur möglich? Sie hatte nicht damit gerechnet, dass die Ranch auf sie übergehen würde. »Was hat denn Herr Rivière gesagt?«, wollte sie wissen.

Der Notar hatte seine Akten ausgebreitet und schob ihr ein Papier hin, auf dem sie unterschrieb. Dann steckte er es zu den übrigen Dokumenten und ging zur Tür. »Ich würde jetzt gerne nach Hause und ins Bett gehen. Am besten, Sie fragen Ihren Geschäftspartner selbst!«

Else saß draußen und sprang ungewöhnlich flink auf, als Lara auf sie zu gehumpelt kam. »Was passiert denn mit der Ranch?«

Sie umarmte die alte Dame. »Er muss Ja gesagt haben. Wir treten das Erbe der Ranch an.« Else drückte sie fest, eine Träne rollte über die faltige Wange. Dann stiegen sie in den Käfer und holperten mit vereinten Kräften zurück nach Hause.

KAPITEL 11

Lara war völlig erschöpft eingeschlafen und hatte erstmalig vor Müdigkeit keine Schmerzen gespürt. Verschlafen hinkte sie zur Futterkammer, als André Pferde auf die Paddocks brachte.

»Guten Morgen, wie wäre es mit einer Besprechung?«

Er murmelte so etwas wie »Bonjour« und schüttelte aus der Ferne den Kopf. »Keine Zeit, der Tierarzt kommt gleich.«

Als er wiederkam, brachte er Gianna, die Stute ihrer Großmutter, mit. Mit Erleichterung sah Lara, dass sie keinen Verband mehr trug. Neben ihr standen zwei weitere Vollblutstuten, die ebenso wie Gianna trächtig waren.

Kurz darauf rollte schon der VW-Bus des Veterinärs auf den Hof. Lara humpelte zu seiner Begrüßung in Richtung seines Wagens. »Henning«, stellte sich der sportlich aussehende blonde Mann in Jeans und Gummistiefeln vor.

Sie erinnerte sich an einen grauhaarigen Tierarzt gleichen Namens. Er hatte für ihre Großmutter gearbeitet, und sie hatte ihm manchmal bei Untersuchungen assistiert. Eine Zeit lang war sie fest entschlossen, später einmal Tierärztin zu werden. Fragend sah sie den Veterinär an:

»Als Kind bin ich oft einem Doktor Henning zur Hand gegangen, war das Verwandtschaft?«

Er nickte. »Dann haben Sie meinen Vater kennengelernt, ich habe seine Praxis vor zwei Jahren übernommen. Wie schön, dass die neue Generation auch hier weitermacht.«

Grübchen ließen sein Lächeln jungenhaft wirken – und ein Leuchten ging von ihm aus.

»Können wir jetzt?«, unterbrach André unwirsch die Begrüßung. Doktor Henning zückte eine Karte und überreichte sie Lara.

»Falls Sie mal wieder einem Tierarzt assistieren möchten, jederzeit«, und zwinkerte ihr zu. Sie hielt Gianna am Halfter. Diese schnupperte an ihrer Hand, dann beschnüffelte sie mit ihren Nüstern Laras Skistiefel. Der Tierarzt tastete ihr Bein nach Schwellungen ab, beugte es. André führte sie im Schritt und im Trab vor.

»Ich sehe nichts mehr. Gianna hatte sich etwas das Bein vertreten. Ich würde sie eine Woche schonend im Schritt führen«, erklärte Doktor Henning. Lara war erleichtert. Er schaute sich den Bauch an, tastete nach dem Fohlen. Bei allen drei Stuten nahm er Blut ab. Dann kehrte er noch mal zu Gianna zurück und legte die Stirn sorgenvoll in Falten.

»Sie ist zu dünn, das gefällt mir nicht«, bemerkte der Tierarzt. Er schrieb eine Liste mit Zusatznahrung für die künftige Pferdemama. »Und sie braucht Liebe.« Er schenkte Lara einen intensiven Blick. »Die Arme hat ihre Bezugsperson verloren, Vollblüter sind menschenbezogen. Die Psyche ist nicht zu unterschätzen.«

Sie streichelte ihr sanft den Hals. »Ich kann meine Großmutter nicht ersetzen, aber ich werde mich um sie kümmern.« Es fehlte noch die Ultraschalluntersuchung.

Sie brachte Gianna in den Stall, André führte die beiden anderen Stuten. Sie sollten stundenweise in geräumigen Krankenboxen stehen, um beim Fressen mehr Ruhe zu haben und sich an die Räumlichkeiten zu gewöhnen. Dort würden sie die letzten Tage der elf Monate dauernden Trächtigkeit verbringen, sie hatten extra Kameras angebracht, um die Geburt zu überwachen. Auf dem Ultraschallbild waren schon komplett entwickelte kleine Pferde zu erkennen, sogar die Mähne war ausgeformt.

»Wird es ein Junge oder ein Mädchen«, wollte Lara wissen, als Doktor Henning Gianna untersuchte. Er fuhr mit dem Gerät hin und her. »Ich tippe auf eine Stute.« Dann zeigte er nochmals auf das Baby. »Es wird über einen Monat dauern, das Fohlen hat sich nicht gedreht«, erklärte er.

»Wie soll es sich denn auf dem engen Raum in Giannas Bauch drehen?«, wunderte sie sich.

Er lächelte wieder. »Das ist ein Wunder der Natur. So ein kleines Pferd ist 35 bis 40 Kilo schwer und einen Meter lang. Damit es überhaupt aus der Scheide der Stute herausschlüpfen kann, dreht sich der Körper vor der Geburt so, dass der Kopf zwischen den Vorderbeinen zu liegen kommt, denn genauso kommt das Baby aus der Stute hinaus.« Lara hörte ihm fasziniert zu, während André neben ihnen stand und von einem Fuß auf den anderen trat.

»Sehen Sie irgendwelche Komplikationen?«, meldete er sich zu Wort. Doktor Henning deutete auf Gianna. »Wie gesagt, sie braucht Zusatzfutter, ich werde die Blutwerte durchgeben, um die Mineralversorgung zu bestimmen.« Dann verabschiedeten sich die Männer. Doktor Henning schüttelte Lara die Hand und fragte sie: »Haben Sie Lust, in dieser Woche mit mir auszugehen?«

»Tanzen ist gerade schwierig«, sie hob ihren Skistiefel ein Stück hoch, »gern ein anderes Mal.« Er beugte seinen Kopf aus dem Fenster seines Wagens und winkte lässig. »Wann immer Sie möchten! Ich habe nichts gegen Moonboots.« Mit einem Zwinkern verabschiedete er sich.

»Was für ein alberner Gockel!«, schimpfte André, als der Doktor vom Hof gefahren war. Sie standen in der früheren Boxengasse, wo sie die Stuten untergebracht hatten, und beobachteten diese. Sein Mund war ein Strich, als er ihm nachsah. »Ich finde ihn nett und kompetent«, widersprach Lara.

»Süßholzraspeln kann er, das stimmt.«

Sie sah zu den Stuten hinüber. Gianna döste in der Ecke, nachdem sie ihre Zusatzportionen leer gefressen hatte, und die beiden anderen Zuchtstuten schienen entspannt. »Es scheint ihnen zu gefallen.«

»Das sind Vollblüter, die werden gerne mal verwöhnt.«

Eine Frage brannte ihr auf der Zunge. Sie hatte keine Gelegenheit gehabt, ihn darauf anzusprechen. »Kannst du mir verraten, warum du deine Meinung geändert hast?«, fragte sie ihn. Einen Augenblick lang schien sich sein Mund wie zu einem Lächeln zu verziehen. »Als du da lagst, habe ich verstanden, dass ich mich in dir getäuscht hatte. Du bist aus dem gleichen Holz geschnitzt wie Johanna. Der Rest ist ja euer Familiending.«

Nachdem die Stuten fertig waren, öffneten sie die Tore und führten diese wieder auf die Freifläche. Lara hatte sich an das Laufen in dem monströsen Schuh gewöhnt. Sie war froh, dass sie damit ohne Gehhilfen zurechtkam und sogar Pferde führen konnte. Trotz ihrer unbedachten Aktion hatte Gianna Vertrauen zu ihr gefasst, und André ließ sie die Stute auf den Paddock bringen. Gianna verstand sofort, dass Lara ein Handicap hatte und lief in vorsichtigen Trippelschritten hinter ihr her, um sie nicht zu verletzen. Es war rührend, wie einfühlsam Pferde sein konnten. Lara ging es wesentlich besser. Sie hatte ihrer Freundin Uli versprechen müssen, mit dem Reiten zu warten.

Sie folgte André: »Ich dachte, du bist stinksauer über die Aktion und schlägst das Erbe erst recht aus?«

Er stellte die beiden Stuten ab und strich Gianna über den Hals. »Das war halsbrecherisch für dich und das Pferd. Aber seitdem ist sie wach, nimmt wieder am Leben teil. Du hast ihr Herz geöffnet.«

Er hatte zugestimmt, zur Feier des Tages einen gemeinsamen Tee zu trinken. Sie ging in die Küche, bereitete einen Tee zu und stellte die Keksdose auf den Tisch. Traurigkeit überkam sie, denn die Blechdose war fast leer. Johannas Vorrat ging zur Neige.

Das Gebäck schmeckte nach Kindheit, unbeschwerten Tagen auf der Ranch und Proviant auf wilden langen Ausritten durch Watt und Heide. »Was hast du, ich dachte, wir stoßen auf unseren ersten Tag an?«, wunderte sich André, der ihren traurigen Gesichtsausdruck bemerkt hatte. »Hast du es dir schon anders überlegt und willst lieber nach Berlin zurück?«

Obwohl ihr die Tränen aufstiegen, brachte er sie zum Lachen. Sie weinte und prustete gleichzeitig, ihre Wangen waren heiß. So wie sie sich kannte, hatte ihr Gesicht die Farbe einer Tomate angenommen.

»Johanna fehlt mir. Ich wusste nicht, dass sie unendlich oft versucht hat, mit mir Kontakt aufzunehmen. Ich habe all ihre Briefe gefunden!« Sie bemühte sich, das Schluchzen zu unterdrücken. Doch als der Cowboy plötzlich sanft seine Hand auf ihre legte, war es wie ein elektrischer Schlag, der durch ihren Körper raste. Seine Finger fühlten sich rau an, dennoch war die Berührung sanft. Bislang hatte er sie dauernd verurteilt, sein Mitgefühl sprengte ihren Schutzpanzer. Der Schmerz, der wie ein fester Kloß in ihrem Hals gesessen hatte, löste sich in einem Tränenstrom. Fast automatisch sank sie an seine Schulter, sie spürte den rauen Stoff seines Hemdes, der feucht wurde von ihren Tränen.

In dem Moment öffnete sich die Tür, und Else kam herein. Sie sah müde aus und hatte Mühe zu laufen.

»Ich bin etwas erschöpft. Schön, dass ihr beiden euch versteht.« Lara wischte sich schnell mit dem Pulloverärmel die Augen. Sie hatte sich gehen lassen, zu allem Überfluss vor ihrem Geschäftspartner.

»Ich muss die Reitstunden vorbereiten. Die Kindergruppen könntest du übernehmen, Lara? Die erste machen wir zusammen.« Er war behutsam von ihr abgerückt und aufgestanden. Nachdem er Else umarmt hatte, ging er. Sie hätte lange so sitzen können. Sie freute sich, dass er ihr endlich eine Aufgabe überließ. Konnten sie doch Freunde werden, wie Johanna gehofft hatte?

Sie fragte sich, was sein plötzlicher Sinneswandel zum Erbe zu bedeuten hatte. Bisher hatte er ablehnend auf sie reagiert. Else schickte ihr fragende Blicke.

»Wie wäre es denn mit einer Feier? Das ist doch wunderbar, dass ihr beide die Ranch übernehmt«, schlug ihre Nachbarin vor. Dann lächelte sie schelmisch:

»Das schuldest du mir als Dankeschön nach dieser Abenteuertour!«

Lara nickte. Das war eine wunderbare Idee. Dann könnte sie ihre Berliner Freunde einladen, die zu lange nichts von ihr gehört hatten. »Ich muss es mit André besprechen.«

Er war in der Sattelkammer, sie folgte ihm, da sie vor dem Unterricht Fragen hatte. Er beschrieb ihr die Schüler in der ersten kleinen Gruppe und erklärte den Ablauf der Reitstunden. Dankbar las sie ihm jedes Wort von den Lippen ab.

»Viel Spaß, ich bin nicht der geborene Pädagoge für kleine Kinder«, sagte er. Mit einem leichten Magengrummeln wartete sie auf die Schüler. Damals bei Johanna hatte sie Reitunterricht für die Kleinen gegeben, doch das war Jahrzehnte her. Sie hatte vieles vergessen.

Die Kinder – es waren drei Mädchen und ein Junge – kamen mit ihren Müttern, als Lara zur Sattelkammer gehumpelt kam. Sofort umringten sie ihre neue Reitlehrerin und löcherten sie, was sie für einen riesigen Schuh trage.

»Kennt ihr den Siebenmeilenstiefel?«, fragte Lara.

Eines der Mädchen, sie stellte sich als Lily vor, nickte.

»Da kann man weite Schritte machen, bis auf den Mond. Nimmst du mich mit?«

»Und ihr wollt auch mit?«, fragte Lara die anderen Kinder.

»Ich bleibe bei meiner Mama«, piepste Sebastian, der kleine Junge, die Mädchen nickten. »Ich sage euch Bescheid, wenn die Reise losgeht. Jetzt gehen wir erst mal reiten«, schlug Lara vor. Wie André ihr vorher erklärt hatte, verfolgten sie ein besonderes Konzept. Von Beginn an sollten die Kinder lernen, wie Pferde artgerecht gehalten wurden, und den gewaltlosen Umgang. Sie benutzten weder Gerten noch Sporen und keine Gebisse. Es ging darum, als Reiter Leittier des Pferdes zu werden, um ihm Sicherheit zu geben und die Fluchtreflexe zu überwinden.

»Die Zeiten, in denen die Kleinen hintereinander im Kreis reiten, sind vorbei«, erklärte er. Die Vierergruppe arbeitete mit einem Pferd, und Lara hatte ihre Hanna ausgewählt, um keine Überraschungen zu erleben. Sie gingen sie gemeinsam holen, besprachen das Leben in der Pferdeherde, dann putzte die kleine Gruppe.

Jeweils nacheinander halfen sich die Kinder auf dem

Reitplatz beim Aufsteigen und ritten im Schritt und Trab. Lily erinnerte Lara an ihre eigenen Anfänge, sie strahlte, sobald sie auf dem Sattel saß, und schien dort wie angeklebt. Als das Pony einmal stolperte, lachte sie nur.

»Wer ist denn schon mal galoppiert«, wollte Lara wissen. Lily meldete sich, die anderen hatten die schnelle Gangart nie probiert. »Am Ende des Schuljahres könnt ihr alle galoppieren«, versprach Lara. Als sich die Kleinen verabschiedet hatten, trat André auf sie zu.

»Das hast du prima gemacht, du erklärst verständlich und hast das Konzept umgesetzt.« Er nickte anerkennend. Sie sollte zwei weitere Gruppen mit etwas älteren Kindern übernehmen, während er mit den Berittpferden arbeitete. Lara spürte, wie ihr das Blut in den Kopf schoss. Das war das bislang erste Lob von ihm, und es bedeutete ihr viel. Die älteren Schüler hatten je ein Pony, das André mit ihnen von der Koppel holte, sodass Lara ihren Fuß einen Moment lang hochlegen konnte. Sie ließ die Kinder jeweils nacheinander Bahnfiguren reiten, halten, rückwärtsgehen und mehrmals die Gangarten wechseln, korrigierte die Fußstellung oder Zügelführung. Die Kinder waren gut ausgebildet, vielleicht sollten sie in den Ferien kleine Reiterspiele organisieren, wie das Johanna früher gemacht hatte. Für sie waren das unvergessliche Erinnerungen.

Nachdem sie die zweite Gruppe der größeren Kinder verabschiedet hatte, ging sie noch mal zu Gianna. Fast golden glänzte ihr Fell in der Sonne, sie hatte lange schlanke Beine und einen athletischen Körper, an dem sich die Muskeln abzeichneten, ihr Kopf sah mit der weißen Blesse und den ausdrucksvollen Augen edel aus. Eine kleine Rundung am Bauch verriet, dass ein Fohlen unterwegs war.

Sie hatte ihre Ohren nach vorne gerichtet, ein Zeichen von höchster Aufmerksamkeit in der Pferdesprache. In einem eleganten Trab kam die Vollblutstute an den Eingang. Genüsslich ließ sie sich am Hals streicheln, an den Ohren und der Stirn kraulen. Lara fuhr ihr sanft über das Fell, strich dann vorsichtig den Bauch, wo sie eine schorfige Stelle entdeckte. Sie kratzte die Stute, die ihre Lippen genussvoll schürzte. Als Lara gehen wollte, folgte ihr Gianna, wie um zu sagen: »Bleib doch.«

André war stehen geblieben und hatte ihnen beiden zugesehen. »Du hast ihr Vertrauen gewonnen, enttäusche sie nicht«, sagte er.

»Das werde ich nicht. Jedenfalls nicht mehr. Dieser Unfall tut mir so leid«, bedauerte sie. Er legte ihr einen Finger auf den Mund. »Schscht. Schau nach vorn.«

Sie sprach ihn auf Elses Idee an, ein Fest zu veranstalten, und er nickte.

»Nimmst du das in die Hand?«, bat er. Er würde seine Mutter und die Verlobte mitbringen, außerdem Geschäftspartner einladen.

Sie nickte. »Wir erstellen später eine Gästeliste, damit wir niemanden vergessen.« An einem Wochenende Ende Juli wollten sie die gemeinsame Übernahme der Ranch feiern. Voller Vorfreude stürzte sie sich in die Planung.

Lara hatte es zum ersten Mal seit dem Unfall geschafft, sich mit ihrem Spezialschuh und einer Hand die große Freitreppe hinaufzuhangeln. Sie setzte sich in das Arbeitszimmer ihre Großmutter, ihr Blick fiel auf die alten Fotografien. Jedes Mal überfiel sie die Traurigkeit über die verlorenen Jahre, die sie hätten gemeinsam verbringen können. Sie sah in die Schublade mit den Briefstapeln, zum Glück lagen darin noch viele weitere Kuverts, die

an sie selbst adressiert waren. Die Briefe zu lesen war, als
würde Johanna mit ihr sprechen.

Mein liebes Kind,
zu viele Jahre sind vergangen, seit wir uns gesehen
haben. Ich hoffe, du wirst diesen Brief erhalten,
denn mit 16 kannst du allein entscheiden, ob du
lesen möchtest, was deine alte Großmama erlebt.
Die Ranch läuft zu meiner Zufriedenheit. Wie du
weißt, liebe ich alle Pferde, vom kleinen Pony bis
zum edlen Araber. Ich habe in den letzten Jah-
ren das eine oder andere Pferdlein aufgenommen –
wenn die Eigentümer gestorben waren, von Tier-
schützern aus schlimmen Verhältnissen befreite
Tiere oder andere, die zum Schlachter kommen
sollten, weil sie als schwierig galten.
So kam ich zu Gianna. Sie ist ein ehemaliges Renn-
pferd, und mit gerade einmal zwei Jahren drohte
ihr die Schlachtung. Eine Freundin hatte mir das
Bild geschickt – sie war ein klapperdürres Gestell
mit riesigen Augen, voller Angst und Misstrauen.
Sie hatte einen Stammbaum, der einiges von ihr
erwarten ließ, doch auf der Rennbahn war sie
beim ersten Versuch gescheitert. Sie ging nicht in
den Startblock, und als der Startschuss fiel, ist sie
stehen geblieben. Nichts überzeugte sie loszulau-
fen, weder Schläge, noch Geschrei oder eine Möhre.
Sie stand auf der Stelle wie ein Reiterdenkmal. Ein
solcher Charakter hat mich, ehrlich gesagt, beein-
druckt. Was für ein kluges und stolzes Pferd!
Ich bin kurzerhand mit dem Hänger zur Renn-
bahn gefahren und habe mir den dürren Klepper

geholt. André hat über die Idee den Kopf geschüttelt. Auf den Hänger ist sie sofort gestiegen und hat ihn auf der Ranch problemlos verlassen. Alles andere hat sie in den kommenden Monaten abgelehnt. Man konnte sich ihr nicht nähern, sie wollte keine Streicheleinheiten, und wenn sich die Pferde näherten, hat sie die Ohren angelegt. Nur auf ihr Futter hat sie sich immer gestürzt, als wäre es der erste gefüllte Eimer, den sie jemals bekommen hat. Es hat lange gedauert, bis ich neben ihr stehen durfte. Wochen später ließ sie sich berühren, das Halfter anlegen. Wir begannen mit ein paar Runden im Schritt auf der Weide, später auf dem Reitplatz und bei längeren Spaziergängen. Gianna ist so zutraulich geworden wie ein Hund. Sie ist verspielt, und ich habe ihr ein paar lustige Übungen beigebracht, die sie zu unseren Weihnachtsfeiern aufgeführt hat. Sie kann einen Ball bringen, einen Teppich aufrollen, durch einen brennenden Reifen springen oder sich auf Kommando hinlegen. Das macht ihr Spaß. Mit dem Anreiten habe ich gewartet, bis sie fünf wurde. Das Training auf der Rennbahn begann für meine Begriffe zu früh. Mit eineinhalb Jahren ist so ein Pferdlein fast ein Baby, selbst wenn die Vollblüter frühreif sind. Für mich ist das nicht der richtige Weg. Sie hat Gewalt erfahren, da sie ihren eigenen Willen hat. Sie hat mit mir diskutiert, beim Longieren oder im Round Pen. Das hatte ich früher nicht, es ist ein runder Platz, wie ihn die Cowboys benutzen. Die Pferde laufen darin frei um ihren Trainer herum und reagieren auf Zeichen, es ist eine Form

von Gespräch. Sie hat gebuckelt, sich drohend auf die Hinterbeine gestellt, geschnappt. Selbst nach all den Jahren habe ich von ihr gelernt, denn sie ist ein Pferd mit einem eigenen Kopf. Ich habe verstanden, dass ich ihr Herz gewinnen muss, um sie zu überzeugen. Bei der Arbeit mit den Vierbeinern geht es um Energie, und die sollte bei einem sensiblen Vollblüter dosiert sein. Niemals sollte man Menschenwut gegen die Pferde richten, nur einen kurzen Energieschub und sich dann sofort wieder zurücknehmen. Dankbar sein und loben, was diese wundervollen Wesen für uns aus Liebe tun. Ich habe ihre Rückenmuskeln aufgebaut, und nach diesem langsamen Training ließ sie sich entspannt reiten. Sie hat in ihrem zweiten Leben einen gewaltlosen Umgang mit dem Menschen erfahren und ist aufgeblüht.
Ich würde sie dir so gerne zeigen. Ich hoffe, du kommst uns bald besuchen,
In Liebe, deine Johanna.

Lara ließ den Brief sinken. Gianna war eine Verbindung von ihr zu ihrer Großmutter. Schon bevor sie diese Vorgeschichte kannte, hatte die stolze Vollblutstute sie angezogen wie ein Magnet. Schaute Johanna aus den Wolken auf sie herab? Dann wäre sie glücklich, dass sie einander gefunden hatten.

KAPITEL 12

Lara hatte kaum noch Schmerzen, sie hatte mittlerweile ein Programm für ihre kleinen Reiter ausgearbeitet. In der Ferienzeit kam die Kindergruppe jeden zweiten Tag auf die Ranch am Deich. Vor allem die kleine Lily war eine überaus begabte Reiterin. An diesem Tag stand das Mädchen betrübt in der Ecke der Sattelkammer. Sonst waren die Kinder begeistert losgestürmt, wenn sie die Pferde von der Koppel holten, und das kleine blonde Mädchen war immer die Erste am Tor. Doch an diesem Tag war Lily blass und sagte kein Wort, ihre Augen waren rot.

»Magst du heute nicht reiten?«

Das Mädchen schüttelte den Kopf mit den langen blonden Zöpfen. Sie strich ihr über die Haare. »Möchtest du mir sagen, was dich bedrückt?« Die Kleine blieb stumm und drehte sich weg. Vielleicht musste man sie in Ruhe lassen und sie würde sich ihr später anvertrauen. »Magst du zuschauen?«

Das Mädchen nickte stumm und folgte Lara wie ein Schatten zu den Pferden, stand dicht neben ihr, als sie die Sättel kontrollierte, und blieb am Zaun in ihrer Nähe stehen.

Sie ließ die anderen Kinder einen Slalom reiten und über eine Stange hüpfen, korrigierte Sitz und Körperhaltung. Der kleine Junge tat sich damit schwer.

»Stell dir vor, du hast eine Lampe am Bauchnabel und leuchtest genau in deine Richtung«, erklärte ihm Lara. Bei einer anderen Übung beschrieben die Kinder das Haus vom Nikolaus mit den Armen. Es diente dazu, die Körperposition auszurichten. Am Ende sah sie zufrieden zu, wie die Kinder jeweils einzeln auf ihren Schulpferden über den Platz trabten. Sie hielt nichts von den Reitstunden, wo ein Pferd hinter dem nächsten lief und nur der erste Reiter gefördert wurde.

Ohne dass sie es bemerkt hatte, war André an den Reitplatz getreten und hatte ihr zugesehen. »Das werden ja tolle kleine Reiter«, lobte er. Die Mütter am Rand des Platzes schienen einige Zentimeter zu wachsen. André kam bei den Damen an. Nur die kleine Lily war wie immer ohne Begleitung gekommen, da sie nur ein paar 100 Meter weit entfernt wohnte. Sie sah den anderen zu und wirkte traurig.

»Hanna vermisst uns, wollen wir mal hingehen und sie ein bisschen putzen?«, fragte Lara die Kleine nach dem Unterricht. Die anderen Schüler waren mit ihren Müttern zu den Autos gegangen, Lily machte keine Anstalten, die Ranch zu verlassen. Sie nickte und folgte ihr zur Koppel. Das Pony stupste das kleine Mädchen sanft an, und sie bürstete hingebungsvoll.

»Wann gehst du denn weg mit den Siebenmeilenstiefeln? Du nimmst mich doch mit, oder«, fragte Lily, während sie Hannas Mähne kämmte. »Es ist schön auf der Ranch. Warum möchtest du denn fort?« Lara reinigte die Hufe, da dies für die Kinder zu gefährlich war. Das Mädchen näherte sich dem Pferdeohr, behielt Lara aber im Blick.

»Papa und Mama streiten sich immer. Ich habe Angst, dass sie sich scheiden lassen«, sagte Lily und umarmte den Ponyhals fester.

Lara strich über den blonden Schopf.

»Das ist nicht schön, aber das hat nichts mit dir zu tun. Manchmal vertragen sich die Erwachsenen nicht. Sie haben dich trotzdem lieb.«

Lily schüttelte den Kopf. »Nein, du lügst. Die haben mich vergessen.« Sie ließ das Pferdchen los und rannte weg. Lara sah ihr hinterher. Es war schwer, die richtigen Worte zu finden, sie wusste genau, wie es sich anfühlte, wenn die eigene Familie zerbrach. Sie hoffte, dass Lily am nächsten Tag wiederkam und sie ihr helfen konnte, die Krise durchzustehen.

Sie hatte insgesamt drei Reitstunden gegeben und wollte nach Gianna sehen. Der Geburtstermin näherte sich, und die Stute war ihr am Morgen unruhig erschienen. Sie ging zur Wiese der drei werdenden Mamas und sah, dass Gianna verschwitzt war und sich ständig mit dem Bein unter den Bauch trat. Sie hatte das schon öfter mitbekommen, wenn ein Pferd eine Kolik hatte. Es war eindeutig Bauchweh. Sie erinnerte sich an die Erklärung ihrer Großmutter, wie gefährlich das sein konnte und dass man mit den Pferden möglichst lange im Schritt lief, bis Hilfe kam. André, den sie angerufen hatte, bat sie, Gianna im Schritt zu führen, er würde den Tierarzt rufen. Sie redete ihr zu und ging über die Wege der Ranch, so gut das mit ihrer Gehschiene möglich war. Sie biss die Zähne zusammen, denn eine Kolik konnte für ein Pferd tödlich sein. Immer wieder trat sich die Stute an den Bauch, sie stieg auf die Hinterbeine, sprang in die Luft.

Endlich kam der Tierarzt. Er nickte ihr nach einem knappen »Moin« zu und sprach dann beruhigend mit der Stute. Mit langsamen und sicheren Bewegungen setzte er das Stethoskop an mehreren Stellen an, wiederholte dies auf der anderen Seite. Er hatte seine Stirn in Falten gelegt.

»Die Darmgeräusche sind auffällig, leider ist es tatsächlich eine Kolik«, bestätigte er ihre Befürchtung. »Halten Sie sie bitte gut fest«, bat er. Lara streichelte ihr die Stirn und redete beruhigend auf sie ein.

Er kam von seinem Wagen mit einer Spritze wieder. »Das ist ein krampflösendes Mittel. Wenn das nicht hilft, muss sie in die Klinik«, erklärte er nach der Injektion. Das Pferd zuckte, Lara sprach ihr weiterhin Mut aus.

»Bitte versuchen Sie alles, um sie zu retten«, bat Lara. André war nach seiner Reitstunde gekommen, um den Tierarzt zu treffen. »Führen Sie die Patientin im Schritt, ich komme später noch einmal schauen. Im schlimmsten Fall benötigt sie eine Kolik-Operation, wenn es Darmverschlingungen gibt. Vorerst bitte weiterhin laufen, laufen und laufen«, erklärte er.

André übernahm das Führen, denn mittlerweile hinkte Lara vor Schmerzen in ihrem gebrochenen Knöchel. Uli würde mit ihr schimpfen, wenn sie erfuhr, dass sie sich nicht geschont hatte.

»Ich werde heute Nacht bei ihr bleiben«, sagte André. Lara wusste, dass sie kein Auge schließen würde, solang Gianna nicht über den Berg war. Er lief weiter große Runden um das Gelände. Lara hatte ihr Bein auf der Bank vor der Futterkammer gegenüber dem Stalltrakt hochgelegt. Ihr Knöchel schien ein schmerzender Ballon zu sein. »Kannst du mal ihren Rücken abtasten, ob sie schwitzt?«, bat er. Sie erhob sich und strich der Stute über das seidenweiche Fell. Sie blähte die Nüstern, doch das Schwitzen hatte aufgehört. Sie sprach beruhigend auf Gianna ein. Beide brachten sie in das große Krankenabteil im früheren Stall, wo Boxen zusammengelegt worden waren. André legte sich dort neben die Stute auf das

Stroh. Lara setzte sich auf einen Stuhl, der in der Stallgasse stand, und lagerte ihr Bein auf einen Hocker. In die Nachbarboxen hatte André die beiden Herdenfreundinnen gestellt, damit Gianna Gesellschaft von Vierbeinern hatte und nicht nervös auf die Stallhaft reagierte.

»Warum hat Johanna die drei decken lassen?«, fragte sie André. Denn eine Schwangerschaft war ein gesundheitliches Risiko. »Sie hat sich in die Vollblüter verliebt und wollte eine eigene Zucht begründen. Von klein auf sollten diese gewaltfrei ausgebildet werden. Sie wollte diesen Sport revolutionieren.«

Lara verstand nicht recht, was er damit meinte. Er schien ihren verständnislosen Blick aufgefangen zu haben. »Wir reiten diese erst ein, wenn sie ausgewachsen sind und nicht schon mit eineinhalb Jahren. Sie werden niemals geschlagen und bekommen keine Trensen mit Gebiss, da das starke Schmerzen verursacht.«

»Das wusste ich nicht, auch wenn ich früher schon einfach mit dem Halfter geritten bin«, räumte Lara ein.

»Ihr Ziel war es zu beweisen, dass Vollblüter gebisslos und ohne Schläge Rennen laufen können.«

Er berichtete über ein Herzensprojekt, das sie beide geplant hatten. Ein Rennen bei Ebbe auf dem Meeresgrund ohne Peitsche, Sporen und Gebisse.

»Es gibt schon einen konventionellen Wettbewerb in Duhnen, einem Stadtteil von Cuxhaven. Pferde, die ohne Gebiss geritten werden, sind auf der Rennbahn generell nicht zugelassen«, erklärte er.

»Geht das überhaupt? Sind die Pferde dann nicht vollkommen kopflos, wenn sie rennen? Wie bekommt man die denn ohne ein Gebiss wieder angehalten?« Das schien Lara doch ein gewagtes Unterfangen.

Er war aufgestanden und fühlte Giannas Puls, bevor er sich wieder in der Box niederließ. »Vollblüter sind intelligent und sensibel. Man kann sie mit Stimmsignalen dirigieren, und im Übrigen hält kein Mensch Rennpferde mit den Zügeln und dem Gebiss an. Wenn man die Zügel anzieht, werden sie schneller und gehen in den Sprint, loslassen heißt langsamer werden.« Das war Lara vollkommen neu. Sie strich über den Hals der Stute. »Und die ganzen Unfälle bei diesen Rennen? Ich könnte es nicht aushalten, wenn ihr etwas geschieht!« Sie dachte an den Besuch einer französischen Rennbahn vor ein paar Jahren. Sie hatte die wunderschönen Vollblüter dort bewundert, doch als sich einer im Rennen überschlug und Beinbrüche zugezogen hatte, war ihr die Lust an dem Sport vergangen. Das Pferd wurde wegen geringer Heilungschancen direkt auf der Rennstrecke hinter einer Plane eingeschläfert.

Er schüttelte den Kopf. »Man muss die Pferde mit Geduld ausbilden, und ohne Schläge wird die Geschwindigkeit nicht ausarten.«

Seine Augen leuchteten, wenn er von dem *Liberty Race* erzählte.

»Und willst du das Projekt weiterverfolgen?«

Er nickte. »Das entscheiden wir zu zweit. Ich weiß aber, dass es für Johanna wichtig war. Sie wollte beweisen, dass gebisslose Galopprennen machbar sind und das Konzept beim Publikum ankommt. Ihr Traum war es, das Leben der Vollblüter zu verbessern.«

1.000 Fragen lagen auf Laras Zunge, doch ihr Blick fiel auf Gianna, die sich weiterhin mit dem Bein unter den Bauch trat. Die Bauchschmerzen waren nicht vorüber.

»Ich glaube, sie braucht etwas Bewegung. Würdest du mit ihr gehen?«, bat sie André, da sie nach wie vor

Schmerzen hatte. Er stand auf und führte Gianna eine halbe Stunde durch die Anlage. Ihm war die Anstrengung nicht anzusehen. Nach der Rückkehr blickten Giannas Augen klar, ihre Unterlippe hing herunter, ein Zeichen für Entspannung. André nahm seine Ruheposition auf dem Strohballen ein.

»Wo hast du so reiten gelernt?«, wollte sie von ihm wissen. Wenn sie sich unterhielten, würden sie die Nachtwache besser durchhalten. Sie hatte festgestellt, dass sie fast gar nichts von ihm wusste.

»Als kleines Kind, das war in der Camargue im Süden Frankreichs, wo meine Großeltern eine Pferdezucht hatten. Ich konnte besser reiten als laufen.« Sie hatte die Gegend während ihres Austauschstudiums kennengelernt und hatte die Landschaft am Meer, wo Salz in flachen Gewässern gewonnen wurde und die weißen Pferde frei lebten, geliebt. »Oh, was für ein Traum«, schwärmte Lara. »Wie hat es dich denn in den Norden verschlagen?«

Sein Blick verfinsterte sich. »Als erst Großmutter und dann Großvater starben, hat mein Alter das ganze Gestüt in wenigen Monaten runtergewirtschaftet. Der war ein Säufer und Schläger.« Er klang bitter bei den letzten Worten. »Hast du dort deine Ausbildung erhalten?«, wollte sie wissen. Er war aufgestanden und hatte wieder nach Gianna geschaut, ehe er antwortete.

»Leider nur am Anfang, dann hat meine Mutter den Mut gehabt, den Kerl zu verlassen, und wir haben in Paris gelebt. Sie hat sich mehr schlecht als recht durchgeschlagen, aber mir hat es an nichts gefehlt. Ich habe die besten Schulen besucht. Nach dem Abschluss habe ich bei einem der größten Meister des gewaltfreien Reitens angeheuert.« Sie hatte fasziniert zugehört, er hatte eine Kindheit voller Brüche erlebt, doch in seinem Leben schien die Trennung seiner Eltern ein Segen zu sein.

Lara musste in dem Stuhl eingenickt sein, sie fuhr hoch und fühlte sich wegen der unbequemen Haltung wie eingerostet. André lag auf der Seite im Stroh und atmete gleichmäßig. Erschrocken ging sie zur Boxentür, hoffentlich war Gianna nicht wegen ihrer Müdigkeit in Not. Die Stute stand entspannt in einer Ecke, atmete normal und hatte die Augen geschlossen. Sie schlief, hinter ihr sah sie frische Pferdeäpfel. Das war ein gutes Zeichen, sie weckte André und zeigte ihm den Haufen.

»Sie hat es geschafft.« Als sie den Bauch nach dem Fohlen abtastete, bewegte sich das Kleine. »Fühl mal, es ist gesund und munter!« Er tastete ebenso die Ausbeulung ab, fast unmerklich streifte seine Hand die ihre, die Berührung war wie ein elektrischer Schlag. Seine dunklen Augen hingen an ihren, gleichzeitig näherten sich ihre Köpfe. Sie verspürte einen unwiderstehlichen Drang, ihn zu küssen. Ihre Lippen suchten seine, ihre Zungen umschlangen einander, tanzten. Er hatte sie eng an sich gezogen und mit seinen muskulösen Armen umfasst. Sie wagte es kaum zu atmen, damit er bloß nie wieder diese Umarmung löste, in der sie sich aufgehoben fühlte, obwohl ihr das Herz bis in den Hals klopfte. Sie hatte die Augen geschlossen und sich fallen lassen, um in diesem Moment zu sein. Sie fühlte sich hellwach und wünschte sich, dass diese Umarmung nie enden würde. Gleichzeitig schoss ihr ein Nein durch den Kopf. Was tat sie da? Er war nicht nur ihr Geschäftspartner, mit dem sie über neun Monate gemeinsam die Ranch führen musste, er war außerdem vergeben. Sie hatte sich nie mit verheirateten Männern eingelassen – und ein Verlöbnis war für sie verbindlich. Kurz zog sie ihre Lippen weg, doch die Anziehung war stärker, sie konnte nicht von ihm lassen und küsste ihn weiter. Das Gefühl war so intensiv wie ein Stromstoß, der ihren Körper durchfloss. Es fühlte sich animalisch an, anders als jeder andere Kuss, den sie je ausgetauscht hatte. Abrupt endeten seine Bewegungen, er ging plötzlich auf Abstand, sein Gesicht verschloss sich.

»Entschuldigung, die Freude hat mich übermannt, weil es Gianna besser geht. Du bist eine attraktive Frau und leuchtest von innen, wenn du mit Pferden arbeitest. Aber ich bin verlobt.« Sie nickte. Es war sicher keine gute Idee, ein Verhältnis mit ihrem neuen Geschäftspartner anzufangen. Falls die Affäre böse endete, würde ihr Jahresprojekt scheitern.

»Kein Problem, ich verstehe nicht, wie das passieren konnte, du bist gar nicht mein Typ.« Wobei das eine kolossale Lüge war. Sie hatte sich lange nicht so gut gefühlt. Bis zu dem verunglückten Artikel war sie mit Lars glücklich gewesen, sie liebte den Austausch über die großen gesellschaftlichen Fragen, die gemeinsame Arbeit. Aber wenn sie ehrlich zu sich selbst war, konnte sie den Blick kaum von André abwenden. Obwohl er meist einen verschlossenen Gesichtsausdruck zur Schau trug, liebte sie den träumerischen Ausdruck seiner Augen, wenn er auf dem Pferd saß. Nie hatte sie jemanden in einer solchen Harmonie reiten sehen. Wenn er auf Sanchez saß, seinem Hengst, schien es, als würde er diesen über Gedanken steuern. Seine Stimme und sein weicher französischer Akzent ließen sie träumen von der Camargue, den weißen Pferden inmitten der Sumpflandschaft mit den rosa Flamingos.

KAPITEL 13

Skeptisch sah Lara in den von dunklen Wolken verhange-
nen Himmel und fragte die neben ihr im Garten vor den
alten Eichen stehende Else: »Das wird doch nicht regnen,
oder?« Diese sah hinauf und brummelte etwas auf Platt:

»Du willst mit dem Kopf durch die Wand, Kleene. Die
Wolken tun, was sie wollen. Das war schon immer so.
Wenn wir ein Fest feiern, pladdert das!«

Lara hatte auf der Wiese hinter dem Haus eine lange
Tafel aufgestellt, diese mit selbst gepflückten Kornblumen
vom Feld, Lavendel und Rosen dekoriert. Davor standen
Tischreihen mit Holzbänken. In Johannas Küchenbüfett
hatte sie ein buntes Sammelsurium von Porzellangeschirr
gefunden. Das passte zur Gartenparty, sie hatte alles auf
einem langen Tisch aufgebaut. Eine Sitzordnung würde
sich von allein bilden, es galt nur, diese hin und wieder
aufzumischen. Zufrieden hatte sie sich alles angeschaut,
doch der Himmel wurde immer dunkler. Wie eine schwere
Federdecke hingen Wolken tief über dem Deich, dahinter
schoben sich schwarzblaue Formationen voran.

Lara hängte sich ans Telefon und ging die Anbieter für
Partyzelte durch. Eine kleine Firma aus dem Nachbarort
würde ein passendes Dach aufstellen. Das Büfett hatte sie
unter einem Dachvorsprung platziert. Else rannte mit
neongrünen blinkenden Turnschuhen und einem geblümten Volantkleid aufgeregt hin und her. Sie hatte Desserts
in Gläsern angerichtet, die man in einem Sternelokal hätte

servieren können. Von der Einfahrt über den Weg bis in den Garten hingen bunte Lampions, bei Dunkelheit wollten sie Fackeln entzünden. Ulrike kannte einen Discjockey, der später am Abend auflegen sollte. Lara schritt die Aufbauten ab und nickte zufrieden. »Alles geregelt«, berichtete sie Else, die sich in der Küche von ihrer Backorgie ausruhte: »Weißt du, wen Uli mitbringt?« Die Nachbarin sah sie erstaunt an, sie wusste offenbar nichts von Ulis Plänen.

Ihre Freundin hatte sie am Abend zuvor bei ihrer ärztlichen »Visite« gefragt, ob sie Begleitung mitbringen dürfe. Mehr hatte sie nicht verraten, und auf Laras Frage nur geheimnisvoll gelächelt. Dabei hatte ihre Freundin vor Kurzem ihr ewiges Singledasein beklagt. Sollte sie in ihrer Sprechstunde auf ihren Traummann gestoßen sein?

Sie hörte einen Motor und sah aus dem Fenster. Ein blauer Kleinbus rollte auf den Hof. Das musste Eric sein, sie war in seinem Camper einmal auf dem Weg zu einer Recherche mitgefahren. Sie hinkte hinaus und fiel dem Freund in die Arme, umarmt seine Frau Nil und ihre Freundin Tanja lange, die mit den beiden gekommen war. Der kleine Sohn war direkt an den Koppelzaun gerannt und schaute sich die Ponys aus der Nähe an. Sie begleitete sie in die Küche und stellte Else ihre Freunde vor. Dann führte sie erst Tanja zu ihrem Zimmer. »Komm mal mit«, bat sie und schnappte sich die Tasche.

Lara öffnete die Tür zu ihrem alten Kinderzimmer. Sie blieb einen Moment stehen und betrachtete den Raum verblüfft. Es sah genauso aus wie früher. Die Wände waren rosa gestrichen, die Möbel dazu in einem dunkleren Roséton. Das hatte sie sich damals gewünscht – und Johanna hatte ihr nie etwas abgeschlagen. An der Decke über dem Himmelbett klebten goldene Sterne – und die Wände waren mit Pferdebildern behängt. »Du hast die Ehre, in meinem früheren Zimmer zu nächtigen. Ich hoffe, du weißt das zu würdigen.«

Tanja ließ ihren Blick schweifen und schnalzte spöttisch. »Ich kann mir Klein-Lara hier perfekt vorstellen. Du warst ja eine richtige verwöhnte Prinzessin«, kicherte Tanja.

Lara nickte. »Ich habe jeden Tag genossen, leider war diese Zeit hier viel zu kurz«, seufzte sie und ließ sich auf das Bett fallen. Sie hatte das Zimmer zum ersten Mal seit ihrem elften Lebensjahr wieder betreten, zu viele schmerzhafte Erinnerungen hingen daran. »Wie geht es dir Berliner Pflanze? Was macht die Zeitung?«, wollte sie von ihrer Freundin wissen.

»Du fehlst in der Redaktion, meine neue Chefin ist mir ein Graus. Stella ist jetzt für den kompletten Lokalteil zuständig«, stöhnte Tanja. Sie hatte sich auf den Bettrand gesetzt. »Sie macht einen ungeheuren Wind, und wenn sie die falschen Themen einplant, schiebt sie den Fehler auf andere. So ähnlich, wie sie das bei dir gemacht hat. Aber niemand traut sich, etwas gegen sie zu sagen, es drohen wieder Entlassungen.« Lara stand auf und zeigte Tanja, wo es freien Platz im Schrank gab, und hielt ein rosafarbenes Kleidchen mit Spitzenrock im Ballerinastil und Puffärmeln in der Hand. Sie erinnerte sich, dass sie das Prinzessinnenkleid an ihrem zehnten Geburtstag getragen hatte.

»Das klingt nicht gut, da bin ich froh, hier zu sein.« Lara stellte fest, dass sie innerlich Distanz genommen hatte. Sie hörte sich die Nachrichten von ihrer ehemaligen Arbeitsstelle zwar interessiert an, doch es war für sie nicht mehr der Nabel der Welt so wie früher. Sie war angekommen, ihr Leben war jetzt hier, und zum Glück schmerzte ihr Knöchel seltener, auch wenn sie Ulrikes Ermahnungen kaum beherzigt hatte. Jeden Morgen hatte sie sich beim Futterdienst mit André über das Tagesprogramm besprochen, drei oder vier Reitstunden übernommen. Er wachte mit Argusaugen darüber, dass sie sich nicht auf ein Pferd setzte. Daher musste er allein Korrektur reiten, die Vierbeiner der Einsteller trainieren und geführte Touren übernehmen. »Und du? Was machst du denn für Sachen, Cowgirl?« Tanja riss sie aus ihren Gedanken und sah fragend auf das Hinkebein. »Das war etwas wagehalsig. Aber sonst geht es mir gut! Und was macht Lars?« Sie hatte in den letzten Tagen selten an ihn gedacht, doch die Trennung und sein Verhalten taten ihr noch weh.

»Lara, das ist so ein Kapitel für sich. Wolltest du Eric sein Zimmer zeigen?« Tanja wich ihr aus, sie wusste nicht recht, wie sie das deuten sollte.

Sie ging nachsehen und fand ihren Freund und seine Familie mit Else beim Teetrinken in der Küche. Sie bestanden darauf, in ihrem eigenen Wohnmobil zu nächtigen. »Zeigst du uns mal dein neues Reich?«

Lara humpelte voran an den Paddocks vorbei, nannte dem Jungen fast jeden Pferdenamen, zeigte ihnen die Reithalle, das Stallgebäude und die Sattelkammer. Auf dem Reitplatz sahen sie André auf Nordwind, einem ausdrucksvollen Vollblüter. Nur mit einem Halsring galoppierte er auf dem Schimmel über den Platz, schaffte es sogar, ihn auf der Stelle treten zu lassen, wechselte in flüssige Seitengänge, die wie die anmutigen Schritte einer Ballerina aussahen. Tanja sah sie fragend von der Seite an, Lara spürte, dass sie förmlich vor Neugier platzte. »Wer ist dieser gut aussehende Cowboy?«

»Das ist André, mein Geschäftspartner.« Sie dachte an ihre Begegnung in der Sattelkammer vor einigen Tagen. Den Kuss würde sie für sich behalten, denn sie ahnte, was ihre Freundin über eine so aussichtslose Beziehung dachte. Doch die hatte sich ohnehin ihre Gedanken gemacht. »So, so, Geschäftspartner«, antwortete ihre Freundin süffisant und verschlang ihn förmlich mit den Augen. Lara ging lieber weiter und zeigte ihnen den Garten mit den alten englischen Rosen in verschiedensten Farbvariationen, den Lavendelbüschen und der bunten Blütenpracht der Sommerblumen. »Den hat meine Großmutter angelegt, ich wünschte, ich hätte einen grünen Daumen und könnte ihn so erhalten.« Sie waren wieder am Haus angekommen, und Lara hatte eine Tour zum kleinen Kutterhafen geplant.

»Können wir dich mal kurz unter sechs Augen sprechen«, fragte Eric. Sie wunderte sich, was er für Neuigkeiten hatte, und bat ihn und Tanja, ihr in Oma Johannas Arbeitszimmer zu folgen. Sie zeigte auf die Sitzgruppe aus dunkelgrünem Leder und setzte sich selbst an den Schreibtisch.

»Was ist denn los, bezichtigt man mich jetzt, den Verlag ruiniert zu haben, oder was habe ich verbrochen?«

»Es geht um Lars«, begann Eric.

»Du hast dich ja vorhin nach ihm erkundigt«, stammelte Tanja. Lara fragte sich, warum die beiden nicht mit der Sprache herauswollten.

»Kommt ihr bitte mal zur Sache. Was ist denn mit ihm?«, Lara wurde allmählich ungeduldig, sie hatte noch einiges vorzubereiten. »Er ist doch nicht krank«, sorgte sie sich.

»Er und Stella werden heiraten«, sagte Tanja.

Das war ein Schlag in die Magengrube. Sie waren kein

halbes Jahr getrennt – und Lars hatte vor wenigen Monaten um ihre Hand angehalten. Er hatte sie ausgetauscht.

»Sag doch was! Du schienst hier so glücklich, wir wollten dir die Wahrheit sagen, ehe du es aus anderen Quellen erfährst.« Tanja war neben ihren Stuhl getreten und hatte sie umarmt. Sie waren sonst keine Freundinnen, die sich dauernd küssten, doch offenbar machte sie sich Sorgen. »Der war es nicht wert. Das ist so ein Wendehals, der hatte dich überhaupt nicht verdient«, beschwor Eric sie. »Andere Mütter haben auch hübsche Söhne, und der Cowboy ist doch ein Sahneschnittchen«, wollte Tanja sie aufheitern. Lara stand auf und stampfte mit dem gesunden Bein auf: »Mensch, hört auf, ich bin doch keine Schlussverkaufsware, die ihr an den Mann bringen müsst. Der Cowboy ist vergeben und überhaupt nicht mein Typ!«

Sie sah beim Blick aus dem Fenster, dass der Lieferwagen des Partyservice auf dem Hof stand, das war ein willkommener Anlass, um das Gespräch zu beenden und die Neuigkeit zu verdauen. Es ging ihr nah, dass ihr Ex so schnell einen Ersatz gefunden hatte. Für sie war dieser weltgewandte Kollege die Liebe ihres Lebens gewesen, allerdings hatte sie vorher eher kurze Techtelmechtel gehabt und sich nie auf eine längere Bindung eingelassen. Zum ersten Mal war sie mit einem Mann in eine eigene Wohnung gezogen und hatte geglaubt, dass es für immer sei. Doch sie belog sich selbst. Denn seit der Trennung hatte sie bemerkt, wie feige er sich gegenüber seinen Eltern verhielt. Wie wenig Vertrauen er gehabt hatte, um sie des Betruges zu bezichtigen. Es ärgerte sie fast am meisten, dass sie sich so in Lars getäuscht hatte.

Sie dirigierte die Mitarbeiter des Caterers zum aufgebauten Büffet. Beide würden ihr am Abend assistieren,

Fleisch und Fisch frisch zubereiten. Direkt hinterher fuhr ein Cabrio auf den Hof, das mit quietschenden Reifen zum Stehen kam.

»Moin«, begrüßte sie ein über und über tätowierter Mann mit rasiertem Schädel und breitem Grinsen, der auf Verstärkerboxen auf der Sitzbank deutete: »Sag bloß, du hast mich nicht erkannt? I bin's, DJ Cuxi.«

»Wie könnte man dich nicht erkennen?«, flunkerte Lara.

Sie erklärte ihm den Zeitplan und zeigte ihm, wo er sein Equipment aufbauen konnte. Das Wetter hielt sich, die Wolken waren vorbeigezogen. Mittlerweile war es 19 Uhr, und die nächsten Ankömmlinge waren Geschäftspartner von der Bank, Pferdebesitzer aus dem Stall, Reitschüler, der Notar. André hatte sich in Schale geworfen. Er trug dunkle Jeans und eine Weste über einem weißen Leinenhemd. Ihr Herz begann heftig zu schlagen, ihr Mund wurde trocken. Doch dann fiel ihr Blick auf die junge Frau hinter ihm, diese Person hatte sie neulich so schnippisch abgefertigt. Diese stellte sich neben ihn, und er legte einen Arm um sie, eine Geste, die Lara ins Herz schnitt.

»Meine Verlobte Rosalia.« Mit langen gelockten blonden Haaren, Make-up und einem schulterfreien weißen Kleid sah diese ausgesprochen attraktiv aus. Die beiden waren ein schönes Paar, musste sie sich eingestehen. Lara reichte ihr höflich die Hand, sie ließ es widerwillig geschehen. Ihr Blick fiel auf den Rollstuhl mit der alten Dame, der einige Meter hinter den beiden stand. Sie ging zu Madame Rivière und umarmte sie.

»Bonjour, ma chérie«, strahlte Andrés Mutter sie an und drückte sie liebevoll an sich. Die alte Dame schien sie ins Herz geschlossen zu haben. In dem Moment kam die Blondine und schob ihre Patientin wortlos weiter. Lara ging zurück zum beleuchteten Weg in den Garten, um die Neuankömmlinge zu begrüßen, und wie selbstverständlich hatte sich André als ihr Geschäftspartner an ihrer Seite platziert. Rosalia hatte seine Mutter in Richtung Garten geschoben. Eine elegante Frau kam an der Weidenallee entlanggelaufen, auf den zweiten Blick erkannte sie erst ihre Freundin Ulrike.

Mit einem schwarzen engen Kleid, Make-up und einem neuen Stufenschnitt war sie kaum wiederzuerkennen. »Du bist eine Schönheit, mein Schatz«, begrüßte Lara sie.

Dann blieb ihr Mund offen stehen, als ihr Blick auf den Mann im dunklen Anzug fiel, der sich langsam näherte. »Doc Alex, das freut mich so, dass Sie gekommen sind.«

»Alles Schlechte hat sein Gutes«, der Oberarzt deutete auf den Skistiefel. »Wenn dieser Unfall nicht geschehen wäre, hätten wir uns nicht wieder gefunden. Ich war ihr schon an der Uni verfallen, aber sie hat mich keines Blickes gewürdigt. Da mussten Ihre Reitkünste nachhelfen«. Er lächelte ihre Freundin schelmisch an.

Uli schüttelte lebhaft den Kopf: »Er lügt wie gedruckt. Der halbe Jahrgang war hinter Doc Alex her. Er hat mich nicht einmal bemerkt.«

Lara war beglückt über dieses Paar und entschuldigte sich, um weitere Bekannte zu begrüßen. Der Garten füllte sich zunehmend. Die Temperaturen waren ungewöhnlich mild, nachdem sich die Wolkendecke gelichtet hatte. Die untergehende Sonne färbte den Himmel in leuchtendem Pink. Sie fand André in einem Gespräch mit Nachbarn und zog ihn mit sich. »Ich glaube, die meisten angemeldeten Gäste sind da. Wollen wir?«

Er nickte, und sie steuerten die improvisierte Bühne des DJs an, die der Stallarbeiter aus Paletten zusammengebaut hatte. André reichte ihr das Mikrofon, ihre Hand zitterte. Erwartungsvoll sahen Freunde, Bekannte und Gäste zu ihnen auf. In dem Moment schien es ihr unwirklich, dass sie gemeinsam mit ihrem Partner als Ranchleiterin auf der Bühne stand. Gleichzeitig spürte sie seine Präsenz neben sich, seine Ruhe, die sie erdete. Sie schloss die Augen für ein paar Sekunden und atmete tief durch, bevor sie selbstbewusst die Gäste begrüßte.

»Herzlich willkommen auf unserer Ranch. Es war Johannas Wunsch, dass wir sie gemeinsam weiterführen, und das feiern wir heute mit euch«, begann Lara. »Danke allen Partnern für ihre Unterstützung und ihr Vertrauen. Johanna lässt sich natürlich nicht ersetzen, aber wir versprechen, unser Bestes zu tun, um den Betrieb in ihrem Sinn weiterzuführen.« Sie sah zu André und überreichte ihm das Mikrofon. Sie hatten zwar nicht geprobt, doch er setzte ihre Rede nahtlos fort. »Ich freue mich, dass ich eine genauso verrückte Pferdenärrin zur Partnerin habe, wie ihre Großmutter es war. Auf unsere Ranch *Pferde am Deich* und auf Johanna.«

Der Mann vom Partyservice stand mit einem Tablett voller Sektgläser vor ihnen, André reichte ihr ein Glas und sie stießen miteinander an. Am liebsten hätte sie ihn umarmt, hielt aber Distanz. Lara hatte bemerkt, dass seine Verlobte stocksteif im Publikum stand, nicht klatschte und sie böse anstarrte. Die anderen Gäste applaudierten lange und mit Begeisterung. Als der Beifall abebbte, rief Lara: »Das Büfett ist eröffnet.«

Sie traten von der Bühne, und Gäste kamen zu ihnen, um Glück zu wünschen. Rosalia stellte sich demonstrativ neben André und nahm seine Hand. Lara bemerkte seinen angespannten Gesichtsausdruck. Sie entfernte sich lieber, denn von der schlechten Stimmung wollte sie sich nicht den Abend verderben lassen.

Mit ihrem Sektglas in der Hand ging sie von Gast zu Gast. Zwei Schulfreundinnen aus Berlin, Birgit und Ines, trafen ein. Sie hatte die beiden länger nicht gesehen und berichtete über die Veränderungen in ihrem Leben.

DJ Cuxi begann mit leiser Begleitmusik und drehte später den Sound hoch. Seine Hände flogen über die Plattenteller. Er spielte Popsongs, Rocklieder und R&B-Titel sowie Hiphop. Die Stilrichtungen mischte er fließend, und das Publikum schien es zu genießen, die improvisierte Tanzfläche auf der Wiese vor dem alten Bauernhaus war voll. Selbst Lara überlegte, ob sie ihren Skistiefel schwingen sollte. Als sie sich im Takt eines Rapsongs wiegte, klopfte ihr jemand auf die Schulter, sie drehte sich um und sah den Tierarzt Doktor Henning.

Sie vermutete, dass er sie zum Tanz aufforderte. Lächelnd schüttelte sie den Kopf und hob ihren Skischuh leicht hoch. Er lächelte nicht zurück, sondern gestikulierte aufgeregt und bedeutete ihr, dass sie mit in Richtung Pferdepaddock kommen sollte.

»Ich habe nach Gianna gesehen, wir haben ein Problem.«

Sie gingen in die Box. Die Stute stand mit weit geöffneten Augen und zusammengepresstem Maul in einer Ecke. »Sie hat Schmerzen«, sagte der Tierarzt. Lara streichelte ihr die Stirn, doch das Pferd war nervös, ihr Fell nass von Schweiß. Sie wälzte sich und stand wieder auf. Während Lara sie am Halfter hielt, betastete Doktor Henning den Bauch. »Die Beckenbänder sind eingefallen, das heißt, dass es höchste Zeit ist«, stellte er fest. »Das Fohlen kommt.« Noch nie hatte Lara einer Geburt beigewohnt, ihr Puls schnellte in die Höhe. »Kann ich André holen?«

»Ja, aber nur, wenn es ganz schnell geht.« Sie rannte los, so schnell sie mit der Schiene konnte, doch sie fand ihn nicht. Die Stimmung war gut, die Tanzfläche gefüllt, die anderen unterhielten sich. Sie sah ihn nirgends und eilte zurück zu den Pferden.

Doktor Henning tastete Giannas Bauch ab. »Es geht gleich los. Das Euter ist prall, ich kann Harztropfen feststellen.«

»Was kann ich tun?«, wollte sie wissen.

»Ihr gut zureden und beten. Vielleicht den Bauch massieren.« Gianna entspannte sich ein wenig, und der Tierarzt ging zu den anderen tragenden Stuten. In dem Moment kam André um die Ecke. Lara atmete auf, sie hatte Angst, etwas falsch zu machen.

»Es geht los bei Gianna«, rief sie ihm aufgeregt zu. »Das ist immer so, die Fohlen kommen in den unmöglichsten Momenten.« Er strich dem Pferd beruhigend über den Hals, dann bezogen sie vor der Box Stellung.

Die Stute schwitzte immer stärker, trat sich mit dem Hinterbein. Lara rief Doktor Henning zurück. Er strich nochmals über den Bauch. Dort platzierte er ihre Hand, und sie spürte die Bewegungen. »Jetzt heißt es abwarten. Manchmal flutschen die kleinen Dinger innerhalb von Minuten heraus«, stellte er fest. »Ich bin vollkommen erschöpft und brauche eine kleine Pause«, erklärte er. Er zog sich in seinen VW-Bus zurück, der hinter dem Stall geparkt war. In der Nacht davor hatte er in seiner Tierklinik operiert und seit eineinhalb Tagen nicht geschlafen. Lara und André sollten ihn wecken, wenn es soweit war. Erst einmal schien sich Gianna zu entspannen, mehr als eine Stunde geschah nichts, außer dass sie etwas Heu fraß und sich hinlegte. Die Schmerzen schienen nachgelassen zu haben. Dann sprang sie auf, schlug sich mit den Beinen gegen den Bauch. »Sie schwitzt wieder, stärker als vorher.« Lara war hineingegangen, um das Pferd zu beruhigen, doch es schüttelte den Kopf, rollte mit den Augen, stöhnte sogar und stupste sie mit ihrem Schädel an, fast als wollte sie sagen: »Hilf mir.«

»Bleib mal entspannt.« André sah ihr von außen zu und schien nicht weiter beunruhigt, doch Lara hatte das Gefühl, dass Gianna sich quälte. »Bitte geh Doktor Henning holen, sie hat furchtbare Schmerzen.« André ging zum Bus des Tierarztes, um ihn zu wecken.

Mit halb geschlossenen Augen trat der Veterinär in den Stalltrakt und streichelte Gianna, während er beruhigend auf sie einsprach. Er ließ seine Hand nochmals über den Bauch gleiten, dann schüttelte er den Kopf und stieß einen Wortschwall aus, der nach einem Fluch klang.

Lara hatte vor Angst zittrige Beine. »Was ist mit dem Kleinen?«, rief sie heiser. Sie versuchte, ihre Panik in den Griff zu bekommen. Sie massierte den Hals, das mochte Gianna sonst, jetzt blieb sie nervös und stupste sie mit ihrem Maul an.

Doktor Henning deutete auf die hintere Bauchpartie, wo sich eine Beule abzeichnete. »Der Kopf. Es liegt falsch herum.« Giannas Augen irrlichterten und waren rot, sie drehte sich im Kreis, sie mussten sie zu zweit halten, damit der Tierarzt in Ruhe arbeiten konnte. André versuchte zudem, ihr Mut zuzusprechen.

»Ich werde versuchen, den Kopf zu drehen, andernfalls müssen wir alles tun, um zumindest die Stute zu retten«, erklärte er. Er hatte seine Handschuhe angezogen und nahm einen Stock mit einem Haken aus einem Futteral. »Eine *Kühnsche Krücke*, damit kann er den Kopf nach vorne ziehen«, erläuterte André. Vorsichtig führte Henning das Utensil in die Scheide des Pferdes ein, immer wieder tastete er von außen.

»Ich muss in die Augenhöhle einhaken, dann kann ich das Köpfchen richten.« Er bewegte das Instrument langsam. »So, das war es.« Er zog die Krücke aus der Scheide der Stute zurück. Gianna zerrte am Strick, sie musste wahnsinnige Schmerzen haben. André und Lara konnten sie nur gemeinsam festhalten. Er schien sich ebenso hilflos zu fühlen. Der Veterinär zog sich die Handschuhe aus. »Jetzt ist alles im Lot, hoffen wir mal, dass nichts verletzt wurde. Es kann losgehen«, sagte Doktor Henning in Richtung der Stute. Sekunden später schaute ein Stück mit Blut verschmiertes Fell aus der Stute, dann flutschte es hinaus, vor ihnen lag das Pferdejunge und rührte sich nicht. Es folgte ein blutiger Klumpen. »Was ist denn das?«, wollte Lara angsterfüllt wissen. »Die Nachgeburt, das ist normal«, beruhigte der Tierarzt.

Das Fohlen bewegte sich nicht, lag bewegungslos im Stroh und hatte die Augen geschlossen. Lara hatte die Luft angehalten, ihr blieb fast das Herz stehen. War es etwa eine Totgeburt? Niemand sagte ein Wort, die anderen schienen das Gleiche zu denken. Gianna ging wenige Schritte zu ihrem Baby und berührte es sanft mit ihrem Vorderhuf. In das kleine Wesen kam Bewegung, wacklig stand es auf und stakste auf seinen langen Beinen durch die Box. Vor Freude musste Lara weinen, André und sie fielen sich in die Arme und jubelten.

Sie hatte nicht gehört, dass jemand gerufen hatte. Rosalia stand in ihrem weißen schulterfreien Kleid wie erstarrt in der geöffneten Boxentür und starrte sie an. André ließ Lara los und trat einen Schritt zurück.

»Schau mal, Rosalia, unser Fohlen hat es geschafft!« Lara schüttelte Doktor Henning die Hand, um ihm zu danken. Die Verlobte hatte sich wortlos umgedreht, und sie konnte sehen, dass sie aus der Stallgasse rannte. André war ihr gefolgt und rief: »Es ist nicht, wie du denkst, Liebling.« Lara und Doktor Henning sahen den beiden nach. »Ich glaube, es ist genauso, wie sie denkt!«, bemerkte er spitz.

Lara schüttelte den Kopf. »Wir sind Geschäftspartner. Sonst ist da nichts.«

Sie gingen zu den anderen tragenden Stuten, die er ebenso untersuchte. Bei ihnen stand die Geburt nicht unmittelbar bevor. »Bekomme ich jetzt mein Tänzchen?«, wollte Doktor Henning wissen.

»Verdient haben Sie es, sobald ich meinen Skischuh ablegen darf, gehört ihnen der erste Tanz«, versprach ihm Lara. Sie humpelte nach oben in ihr Schlafzimmer, reinigte sich von Blutspuren und Staub, zog ein anderes Kleid an und stieg die Treppe hinunter.

Die Gäste hatten von ihrem Ranch-Nachwuchs nichts gemerkt, Techno dröhnte aus den Boxen, und die improvisierte Tanzfläche auf der Wiese war voll. Als sie aus der Tür kam, verstummte die Musik. Es war still, viel zu still. In dem Moment erhob sich eine heisere Stimme.

»Jetzt habt ihr euer wahres Gesicht gezeigt. Ich darf seine alte Mutter pflegen, 24 Stunden am Tag – und hinter meinem Rücken treiben es die beiden im Stall«, schrill keifte Rosalia vor allen Gästen ins Mikrofon.

Lara war jetzt auf der Wiese angekommen und sah die Bühne, auf der die junge Frau mit verheultem Gesicht stand. DJ Cuxi versuchte, ihr das Mikrofon zu entwinden, doch sie kratzte ihn, sodass er erschrocken zurückwich. Blut tropfte aus dem Kratzer auf sein weißes Hemd.

»Wie findet ihr das, liebe Gäste? Ist das die feine englische Art? Die können die Hände nicht voneinander lassen, sie treiben es gleich im Stall. Wollt ihr Bilder sehen? Das wäre doch mal ein Film für die edle Runde.« Ihre Stimme wurde höher und brüchiger, ihr liefen die Tränen übers Gesicht. André, der einen Moment wie erstarrt unter den Zuhörern gestanden hatte, ging zu ihr und zog sie mit sich. Die beiden entfernten sich, vermutlich in Richtung Backhaus. Zum Glück war seine Mutter offenbar nicht mehr auf der Feier, sie hätte sich in Grund und Boden geschämt. In dem Blick, den er ihr zuwarf, sah sie Ratlosigkeit und Scham. Was tun? Weiterfeiern, als sei nichts gewesen? Oder sollte sie ein paar Worte sagen? Sie sah sich um. Viele ihrer Gäste hatten getanzt, sie standen ratlos um die Bühne und schwiegen. Die Stimmung war im Keller. Sie sah Else an der Tafel sitzen und blickte sie hilfesuchend an. Else nickte, und sie entschloss sich, in die Offensive zu gehen.

Sie ging auf die Bühne, nahm das Mikrofon: »Wir haben etwas zu feiern, die Geburt unseres erstes Zuchtfohlens. Es ist das Herzensbaby von Großmutter Johanna. Darauf möchte ich mein Glas mit euch erheben.« Sie hob ihr Sektglas und trank einen Schluck, bevor sie fortfuhr.

»Einige haben schon zu tief in Glas geschaut. Das sei ihnen verziehen.« Sie legte eine Pause ein und rief dann mit so viel Begeisterung, wie sie aufbringen konnte: »Die Party geht weiter.«

Der DJ verstand sein Metier, er legte Technorhythmen auf, die den Körper vibrieren ließen und gut tanzbar waren, die improvisierte Tanzfläche füllte sich wieder. Tanja kam erhitzt an sie herangetreten und grinste schief: »Lara, Lara, da hast du aber nichts anbrennen lassen.«

Sie zuckte mit den Schultern: »Das war eine unschuldige Umarmung vor Freude, dass wir unser erstes Fohlen bekommen haben.« Tanja zog die Augenbraue hoch. »Klar, ganz unschuldig. Ist ja gar nicht dein Typ!« Sie grinste, doch Lara war vor allem beunruhigt wegen des hysterischen Ausbruchs von Rosalia. André hatte dem keinen Einhalt geboten. Doch sie schob den Gedanken beiseite, sie hatten den ersten Nachwuchs auf der Ranch seit ihrer Ankunft zu feiern. Die Tanzfläche war voll, sie sah in strahlende Gesichter und blickte nach oben in den klaren Himmel zu den Sternen. Wie schön wäre es, wenn sie den Tag gemeinsam mit Johanna erlebt hätte. André war nicht wieder aufgetaucht, vermutlich dauerte die Klärung mit seiner Verlobten etwas länger. Lara nahm sich vor, am nächsten Tag mit ihr zu sprechen, um den Verdacht auszuräumen.

KAPITEL 14

Fasziniert beobachtete Lara Mama und Kind. Sie hatte Gianna auf die Weide gebracht, das Kleine wich ihr nicht von der Seite. Sie hörte Schritte hinter sich und drehte sich um. André kam auf sie zu, er hatte tiefe dunkle Augenringe und sah bedrückt aus. Bestimmt wollte er über den Eklat auf dem Fest sprechen.

»Guten Morgen. Sie sieht ja sehr munter aus«, sagte er.

Lara nickte: »Die Kleine ist auf jeden Fall über den Berg. Und Ihr beide?«

»Können wir reden?«, fragte André. Sie nickte, bestimmt wollte er sich dafür entschuldigen, dass seine Verlobte ihre Feier gesprengt hatte.

»Ich mache einen Tee«, schlug sie vor. Einen Moment lang sahen sie noch den Pferden zu. Die Stute bewachte ihren Winzling wie ein Hütehund seine Schafherde. Wann immer das Fohlen losgaloppierte, rannte die Mama mit, schirmte es vor dem Zaun ab. Gerade bewegte sich der Nachwuchs im Zickzack über die Koppel, die Pferdemutter immer im Schlepptau. Lara hockte sich auf den Boden, und die Kleine kam auf sie zu gestakst, gefolgt von Gianna, die zuließ, dass sie ihre Hand zum Schnuppern hinhielt. Dann sprang der Winzling erschrocken weg.

»Das war ein großer Vertrauensbeweis, dass Gianna dich an ihren Augenstern herangelassen hat.« Sie gingen in die Küche, wo sie ihm eine friesische Mischung brühte.

»Magst du eine Portion Blaubeer-Mousse oder Rhabarber-Baiser-Torte?«, fragte sie. Sie hatten jede Menge Reste vom Fest, obwohl sie ihren Freunden einen Teil des Proviants für die Fahrt eingepackt hatte. Er schüttelte müde den Kopf. Sie bemerkte tiefe Augenringe, das Fest hatte seine Spuren hinterlassen. Vielleicht hatte sich der Streit in der Nacht im Backhaus fortgesetzt.

Sie nahm sich die Mousse und löffelte diese genussvoll, denn sie hatte auf der Feier vor Aufregung nichts gegessen. Nach langem Schweigen räusperte er sich.

»Rosalia will, dass ich eine andere Stelle annehme. Ein Ersatz wird sich finden lassen, dann kannst du die Ranch mit demjenigen weiterführen. Offiziell bleibe ich dein Partner«, sagte er.

Sie ließ den Löffel voller Blaubeer-Mousse fallen, sodass es auf dem Tisch landete. Erst nach ein paar Sekunden gelang es ihr, einen klaren Gedanken zu fassen.

»Warum sagst du ihr nicht die Meinung? Es ist doch dein Wunsch, Johannas Erbe weiterzuführen?« Sie konnte es nicht fassen, dass er sie nur wenige Wochen nach der Übernahme der Ranch im Stich lassen wollte. Warum wies er diese Person nicht in ihre Schranken?

Er rührte in seinem Tee und sah sie nicht an.

»Wir haben uns doch nur aus Freude umarmt«, warf sie ein.

Er sah sie mit einem verzweifelten Ausdruck an: »Ehrlich gesagt glaube ich, da entwickelt sich etwas in eine falsche Richtung! Ich bin nicht so ein Typ, auch wenn man das den Reitlehrern nachsagt.«

»Und du bist dir sicher, dass die Richtung falsch ist?« Lara war klar, was er meinte. Dieser Kuss im Pferdestall war kein freundschaftlicher Schmatz. Ihr Verstand hatte registriert, dass er verlobt war, und doch hatte sich alles gut angefühlt. Wie ein Strudel, der sie erfasste und sich immer schneller drehte, eine fast unerträgliche Anziehung, aber nicht nur Lust, seinen Körper zu erkunden, sondern ein Flattern im Magen, das sie in einen Schwebezustand versetzte. Sie hatte sich in ihn verliebt, doch das musste sie unter allen Umständen verbergen und ihn auf der Ranch halten. Allein hatte sie nicht den Hauch einer Chance. Das Arbeitspensum war trotz des angestellten Arbeiters nicht zu bewältigen, und sie hatte innerhalb der kurzen Zeit nicht genügend Wissen gesammelt. Außerdem entsprach das nicht den Bedingungen im Testament. Die Ranch würde an die Stiftung fallen.

»Ich kann mit Rosalia reden, von mir aus war das rein freundschaftlich gemeint, ich habe ja einen Verlobten in Berlin«, bot sie an. Das »Ex« hatte sie kurzerhand weggelassen.

Er zog eine Augenbraue nach oben und schien nachzudenken. »Ich weiß nicht.« Er trank seine Tasse leer und bedankte sich. Lara saß wie betäubt am Tisch, sie hatte keine Ahnung, wie es weitergehen sollte.

»Warum lässt du dir von deiner Verlobten vorschreiben, wo du arbeiten sollst. Wenn mein Freund so ausfällig geworden wäre, hätte ich ein paar Takte gesagt«, platzte es aus ihr heraus. Sie hatte nicht erwartet, dass er so nachgiebig auf das Ansinnen seiner Verlobten reagieren und zudem Verständnis für deren blamablen Auftritt haben würde.

»Ich werde mich nie von Rosalia trennen. Sie pflegt meine Mutter, die herzkrank ist, Multiple Sklerose hat und manisch-depressiv ist. Der Arzt hat mich gewarnt, Maman darf sich auf keinen Fall aufregen«, entgegnete André.

»Aber sie will, dass ihr Sohn glücklich ist«, warf Lara ein.

Er nickte. »Deshalb werden wir bald heiraten, damit meine Maman das erlebt. Ich habe ihr alles zu verdanken, sie hat sich immer für mich aufgeopfert.« Seine Stimme klang heiser und gequält, nicht wie die eines Verliebten kurz vor der Hochzeit. Sie konnte seine Reaktion nachvollziehen. Sie hatte ihr Leben lang Rücksicht auf die Gesundheit ihrer Mutter genommen und würde das jederzeit wieder tun. Sie musste diese Rosalia überzeugen, auf der Ranch zu bleiben, um ihn zu halten. »Wir bekommen das hin. Ich rede mit ihr und erkläre alles«, versprach sie.

Er zuckte mit den Schultern. »Wenn du meinst. Sie packt schon ihre Koffer!«

Während er in Richtung Round Pen ging, wo er mit einigen Pferden trainieren wollte, folgte sie dem Weg an den Koppeln entlang zum ehemaligen Backhäuschen. In ihrer Kindheit wurden dort für das Dorffest riesige Bleche Butterkuchen gebacken. Der Duft war für die Kinder unwiderstehlich. Sie konnten es nie erwarten zu kosten. Manchmal war der Kuchen so heiß, dass sie sich den Mund verbrannten. Sie sah es vor sich, wie Johanna ihr und Uli kopfschüttelnd ein Stück des dampfenden Kuchens abgeschnitten hatte.

Nun erwartete sie dort ein schwieriges Gespräch, von dem die Zukunft der Ranch abhing. Sie klopfte an die Tür des roten Gebäudes, das mit seiner Efeufassade und den Rosenbüschen davor romantisch aussah. Keine Reaktion. Sie trat ein und stand in einem offenen Wohnraum, aus dem eine Treppe mit Treppenlift nach oben führte.

»Bonjour, Mademoiselle«, rief die alte Dame, die unten

allein vor dem Fernseher saß, und streckte ihr die Hand lächelnd entgegen. Rosalia schaute vom Treppenabsatz im ersten Stock hinunter. Sie hatte ihr Telefon am Ohr und unterbrach ihr Gespräch, das sie auf Polnisch geführt hatte:

»André ist nicht da, laufen Sie ihm jetzt schon bis ins Schlafzimmer nach?« Ihr Tonfall war schneidend.

»Ich möchte zu Ihnen, Rosalia. Können wir unter vier Augen reden«, schlug Lara so freundlich wie möglich vor.

Die Pflegerin kam die halbe Treppe herunter und hielt ihr Smartphone in Wartestellung: »Was wollen Sie mir schon sagen? Dass Sie besser zu ihm passen? Da sind Sie nicht die Erste! Der halbe Reitstall ist hinter ihm her.«

Lara überlegte, wie sie das Ganze deeskalieren könnte. »Ich habe ein rein berufliches Anliegen.«

Rosalia musterte sie von oben bis unten. »Haben Sie sich schon mal die ganze Nacht mit Wadenwickeln um die Ohren geschlagen? Bringen Sie stündlich Getränke und Medikamente? Reden Sie mit seiner depressiven Mutter, die keinen Bissen mehr isst, damit sie bald stirbt?« Sie war Schritt für Schritt nach unten gekommen und hatte sich in Rage geredet.

»Das finde ich bewunderns...« Weiter kam Lara nicht.

»Wechseln Sie jeden Tag die Windeln und waschen ihr den Hintern?« Sie schrie, ihre Augen funkelten böse, sie hatte die Worte förmlich ausgespien, stand jetzt knapp vor Lara und sah sie direkt und provokativ an.

»Nein, das ist auch nicht mein Beruf. Sie leisten wirklich viel«, versuchte Lara nochmals, versöhnliche Worte an Rosalia zu richten.

»Ich muss mal«, meldete sich die alte Dame und klopfte mit ihrer Gehhilfe, die neben dem Rollstuhl stand, auf den

Boden. »Und springen Sie aller paar Minuten auf, wenn sie schon wieder ihre Brille sucht?«, brüllte Rosalia, ohne den Blick abzuwenden.

Wieder rief Madame Rivière nach ihr. Sie ging nicht darauf ein. Lara fragte sich, ob sie die Rufe gehört hatte.

»So, jetzt lassen Sie mich meine Arbeit tun. André findet schon einen neuen Job. Sie nutzen ihn aus, um an Ihr Erbe zu kommen. Wir gehen hier weg!«

Das fürchtete sie am allermeisten. »Ich habe riesige Hochachtung vor Ihrer Arbeit!«, versuchte Lara, einen schmeichelhaften Ton einzuschlagen.

»Das hätten Sie sich früher überlegen sollen. Glauben Sie, ich bin blind und merke nichts?«

Lara schüttelte den Kopf: »Das ist alles ein riesiges Missverständnis. Wir haben uns über das Fohlen gefreut, das war eine unbedeutende Geste, die Sie gesehen haben.«

»Ich muss. Dringend!« Wieder rief die alte Dame, ohne dass die Pflegerin davon Notiz nahm. »Unbedeutend«, Rosalia tippte sich empört mit dem Finger an die Stirn, »für Sie ist das unbedeutend, wenn Sie meinen Verlobten vögeln. Für mich aber nicht.« Grob schob sie Lara aus der Tür. »Raus hier, lassen Sie sich nie wieder blicken und die Finger von meinem Mann!«, keifte sie und machte Anstalten weiter zu telefonieren, während die alte Dame erneut rief. Sie war so in Fahrt gewesen, dass Lara überhaupt nicht mehr zu Wort gekommen war.

KAPITEL 15

Seine Augenringe waren tiefer geworden, sein Gang schleppend. Er bewegte sich an diesem Morgen wie ein alter Mann und mied es, sie anzuschauen. Er hatte nichts bemerkt, so sehr war er mit sich selbst beschäftigt. Sie hatte die Eimer für die Pferde in der Futterkammer vorbereitet, Hafer, Gerste und Müslis abgemessen, Medikamente und Kräuter hinzugefügt. Er brachte die ersten Pferde für die Fütterung.

»Schau mal«, hatte sie ihn aufgefordert, als alle Eimer verteilt waren. Sie hatte ihr rechtes Bein vorgestreckt, an dem sich nur noch ein leichter Verband befand. Dann erst warf er einen flüchtigen Blick zu ihr und bemerkte, dass sie ihre Gehschiene nicht mehr trug.

»Herzlichen Glückwunsch. Das kommt genau zur richtigen Zeit«, sagte er mit schleppender Stimme und ging dann zu den fressenden Pferden, wo er überflüssigerweise die Eimer zurechtrückte.

Hoffentlich hatte er das nicht wegen der Umzugspläne seiner Verlobten gesagt, überlegte sie. Sie würde den Skistiefel nicht vermissen. Am Abend war Uli wieder zu ihrer medizinischen Betreuung gekommen, und dieses Mal nicht allein. Überrascht hatte sie gesehen, wie ihre Freundin Hand in Hand mit Doc Alex über den Hof geschlendert kam. Das schien etwas Ernstes zu sein.

»Wie geht es denn der Patientin?«, wollte der Oberarzt wissen und klopfte an ihrem Skistiefel herum. Das kannte sie schon. Erst verwickelte er sie in ein Gespräch, dann knallte er ein Hämmerchen auf ihr Knie, um Reflexe zu testen.

»Gesundheitlich gut, der Rest ist etwas schwierig«, gab sie zu, während ihr Knie unter dem Hämmerchen zuckte. Beide hatten den Gefühlsausbruch auf dem Fest mitbekommen. Uli verdrehte die Augen, als Lara den Auftritt nebenbei erwähnte.

Dann musste sich Lara auf das Sofa legen, die beiden tasteten die gebrochene Stelle ab, drehten und rüttelten mit der Hand an ihrem Knöchel. Nach der Untersuchung gab ihr Uli mit Bestätigung durch Doc Alex endlich die ersehnte Erlaubnis. »Ab morgen kannst du wieder ohne die Gehhilfe unter die Menschheit gehen und reiten, wenn es denn unbedingt sein muss«, sagte ihr Uli nach der gemeinsamen Visite. »Aber bitte vorsichtig«, ergänzte ihr neuer Freund. Uli und Lara prusteten gleichzeitig los: »Klar doch«, und mussten dann lachen, denn beide hatte schon als Kinder diese Ermahnung häufig mitbekommen, ohne sich jeweils davon beeindrucken zu lassen.

»Schau, ich bin wieder gesund, ich darf sogar wieder reiten«, sagte Lara zu André.

»Das freut mich für dich.« Mehr sagte er nicht und brachte Pferde zu den Paddocks. Er musste doch verstehen, was es ihr bedeutete, wieder im Sattel zu sitzen. Sie war zu lange von hier weg gewesen. Die Pferde hatten in ihrem Leben gefehlt. Sie hatte Glücksgefühle, als sie vor einigen Wochen zum ersten Mal wieder auf Hanna gesessen hatte, und sich gefragt, wie sie jemals darauf hatte verzichten können. Reiten, das war so wie eins werden mit der Natur. Den Moment leben, das weiche Fell spüren, den muskulösen Rücken des Pferdes unter ihr, der sich synchron mit ihrem Körper bewegte. Dieses riesengroße Herz, das mit ihrem in einem Rhythmus schlug. Schnell wie der Wind galoppieren, das war wie Fliegen, es bedeutete Freiheit. Das größte Glück dieser Erde. »Wie wäre es mit einem Ausritt?«, schlug sie ihm vor, als sie weitere Futtereimer bestückte. Selbst die eifersüchtige Rosalia dürfte nichts Anrüchiges an einer Tour zu Pferde finden, da bestand ja keine Gefahr, dass sie sich zu nah kamen.

Er nestelte an dem Halfter, das er in der Hand hielt. »Ich habe gestern telefoniert und einen Ersatz gefunden. Es ist ein Kollege, mit dem ich die Ausbildung gemacht habe, ein begabter Reiter, der mit feinen Hilfen arbeitet und offen ist für einen gewaltfreien Ansatz.«

Lara wich das Blut aus dem Gesicht. Das war das Schlimmste, was ihr passieren konnte. »Das ist doch nicht dein Ernst! Du lässt dich herumkommandieren.«

Er sah sie an, in seinem Blick lag Trauer. »Ich habe keine andere Wahl. Ich muss an die Gesundheit meiner Mutter denken.«

Sie verstand seine Rücksichtnahme, da sie selbst immer versucht hatte, ihre Mama zu schützen. Doch er schien zu jeder Aktion seiner Verlobten Ja und Amen zu sagen. »Trotzdem kannst du dir nicht alles gefallen lassen«, protestierte sie.

Er war in die Sattelkammer gegangen und bemerkte: »Dein Auftritt gestern hat Öl ins Feuer gegossen.« Er wollte versuchen, seinen Umzugstermin bis zum Eintreffen seines Bekannten hinauszuzögern.

Wie von einem Schlag getroffen, setzte sich Lara auf die Bank, um nachzudenken. Sie konnte es kaum glauben. Er hatte sie überzeugt, den Betrieb zu übernehmen, und gab nach kürzester Zeit klein bei.

»Du kennst Großmutters Pläne und kannst diese umsetzen. Dein Wegzug widerspricht Johannas Letztem Willen«, gab Lara ihm zu bedenken.

»Wir bleiben in Kontakt, ich kann dich im Notfall telefonisch beraten und auch vorbeikommen. Und dieser Kollege ist fähig.«

Ihr musste etwas einfallen, um ihn aufzuhalten. Ein Jahr hätte sie gebraucht, um alle Abläufe zu lernen. Ihre Zeit mit Johanna lag zu lange zurück. Sie musste sich eingestehen, dass es nicht nur um die Ranch ging. Die gemeinsamen Momente bedeuteten ihr etwas. Früh sprang sie nicht nur mit dem Gedanken an die Pferde aus dem Bett, sie sehnte sich danach, Seite an Seite die Tiere zu holen, seine Gestalt weich fließend im Sattel zu beobachten. Die Pausen nebeneinander auf der Bank vor der Futterkammer.

Und der Kuss! Sie hatte sich nicht spontan dazu hinreißen lassen, sondern schon seit Tagen auf die Berührung seiner Lippen gehofft und jede Sekunde genossen. Sie hatte Rosalia belogen.

Lara seufzte, sie stand auf, denn sie musste nachdenken. Warum hatte sie ihre Gefühle nicht unter Kontrolle. Sie hätte sich niemals mit einem verlobten Mann einlassen sollen.

»Warte«, rief er ihr nach, »wir müssen einen Namen für die Kleine finden.« Sie drehte sich nicht um, denn ihr liefen die Tränen hinab. »Heute Nachmittag«, röchelte sie. Es war, als ob ein Kloß ihren Hals verschloss. Sie war ins Haus gegangen, knallte die Tür zu Johannas Schlafzimmer hinter sich zu, warf sich auf das Bett und ließ ihren Tränen freien Lauf. Das Haus ihrer Großmutter war ihre Verbindung zu den glücklichen Jahren ihrer Kindheit. Sie hatte in den Wochen, die sie hier verbracht hatte, verstanden, dass dieses alte Reetdachhaus ihr Zuhause war. Schon immer gewesen war und in Zukunft sein würde, zumindest in ihren Träumen. Der drohende Verlust von André legte sich über ihr Gemüt wie ein dunkler Nebel, der sie zu Boden drücken drohte. Erst jetzt wurde ihr bewusst, wie stark ihre Gefühle für ihn waren. Wie hatte sie sich nur so leichtfertig darauf einlassen können? Sie hatte gewusst, dass er nicht frei war, und eine Bruchlandung hinter sich. Sie sah durch das Fenster hinauf in den wolkenfreien Himmel. »Auf ganzer Linie gescheitert«, sagte sie mit Blick nach oben. Sie wünschte sich, Johanna würde mit ihr sprechen können und ihr einen Rat geben. Unten ging die Tür, und sie hörte, wie jemand ihren Namen rief.

Else, ihre liebenswerte Nachbarin, war auf dem Weg in die Küche. Sie zog eine große Einkaufstasche auf Rädern. Sie schien mit unsichtbaren Antennen zu spüren, wenn sich Lara verloren fühlte. Sie umarmte die alte Dame zur Begrüßung. »Einen Tee, Mädel? Du siehst müde aus!«

Sie nickte. Früher war es Johanna, die mit dem Tee jegliche Wehwehchen beseitigte. Else hantierte in der Küche, während Lara die übrig gebliebenen Desserts aus der Speisekammer holte. Ihre Nachbarin servierte eine dampfende Kanne und zauberte aus ihrer Einkaufstasche eine Blechdose hervor.

»Die magst du doch so gerne!« Lara öffnete sie und sah die Kekse, die Johanna immer gemacht hatte. Fragend sah sie Else an, die milde lächelte.

Sie kostete einen der goldgelben sandigen Taler, der auf der Zunge zerfiel. »Ist das Johannas Rezept?«

»Jede Frau hat ihre Geheimnisse«, antwortete die Nachbarin kryptisch, »erzähl mir lieber, ob sich die Rosa wieder beruhigt hat.«

Lara schüttelte traurig den Kopf. »Sie setzt André unter Druck, er geht weg.«

»Mädel, das wird alles nicht so heiß gegessen, wie es gekocht wird. Ich werde mal mit jemandem reden.« Ehe Lara sie nach einem Rat fragen konnte, war sie auf dem Weg aus dem Haus, sie sah, dass sie in Richtung der Paddocks abbog und den hinteren Bereich der Ranch ansteuerte. Wollte sie zum Backhaus und mit der Verlobten reden? Was mochte ihre Nachbarin vorhaben, und wie war das mit den Geheimnissen gemeint?

Nach dem Tee sah sie sich die Unterlagen zur Zucht an, die sie in einem Regal bei ihrer Großmutter gefunden hatte. Gianna hatte einen Stammbaum voller Berühmtheiten. Ihr Großvater war das legendäre amerikanische Rennpferd Northern Dancer, über den sie eine Dokumentation gesehen hatte. Er hatte jedes Rennen gewonnen, zu dem er angetreten war. In Amerika stand sogar ein Denkmal für ihn. Giannas Liebespartner Ramses war ebenfalls eine lebende Legende. Sie blätterte weiter nach Namensvorschlägen. Doch sie fand leider nichts. Sie mussten selbst kreativ sein. Beklommen ging sie hinaus zu ihrem Partner und sah ihn auf einem hochgewachsenen, aber wilden spanischen Hengst, der elegant in einem gleichmäßigen Galopp über den Reitplatz schwebte. André dirigierte das Pferd mit einem Halsring. Er hatte dem Hengst weder einen Sattel aufgelegt, noch verwendete er eine Trense. Sein Körper funktionierte präzise wie ein Uhrwerk, sein Blick war hoch konzentriert und wie nach innen gerichtet, ein leichtes Lächeln lag auf seinen Lippen, er war in dem Moment versunken. Ihr Herz klopfte so, dass es sich für sie anfühlte wie ein Dampflufthammer. In dem Augenblick sah er auf, und ihre Blicke trafen sich, hingen aneinander fest. Es war, als würden ihre Augen von seinen angesaugt und ließen sich nicht lösen. Sein Gesicht leuchtete, seine Augen glänzten. Der Hengst schüttelte heftig mit dem Kopf, für Lara ein Zeichen, dass er mit seinem Reiter diskutieren wollte. Pferde spürten, was ihre Reiter dachten, und Ravel zeigte, dass ihre Anwesenheit den Reiter verwirrte. André löste seinen Blick und hatte sich schnell wieder im Griff, ließ Ravel Seitengänge zeigen und eine Piaffe. Sie ging Hanna satteln, denn sie hoffte, dass André nach der Arbeit auf dem Platz mit den Pferden eine entspannte Runde über das Gelände bummelte. Das wäre die Gelegenheit für ein Gespräch. Hanna wieherte ihr entgegen, als sie das Halfter sah, denn sie unternahm gerne Ausritte und entdeckte die Welt außerhalb des Stalls. Sie putzte und sattelte ihre Stute und ritt zum Reitplatz, wo André den Hengst eine Runde mit entspanntem Kopf im langsamen Schritt gehen ließ.

»Wir kommen mit«, rief sie, als er aus dem Tor ritt, und trieb ihr Pony an, sodass sie flink zu den beiden aufschloss.

Er brummelte etwas, und sie folgten ihm über die Straße, den Feldweg entlang in Richtung Sommerdeich. Hanna gab sich Mühe, mit ihren kurzen Beinen den langen Schritten des eleganten Spaniers zu folgen, obwohl dieser nur gemütlich zu schlendern schien. Am Rande des Weges gab es eine Grasspur, wo sie bequem reiten konnten. Auf der einen Seite befanden sich alte Bauernhäuser, auf der anderen ein Wäldchen, das an einem heißen Tag wie diesem angenehmen Schatten spendete. Der Weizen wogte reif auf den Feldern, in der Ferne zog ein Mähdrescher Reihen in das satte Gelb. Von hier aus konnten sie den Leuchtturm Obereversand erkennen, der in eine Geschichte mit Harry Potter gepasst hätte. Sie liebte dieses dunkle Türmchen mit der verschlungenen Wendeltreppe. Dahinter streckte sich bis zum Horizont das graubraune Watt mit glitzernden Pfützen. Im Dunst erahnte sie die Umrisse der Insel Neuwerk. Gemächlich trottete Ravel, und Hanna trabte gelegentlich, um den Abstand nicht zu groß werden zu lassen. Sie waren am Ende des Weges angekommen, auf der einen Seite befand sich ein Teich, vor ihnen die Asphaltstraße hinter dem Hauptdeich. Das Bauwerk war immer wieder aufgeschüttet worden, um das Hinterland vor den Sturmfluten der Nordsee zu schützen. Sie gingen weiter zu einem Übergang und querten den Wall. An einer flachen Stelle konnten sie ins Watt reiten.

André hatte sich umgedreht und lächelte zum ersten Mal wieder seit der Party:

»Na, mal sehen, ob ihr mitkommt!«

Nach einer Strecke im Trab begann Ravel zu galoppieren, und Hanna folgte ihm mit etwas Abstand. Sie spürte, dass ihre Stute Lust am Laufen bekam, die Distanz wurde geringer. Sie schloss zu André auf und juchzte. Das war dieses Gefühl der Freiheit, das sie vermisst hatte. Hanna hatte einen weichen Galopp, sie schien über den Meeresboden zu fliegen. Hufe wirbelten Schlamm auf, er klatschte ihr ins Gesicht, Hanna machte sich länger und rannte, bis sie Ravel sogar überholte. Sie konnte die Hochhäuser vom Ferienort Sahlenburg sehen, lobte ihr Pony kurz, dann bremste sie in den Trab herunter, André war wieder auf ihrer Höhe und strahlte über das ganze Gesicht. Ravel schnaubte erfreut, sogar dem noblen Ross schien der Ausflug Spaß zu machen. Gemütlich liefen sie zurück zur Ausgangsstelle und ritten auf dem Sommerdeich nebeneinander her. Hinter ihnen verbreitete die Sonne rotorange Tusche über den Himmel mit seinen wenigen Wölkchen.

»Wollen wir der Kleinen nachher einen Namen geben«, fragte sie ihn.

»Schon eine Idee?«, wollte er wissen. Er strich Ravel Fliegen vom Hals, als dieser seinen Kopf schüttelte, um die Insekten zu verscheuchen. Hanna dreht gelegentlich ihre Nase nach hinten, damit die Reiterin sich um die Blutsauger kümmern konnte.

»Joe, als Andenken an Johanna?« Ein toller Name für ein Rennpferd war das nicht, doch ihr war auf die Schnelle nichts Vernünftiges eingefallen.

»Das geht nicht. Da der Name der Mutter mit G anfängt, bekommt das der Fohlenname als ersten Buchstaben.« Das machte die Namenswahl nicht einfacher. Sie dachte daran, in welchen hysterischen Zustand die Suche nach dem Namen ihres Sohnes eine Kollegin aus der Redaktion versetzt hatte. Sie und ihr Mann hatten nicht einmal diese Vorgabe, konnten sich aber nicht zwischen Adrian und Andreas entscheiden. Die Namenswahl für das Fohlen war nicht leichter.

Sie waren an dem kleinen Feldweg angekommen und konnten die Ranch hinter den Bäumen sehen. Das, was uns dort am Ende einfällt, nehmen wir, dachte sie. »Dann such du den Namen aus!«

Er schüttelte den Kopf. »Non, ma belle. Ich bin schrecklich mit Namen!«

Sie dachte an die Farbe der beiden. Gianna, die wie Gold in der Sonne glänzte, und ihr Ebenbild in klein. Und an den berühmten Großvater Northern Dancer.

»Golden Dancer«, sie waren am Ende des Weges angekommen, und André war begeistert. »Oui. Das ist sie, ein Golden Dancer, und sie wird ein wunderschönes Rennpferd, wenn sie einmal groß ist.«

156

»Wer weiß, wo sie dann sein wird. Hoffentlich wird sie nicht als Baby im Rennbetrieb verheizt. Leider werden wir das nicht mehr erleben.« Das hatte sie sich nicht verkneifen können. Denn das Ende der Ranch schwebte mit seinem Weggang wie ein Damoklesschwert über ihnen. Sein Blick war finster, und er brummelte etwas. »Wie läuft denn jetzt die Pferdetaufe?«

Sie banden ihre Pferde vor dem Stall an, Lara sattelte ihr Pony ab. Wie immer nach einem Ausritt bekamen die Vierbeiner einen Eimer mit Möhren und verspeisten diese gierig. Als sie die Pferde zurückgebracht hatten, sahen sie nach Gianna und ihrem Fohlen. Am Eingang lachte André und rief: »Warte mal, Du hast da was.« Dann rieb er ihr mit einem Taschentuch an der Wange. »Du bist voller Schlamm.« Er schrubbte ihre Nase und ihre Ohren, sie musste aussehen wie ein Erdferkel.

»Ach nee, die beiden Turteltäubchen«, vernahm sie eine schrille Stimme. Rosalia näherte sich und sah von ihr zu André und von André zu ihr. »Ach, hattet ihr einen romantischen Ausritt? Eure Arbeit ist ja verdammt anstrengend!«

»Ich kann dir das erklären.« André sah zerknirscht aus und eilte ihr hinterher. Lara war allein vor der Weide mit Mama und Kind stehen geblieben, die im vollen Galopp in ihre Richtung rannten und glücklicherweise rechtzeitig vor dem Zaun bremsten. Lara ging hinein, legte ihre Hand auf den Kopf des Fohlens und erklärte feierlich: »Hiermit taufe ich dich auf Golden Dancer.« Kaum war sie fertig, raste das kleine Pferd wieder in die andere Richtung, Gianna stupste sie an, wie um ein paar Streicheleinheiten einzufordern. »Ich werde alles in Bewegung setzen, damit du ein glückliches Leben hast und deine Tochter ebenso«, versprach sie der Stute. Dennoch mischte sich ein bitterer Beigeschmack in ihre Worte. Wenn nicht noch ein Wunder geschah, würden sie die Ranch verlieren. Sie hatte keine Reserven, um die Pferde selbst zu übernehmen und zu unterhalten. Bislang hatte nichts André aufhalten können. Ihr Besuch bei der Verlobten hatte deren Wut und Eifersucht noch gesteigert.

KAPITEL 16

In ihrer Schulter zog es, ihre Beine waren schwer, als Lara erwachte. Ächzend richtete sie sich trotz ihres Muskelkaters auf und sah hinaus in die Dämmerung. Wenn sie die Schmerzen ignorierte und schnell aufbrach, konnte sie den Sonnenaufgang am Meer erleben. Es war still auf dem Hof, nicht einmal die Amseln zwitscherten. Viele Pferde lagen auf ihren Paddocks und schliefen, überrascht sahen sie den frühen Besuch an. Sie ging hinüber zu den Offenställen, holte Hanna und sattelte sie.

Im gemütlichen Schritttempo ritt sie der Nordsee entgegen. Nur wenige Wolken hingen am Himmel, den die Sonnenstrahlen gelborange färbten. Eine Radlergruppe kam von hinten auf sie zu, doch Hanna war das entspannteste Pferdchen der Welt. Sie drehte kurz ihren Kopf zu den bunt bekleideten Herren auf ihren Drahteseln und trottete gemütlich weiter. Sie kamen auf den Deich und querten ihn, auf der Krone hielten sie einen Moment inne, um den Blick zu genießen. Ihr Pony stürzte sich auf das satte grüne Deichgras und fraß gierig, während Lara abgestiegen war und zusah, wie der hell glühende Sonnenball sich erhob und die fast glatte Wasseroberfläche in ein goldenes Licht tauchte. Sie ließ ihren Blick über den kleinen Hafen mit den Kuttern schweifen, das Gebäude der Kurverwaltung und den Leuchtturm Obereversand, der sich schwarz vor der golden angeleuchteten See abzeichnete. Es war fast windstill, die Sonnenstrahlen wärmten ihre

Haut. Ein heißer Sommertag lag vor ihnen. Sie stieg wieder in den Sattel, ritt zur See, wo Hanna durch das flache Wasser trabte, dass es nur so spritzte. Im Trab ging es über den Deich und zurück zur Ranch.

Sie trafen rechtzeitig ein, bevor André zur morgendlichen Fütterung erschien.

»Bonjour, ich habe etwas für dich«, begrüßte er sie und überreichte ihr eine blaue Mappe. Auf der ersten Seite sah sie einen Lebenslauf mit einem Foto. Fragend sah sie ihn an. Was sollte sie damit?

»Das ist mein Freund Michel, von dem ich dir erzählt habe, er wäre der perfekte Nachfolger auf der Ranch!« Sie blätterte kurz durch das Dokument, es enthielt seine Stationen und zahlreiche Bilder von ihm, er war offenbar bekannt, trat mit seinen Freiheitsdressur-Vorführungen auf der Pferdeshow *Magic Horse* auf und hatte mit berühmten Ausbildern gearbeitet.

»Aber die Ranch erbt die Stiftung, wenn wir nicht zusammenarbeiten. Das wäre nicht das, was Johanna wollte«, gab Lara zu bedenken. »Was passiert dann mit den Fohlen? In vielen Zuchtbetrieben werden die direkt versteigert.« Und wie sollte sie so einen prominenten Profi überhaupt bezahlen? Sie kam über die Runden, wenn sie sich ein kleines Praktikantengehalt auszahlte, mehr war vorerst nicht drin.

Er kehrte ihr den Rücken und ging in die Futterkammer, wo er die fertigen Frühstücksportionen für die Pferde kontrollierte. »Ich gehe mal die erste Schicht holen.« Sie schloss sich an.

Gemeinsam liefen sie zu den Koppeln und brachten die Pferde in den Hof, Lara bereitete die nächsten Eimer vor. Er war vor dem Raum stehen geblieben und kam nicht hinein, statt wie sonst das Tagesprogramm zu besprechen. Aus den Augenwinkeln beobachtete sie ihn. Sein Gesicht wirkte verschlossen, seine Augen hatten einen harten Glanz, sein Mund war ein Strich. Hm, wäre er ein Pferd, würde er die Ohren anlegen. Das drückte in ihrer Sprache äußerst schlechte Stimmung aus. Das Schicksal der Tiere war ihm nicht gleichgültig, vielleicht brachte ihn das zum Umdenken. Sie ging ein paar Schritte auf ihn zu.

»Finanziell können wir das überhaupt nicht bewältigen«, gab sie ihm zudem zu bedenken. Doch er schüttelte den Kopf. »Er kennt die Zahlen, er springt hier unentgeltlich ein, das ist sogar ein Glücksfall.«

Langsam gingen ihr die Argumente aus. Sie würde sich mit seinem Weggang abfinden müssen. Mit entschlossenem Blick sah er sie an. »Er kommt sich heute Nachmittag vorstellen.«

»Von wem redest du, von der Stiftung?«, fragte sie entgeistert.

Er schüttelte den Kopf. »Michel kommt, du hast doch seine Mappe. Um 15 Uhr beim Tee?«, fragte er und band die Pferde los, die ihre Eimer geleert hatten und schon ungeduldig mit den Hufen scharrten.

»Kannst du nicht wenigstens bleiben, bis die Stiftung übernimmt? Warum muss ich mich mit einem Nachfolger herumschlagen?«, bat sie ihn. Er sah sie zum ersten Mal direkt an, sie las Trauer in seinen Augen.

»Wir sind nicht allein auf der Welt, ich möchte nicht daran schuld sein, wenn meine Mutter in eine Krise gerät. Es könnte ihre letzte sein.«

Sie schluckte. Das kannte sie leider nur zu gut. Lara hatte ihrer Mutter vieles geopfert. Unter anderem hatte sie wegen ihr auf jegliche Kontakte zu ihrem Vater und ihrer Großmutter verzichtet. Ihr Erzeuger hatte keine Versuche unternommen, sie wiederzusehen. Nach ihrer Volljährigkeit hatte sie ihn und seine neue Familie einmal getroffen, doch das Interesse an ihrer Person war nicht groß. Dagegen schmerzte es sie, dass sie aus Rücksichtnahme auf ihre Mutter den Kontakt zu Johanna nicht gesucht hatte. Wenn sie die Briefe gekannt hätte, wäre alles anders gekommen.

Sie musste seine Entscheidung akzeptieren. Stumm brachten sie die übrigen Pferde in den Hof. Sie kuschelte sich für einen Moment mit dem Gesicht an Hanna, kraulte ihre Öhrchen und flüsterte: »Fällt dir nicht irgendetwas ein, um die Ranch zu retten?« Ihr Pferd stupste sie mit seiner Nase in den Hintern, sodass sie beinah hingefallen wäre. Manchmal schien es übernatürliche Fähigkeiten zu besitzen. »Okay, ich lasse mich nicht hängen. Ich gebe nicht auf und tue alles, was in meiner Macht liegt«, flüsterte sie. Der Stupser in den Hintern war ein deutliches Wort. Warum sollte sie sich den Kollegen nicht ansehen, der Anfang mit André war auch alles andere als eitel Sonnenschein gewesen.

»Ich habe Doktor Henning gerufen, wir bekommen wieder Nachwuchs.« André kam von der Koppel der beiden Vollblutstuten, die tragend waren. In den nächsten Tagen war es soweit. Sie hörte Motorgeräusche und sah den weißen Bus des Tierarztes. Als sie die letzten Ponys auf die Koppel gebracht hatte, ging sie zu ihm in den Stall, André hatte die beiden schon jeweils in eine Krankenbox gestellt. Doktor Henning kam aus der Box, nahm ihre Hand und deutete eine Verbeugung mit Handkuss an. Sein Blick fiel auf ihr Bein, und er lächelte. »Ohne Skistiefel. Dann können wir bald ein Tänzchen wagen!«

»Ich habe ein strenges ärztliches Tanzverbot.« Das hatte sie spontan erfunden und musste Uli im Nachhinein einweihen.

Er untersuchte Opale, die Schimmelstute, ein liebes Pferd, das in der Reitschule für Anfänger eingesetzt wurde. Hoffentlich würde das auf das Fohlen abfärben. Er nickte und bat sie in die Box, wo er ihre Hand unter den Bauch führte. Das Euter war feucht. »Harztropfen und eingefallene Beckenbänder. Das ist keine Frage von Stunden mehr.«

Er ging hinüber zu Nissan, einer temperamentvollen Rappstute, strich ihr über den Bauch. »Das geht auch bald los, das Euter ist prall, und einige Tröpfchen sind ebenfalls zu ertasten«, sagte er nach der Kontrolle. Er empfahl ihnen, solang bei den Pferden zu bleiben, bis die Wehen begannen, und ihn umgehend darüber zu informieren.

Sein Telefon gab einen Hahnenschrei von sich. Er nahm ein Gespräch an und hörte sich die Beschwerden eines Kuhbesitzers über eine Euterentzündung an. »Schon unterwegs«, erklärte er, stieg in seinen Kleinbus und winkte, bevor er mit quietschenden Reifen vom Hof fuhr. »Ich überwache die beiden«, sagte André. Sie hatten sich Stühle vor die Laufboxen gestellt.

Lara folgte dem Tierarzt und wollte mit einer Fernbedienung das schmiedeeiserne Tor schließen. Ein Lkw bog in die Auffahrt ein. Der Fahrer hupte, sie sah, dass es ein Umzugswagen war, und öffnete. In dem Moment kam Rosalia auf den Hof und dirigierte den Lastwagen in Richtung Backhaus.

Lara blieb wie angewurzelt stehen. Sie hatte die ganze Zeit gehofft, dass sie das verhindern konnte. Niemals hätte sie erwartet, dass Andrés Abschied so schnell kommen würde. Sie sah auf die Uhr. In einer Stunde sollte dieser Michel auftauchen, den er ihr als Nachfolger vorstellen wollte. Sie brauchte einen Moment für sich und besuchte Gianna und ihr Fohlen. Sie beobachtete die Kleine beim Trinken, doch nicht einmal dieser rührende Anblick nahm ihr die Traurigkeit. Sie ging in die Küche, setzte Tee auf und holte die Keksdose. Das Gebäck duftete herrlich und versetzte sie in die schöne Zeit bei ihrer Großmutter.

Genau an diesem Tisch hatten sie immer gesessen. Lara auf der Eckbank und Johanna neben ihr, dann hatte die alte Dame sie in den Arm genommen und ihre Tränen getrocknet. Jedes Mal am Ende der Ferien kam es zur Krise, denn Lara wollte bleiben und nicht zurück nach Hause. Doch die Großmutter wusste, wie sie ihr mit sanften Worten den Abschied versüßte.

Ein Klopfen riss sie aus ihren Gedanken. André hatte, wie angekündigt, einen fast zart wirkenden, kleinen dunkelhaarigen Mann im Schlepptau. »Im Moment ist es ruhig bei den Stuten, das dauert ein wenig«, berichtete er beiläufig. »Und das ist Michel.« Er schob den Freund in den Raum.

Mit blitzenden blauen Augen lächelte er und begrüßte sie mit »Bonjour, Mademoiselle«, und küsste sie dann links und rechts auf die Wange. »Quatre«, protestierte er, als sie sich vorzeitig befreien wollte. Bestand dieser Franzose auf vier Wangenküssen? Lara verdrehte die Augen in Richtung André, der endlich einmal lächelte. »So sind die Südfranzosen, die knutschen den ganzen Tag«, lästerte er.

Sie kannte die Kussrituale von ihrem Austauschjahr in Frankreich. Manchmal gab es zwei, bei anderen Personen drei oder vier Küsse, man sollte sich nicht in der Richtung irren, damit es nicht zu »Kussunfällen« kam, bei denen die Köpfe in der Mitte zusammenstießen. »Du sprichst doch Französisch?«, fragte André.

Sie schüttelte schnell den Kopf. »Mein Schulfranzösisch habe ich komplett vergessen.«

Er sah zu Michel. »Je n'ai jamais appris l'allemand.« So viel konnte sie verstehen, dieser Kussfanatiker sprach kein Wort Deutsch.

Doch André nickte ermutigend. »Er sagt, dass er gute Grundkenntnisse hat. Das ist eine Basis, ich bin bis zum Wochenende hier und kann übersetzen.« Sie erstarrte. Das waren nur wenige Tage. Er würde sie mit der Ranch allein lassen.

In dem Moment hörte sie eine Sirene, auf dem Hof quietschten die Reifen, ein Krankenwagen war vorgefahren, und die Pfleger kamen auf das Haus zu.

Sie ging zur Tür und fragte die Sanitäter, wen sie suchen. »Eine Rosalia Kuzma.« Sie sah zu André, der kreidebleich wurde und zur Tür rannte. »Das ist meine Verlobte, kommen Sie.« Er eilte den Männern voraus in Richtung Backhaus, Michel trat von einem Fuß auf den anderen. Sie musste den Impuls unterdrücken, ihnen zu folgen. Doch helfen konnte sie nicht, und Rosalia würde ihren Anblick vermutlich im kranken Zustand schlechter verkraften.

»Kommen Sie bitte«, bat sie Michel und ging mit ihm zu den beiden Vollblutstuten. Dann radebrechte sie mit ihren eingerosteten Sprachkenntnissen, um ihm die Lage zu verdeutlichen. Er sah die beiden Stuten an, sah wieder zu ihr und nickte. Er schien es verstanden zu haben. Er deutete in die Box von Opale, die unruhig war. Mit langsamen und bedächtigen Bewegungen näherte er sich, tastete am Bauch, dabei schaute er immer wieder auf den Kopf, um die Reaktionen zu lesen. Man sah, dass er Erfahrung hatte. Er massierte ihr den Bauch, und sie blieb stehen und schien die sanften Berührungen zu genießen, ihr Kopf senkte sich, und ihre Ohren hingen entspannt zur Seite. Das Gleiche wiederholte er bei Nissan, die ebenfalls ihre Massage genoss.

»Könnten wir uns abwechseln? Im Notfall rufst du über den Hof? Ich würde gerne nach dem Rechten schauen.« Sie deutete in die Richtung, wohin die anderen verschwunden waren, und er verstand sofort, was sie vorhatte. Er nickte. »Oui, bien sûr.« An diese Worte erinnerte sich Lara. Er schien zumindest etwas Deutsch zu verstehen. Wider Erwarten fand sie Michel sympathisch, die Kommunikation war allerdings eine Herausforderung.

Vor dem Stall sah sie, wie die Sanitäter mit einem Rollstuhl vorbeikamen, André lief hinter ihnen. Sie ging zum Rettungswagen, um zu fragen, ob sie sich während der Abwesenheit um seine Mutter kümmern sollte. Die beiden verluden die Kranke.

In dem Moment stutzte sie, denn im Stuhl saß nicht Rosalia, sondern Andrés Mutter.

»Was ist passiert?«, fragte Lara ihn bestürzt. Er hob ratlos die Hände.

»Rosalia hat sie leblos auf dem Boden liegend gefunden, hoffentlich nur ein Schwächeanfall.« Seine Stimme zitterte, er hatte die Farbe eines Tischtuchs. Er stieg in den Krankenwagen, dieser fuhr mit Blaulicht und Sirene vom Hof. Sie hörte ihren Namen und ging zurück zu den Pferden.

Michel stand vor Opales Abfohlbox und zeigte aufgeregt auf ihren Bauch, ein Sturzbach schien aus ihr auszutreten, sie erinnerte sich nicht, das bei der letzten Geburt gesehen zu haben, und wühlte hektisch ihre Taschen durch nach dem Handy. Sie hatte vergessen, Doktor Henning zu informieren, wählte seine Nummer, es meldete sich aber nur der Anrufbeantworter. Michel war entspannt und erklärte ihr ruhig, dass alles normal wirkte. Sie hoffte, dass sie ihn richtig verstanden hatte. Er deutete auf den unteren Bauch, der spitz aussah. Das hieß, dass sich die Gebärmutter gesenkt hatte. Sie sah etwas Schmales, Dunkles, einen kleinen Huf. Dann schaute schon das Köpfchen heraus und dahinter flutschte der Rest des Fohlens auf den Boden, vollkommen mit Blut bedeckt. Opale trat zu dem Winzling und leckte am Kopf, systematisch streifte sie das Neugeborene mit ihrer Zunge ab, bis es aufstand und schwankend loslief. Sie stupste es mit der Nase unter ihren Bauch, damit es trank. Lara lachte erleichtert und hielt ihre Hand zum Einschlagen hin. Er gratulierte ihr zum Ranchbaby, was für Lara einen bitteren Nachgeschmack hatte.

Ihre Gedanken eilten zu André. Sie schickte ihm eine Nachricht mit den glücklichen Neuigkeiten und erkundigte sich nach seiner Mutter. Sie ging zu Nissan, der anderen Stute, fand, dass sich nichts verändert hatte. Vor allem hatte der Bauch nicht diese spitze Auswölbung nach unten.

In dem Moment traf der Tierarzt ein. Er sah sich das Fohlen von der Boxentür aus an, dann gratulierte er ihr zum Nachwuchs. »Das sieht ja wunderbar aus, sogar die Nabelschnur ist durchtrennt. Bei Nissan kann es nicht mehr lange dauern.« Er wollte bei ihnen bleiben, um bei der nächsten Geburt im Notfall zur Stelle zu sein.

Sie beschlossen, vor der Krankenbox zu warten. Lara holte Stühle und versprach den Männern einen kleinen Imbiss. In der Küche schmierte sie Brote und braute eine Kanne Tee, verstaute alles mit Bechern in einem Korb.

»Wie sieht es aus?«, fragte sie, als sie zurückkam, bekam aber keine Antwort. Doktor Henning hing schräg über dem Stuhl und hatte die Augen geschlossen. Michel hatte den Kopf nach vorne gebeugt und schnarchte leicht. Sie sah in die Box, in der in der kurzen Zeit ein Wunder geschehen war. Ein rabenschwarzes Pferdchen stakste wackelig um seine Mama herum. Es war vollbracht, auch wenn die beiden die Geburt verschlafen hatten. Die drei kleinen Vollblutfohlen der Ranch am Deich waren gesund auf die Welt gekommen. Schade, dass sie ihren Lebensweg nur kurz begleiten würde. Die Stiftung würde das Erbe antreten, wenn André wegging. Nachdem seine Mutter ins Krankenhaus gebracht wurde, gab es kaum Chancen, dass er bleiben würde.

KAPITEL 17

Der rote Vorbau mit Flachdach vor dem Krankenhausgebäude weckte Erinnerungen. An die Ankunft nach ihrem letzten Sturz konnte sie sich nicht erinnern, sondern an die Besuche mit Johanna, wenn sie etwas angestellt hatte. Einmal war es ein gebrochener Arm, ein anderes Mal gab es Entwarnung.

Lara hatte eine Tasche mit Proviant gepackt, die sie mitbringen wollte. Sie fragte in der Anmeldung nach dem Zimmer und ging dann zur Intensivstation, wo sie klingelte. Mit einer kleinen Notlüge, dass sie die Verlobte sei, durfte sie in den Wartebereich, wo sie André schon sitzen sah. Sein Kopf lag auf der Lehne des Nebenstuhls, er hatte die Augen geschlossen und atmete gleichmäßig. Er erwachte nicht, als sie sich neben ihn setzte. Sein Schlaf war so fest, vermutlich hatte er die ganze Nacht gewacht. Sie beschloss zu warten, bis er aus dem Reich der Träume auftauchte. Seine Mutter lag im Bett hinter der Glasscheibe, sie war an die künstliche Beatmung angeschlossen und erhielt Infusionen, soweit sie sehen konnte.

Während er schlief, betrachtete sie ihn in Ruhe, seine dunklen Locken, das ebenmäßige Gesicht und seine schlanke muskulöse Gestalt. Er trug seine Reitjeans vom Vortag und ein kariertes Hemd. Er drehte sich jetzt und wandte den Kopf, sodass er auf ihrer Schulter zum Liegen kam. Die Berührung elektrisierte sie, ihr Herz klopfte. Seit Tagen hatte sie sich nur das gewünscht: ihm nah zu sein. Sie blieb sitzen und atmete vorsichtig, damit sie ihn nicht weckte. Sie hätte nicht sagen können, wie lange sie gesessen hatten, als er sich aufrichtete und die Augen öffnete. Er nahm seinen Kopf ruckartig von ihrer Schulter und sah sie überrascht an.

»Bist du schon lange hier?«, fragte er gähnend, rieb sich die Augen.

Sie schüttelte den Kopf. »Wie geht es ihr«, erkundigte sie sich.

»Sie liegt im künstlichen Koma, sie hatte Herzrhythmusstörungen.« Er hatte tiefe Augenringe und ließ die Schultern mutlos herabhängen. »Hast du etwas gegessen?« Er schüttelte den Kopf. »Keinen Hunger«, murmelte er.

Sie packte dennoch den Korb aus und drückte ihm ein belegtes Brot in die Hand. Er knabberte erst lustlos daran, verspeiste es dann aber mit gesundem Appetit. Die weitere Verpflegung wollte er nicht annehmen. »Kann ich euch sonst irgendwie helfen?«, fragte Lara.

Er schüttelte den Kopf, dann hielt er inne, kratzte sich hinter dem Ohr. »Sag Rosalia bitte Bescheid, dass Maman auf der Intensivstation in Sahlenburg liegt.« Sie nickte. Erfreut würde diese nicht sein, sie zu sehen, doch sie würde die Botschaft ausrichten.

Sie fuhr wieder nach Hause, aus der Einfahrt zu ihrem Hof kam ihr erneut ein Umzugswagen entgegen, sie sah den hellblonden Haarschopf von Rosalia in der Kabine neben dem Fahrer. Die junge Frau nahm keine Notiz von ihr, obwohl sie mit den Armen wedelte. Der Wagen hielt nicht an, sondern beschleunigte, als sie mit Handzeichen versuchte, ihn zum Anhalten zu bringen. Es war merkwürdig, dass sie den Umzug trotz der Erkrankung von Andrés Mutter nicht abgesagt hatte. Wie sollte die alte

Dame nach der Rückkehr aus der Klinik eine neue Wohnung verkraften? Aber sie hatte genügend eigene Sorgen, um sich darüber nicht weiter den Kopf zu zerbrechen.

Lara ging auf direktem Weg zu den Stuten mit ihren Fohlen und fand Michel, der nach ihnen schaute. Sie bedankte sich bei ihm für die Betreuung. Gemeinsam brachten sie die beiden Stuten mit den Fohlen auf die Weide zu Gianna und Golden Dancer. Die Neulinge beschnupperten sich, quietschten, als sie einander berührten und tobten dann gemeinsam über die Wiese. Es war ein fröhliches, friedliches Bild. Lara wischte schnell eine Träne von der Wange. Was hatten sie für ein Glück gehabt, dass alle Mamas und ihre Kleinen wohlauf waren. Wieder bedauerte sie, dass Johanna das nur von oben mitbekommen würde. Michel stand mit versonnenem Lächeln am Koppelzaun des Pferdekindergartens.

Ihr fiel ein, dass sie ihm den ganzen Tag nichts zu essen oder zu trinken angeboten hatte. Sie schämte sich, dass sie so eine schlechte Gastgeberin war. »Michel, hast du Hunger?«

Sein Mund verzog sich zu einem breiten Lächeln. Er nickte begeistert. Oje, sie dachte an ihre nicht vorhandenen Kochkünste. Gegenüber einem Franzosen konnte sie sich nur blamieren. Sie bat ihn in die Küche und sah in den Kühlschrank. Gähnende Leere in den meisten Fächern. Erleichtert entdeckte sie Eier, die ihr Else regelmäßig von ihren Hühnern brachte. Ansonsten konnte sie Spaghetti mit Tomatensoße zubereiten, aber dann erschöpfte es sich.

»Magst du Omelette?«, fragte sie ihn. Wieder nickte er begeistert. Sie schlug die Eier auf, verquirlte sie mit etwas Milch und ließ sie in der Pfanne stocken. Dann servierte sie und stellte Wasser und Saft auf den Tisch. Er betrachtete seinen Teller mit einem skeptischen Gesichtsausdruck, aß aber seine Portion.

»Non, merci.« Er schüttelte entschieden die Hand, als sie ihm einen Nachschlag auftun wollte. Das Ganze war unten etwas angeschmort, aber essbar. Zum Glück hatte sie noch Mousse au Chocolat vom Fest übrig. Er ließ sich jeden Löffel auf der Zunge zergehen und füllte seine Schüssel gleich wieder. »Phantastique«, schwärmte er. Zum Abschluss tranken sie einen Friesentee. Er erzählte, wie er zur *Magic Horse Show* gekommen war, und sie versuchte, seinem Französisch zu folgen. Die Tür flog auf, atemlos kam André in den Raum. »Rosalia – habt ihr sie gesehen?«

»Ich glaube, sie ist weggefahren. Mit einem Möbelwagen, heute war der zweite Umzugslaster hier«, berichtete Lara. Er sah überrascht aus. Sie hatte keine Gelegenheit gehabt, mit der Pflegerin zu sprechen und ihr die Adresse des Krankenhauses durchzugeben. Der Wagen war an ihr vorbeigerast, ohne zu halten.

»Wie geht es deiner Mutter?«, wollte sie wissen. Doch er war schon wieder aus der Tür und ging zügig in Richtung seines Hauses. Ihr Mobiltelefon klingelte.

»Kannst du bitte mal kommen?«, bat er. Sie lief zum Backhaus, wo er wie erstarrt in der Eingangstür stand. Er deutete in den leeren Raum. Sie ging hinein und entdeckte vollkommen leere Zimmer. In der Küche, im Badezimmer sowie im unteren Schlafzimmer befand sich kein einziges Möbelstück. Das Obergeschoss war ebenso gründlich ausgeräumt. Sie gesellte sich wieder zu ihm, er stand unverändert in der Tür und reichte ihr einen Brief.

Lieber André,

ich habe dich unendlich geliebt und alles für dich getan. Diese Pferdemädels haben das kaputtgemacht, das halte ich nicht aus. Sie verschlingen deinen Körper mit ihren Augen, die Blicke hängen an dir. Dieses hysterische Gekicher, wenn du in der Nähe bist.

Du hast diese Wirkung auf Frauen, jede will dich, das ertrage ich nicht. Am schlimmsten ist dieses kleine Biest, das den Hof geerbt hat. Sie nutzt dich nur aus, du darfst die Arbeit erledigen, damit sie an ihr Erbe gelangt. Hast du das denn nicht verstanden? Als ich euch beim Küssen überrascht habe, war ein Tiefpunkt unserer Beziehung gekommen. Du hast mir das Blaue vom Himmel versprochen. Du wirst mir nie gehören, das habe ich verstanden, als ihr in trauter Eintracht vom Ausreiten kamt, wie ihr euch angesehen habt, ihr hättet es wieder getan. Das verlogene Miststück hat mir etwas von harmlos erzählt, aber ich habe selbst Augen im Kopf, ich sehe, wie ihr euch nach einander verzehrt. Vor allem du hast dich verwandelt, und frisst diese Frau förmlich auf mit Blicken.

Ich kann nicht mehr. Ich bin ja nur die Putze, die Frau Mamans Windeln weggeräumt, aber zum Küssen gut genug bin ich schon lange nicht mehr. Das tut man lieber mit der Rancherbin. Ich bin voller Wut und Enttäuschung. Ich kann so nicht mehr für Frau Maman weiterarbeiten, ich habe Angst, dass ich das an ihr auslassen könnte, dabei kann sie nichts für die Situation. Hast du manchmal daran gedacht, dass wir verlobt sind und heira-

*ten wollten? Wie soll ich einen heiraten, der eine
andere liebt?*

*So wie diese Frau hast du mich schon lange nicht
mehr angesehen, du liebst mich nicht, du brauchst
eine Putze. Ich gehe heute und habe mir selbst
meine Abfindung mitgenommen, die Möbel und
das Geld stehen mir zu, nachdem ich jahrelang die
Windeln deiner Mutter gewechselt habe. Ich würde
lügen, wenn ich euch Glück wünschen würde. Ich
habe ein besseres Leben verdient.*

Rosalia

Sie ließ den Brief sinken. »Es tut mir leid, dass sie wegen
mir so überreagiert hat«, entschuldigte sie sich. Am liebsten
hätte sie ihn in den Arm genommen, seine langgliedrigen
Hände in ihren, die Finger in seinen verhakt und sich mit
dem Kopf an seine Schulter gelegt. Doch das wäre vermutlich der falsche Moment, er hatte einiges zu verdauen. Sie
bat ihn, ihr zum Offenstall der Vollblüter-Mamas zu folgen.

»Schau mal, unsere Kinderkrippe«, versuchte sie, ihn auf-
zumuntern. Die drei Jungtiere lagen schlafend in der Mitte
der Wiese, Gianna und die beiden anderen Stuten wachten
aufmerksam neben ihnen. Eines nach dem anderen stand
auf, dann rannten sie die Koppel von oben bis unten um die
Wette, sprangen in die Luft und schlugen Zickzacks. Endlich kräuselten sich die Fältchen um seine Mundwinkel. Sie
schauten einen Moment zu, dann fragte sie ihn.

»Wie wäre es mit einem Tee?« Er nickte. Sie durfte ihn
nicht bedrängen. Eines war sicher, weder er noch Michel
konnten im Backhaus übernachten. Kein einziges Möbel-
oder Kleidungsstück war dort nach dem Umzug zurück-
geblieben.

KAPITEL 18

Lara saß auf dem Rücken ihrer Stute und ritt auf dem Alten Deich in Richtung Nordsee. Ein frischer Wind ließ Hannas Mähne fliegen und wirbelte ihre langen Haare vor das Gesicht, dass sie kaum den Weg erkannte. Aber Hanna wusste, wo es hingehen sollte. Das Lüftchen tat ihr gut, denn sie war mit einem schweren Schädel erwacht. Sie dachte an den Abend in der Küche. André hatte trübsinnig herumgesessen, Michel ratlos neben ihm. Da ging die Tür auf, und eine unbekannte Frau mit einem dunklen Zopf stand im Raum.

»Hoi, wir sind die neuen Nachbarn. Claudia und Detlef. Das sollte unser Einstand sein, aber die Knuddelmonster hatten ein anderes Programm«, rief sie aufgeregt. Sie stellte ein Backblech mit Pizza auf den Tisch. Lara wusste nicht, dass nebenan jemand eingezogen war.

»Wir haben ja telefoniert. Wir wollten uns ja kennenlernen«, in der Tür stand ein bärtiger Hüne. »Ich bin der Detlef.« Er stellte mehrere Flaschen Wein auf den Tisch.

»Wir haben vorher o kloins Problem«, kündigte Claudia an und sah zu ihrem Mann. »Uns sind ä boor abgehauen.«

Verständnislos blickte Lara die beiden an. »Eure Kinder?« Claudia nickte: »So ähnlich.«

Detlef schüttelte ihnen die Hände, bevor er sein Handy zückte und ein Foto zeigte. »Die Fünfergang ist weg. Ich habe sie durch den Zaun der Ranch schlüpfen sehen.

Hoffentlich haben sie bei euch nicht alles kurz und klein geschlagen.« Weiße Wuschelköpfe blickten ihr entgegen. Waren diese Gesichter mit den dunklen Augen süß! »Oh, wie knuddelig. Die geben wir nicht wieder raus.«

»Knuddeln mögen die Alpakas aber gar nicht. Die können mal schnappen«, widersprach Claudia. Sie bedeckte die Pizza mit einem Küchentuch und ging in Richtung Tür. »Würdet ihr mit suchen kommen? Sie sind leider durch die Absperrungen gerast, weil eine Drohne über unser Grundstück flog. Da haben sie sich erschrocken.«

Nach einem kurzen Ranchrundgang entdeckten sie die wuscheligen Übeltäter. Offenbar hatte jemand die Tür der Futterkammer offen gelassen, die Tiere waren zielstrebig hineingegangen und hatten die Getreidesäcke zerrissen. Gierig fraßen sie den Inhalt. Sie legten die Halfter an und begleiteten die Nachbarn zu ihrem Hof nebenan. Sie waren erst vor zwei Wochen aus der Schwäbischen Alb an die Nordsee gezogen.

Der Abend nach dem Alpakafangen war lang, der Pegel der Weinflaschen sank, und die Stimmung stieg. Am Morgen hatte Lara stechende Kopfschmerzen, als würde jemand auf ihre Stirn hämmern. Der Wind pustete ihre Gedanken wieder frei, während sie durch die grünen Marschwiesen ritt..

Gegen den Luftwiderstand kamen sie langsamer zum Neuen Deich. Lara blickte hinab auf die schäumenden Wellen der Nordsee. Die Sonne schob sich zwischen den Wolken empor und ließ nur ein dünnes rotes Fädchen am Himmel erkennen. Sie gingen eine kleine Runde über einen anderen Feldweg an den Windrädern vorbei zurück zur Ranch.

In der Futterkammer stieß sie auf Michel, der ratlos die

Listen von Johanna studierte. Sie zeigte ihm, wo sich alles befand. Er zuckte nur mit den Schultern, als sie ihn nach André fragte. Die beiden hatten in den Gästezimmern im Haus übernachtet. Danach hatte er ihn nicht mehr gesehen. War er seiner Verlobten doch hinterhergereist?

Lara suchte die Überreste von Gerste, Hafer und Müsli zusammen, denn sie hatten die Kammer nach dem Überfall durch die Alpakas nicht mehr aufgeräumt. Sie fegte Papierfetzen und Körner weg und sichtete die Reste. Zum Glück war die Kiste mit den Medikamenten unversehrt. Dann gingen sie gemeinsam die Pferde holen, ebenso die zweite Schicht. Sie war neugierig, wie ein Star-Pferdeflüsterer arbeitete und fragte ihn, ob er den Hengst Ravel trainieren wollte. »Sehr gerne«, entgegnete er.

Er benutzte keine Longe und kommunizierte über seine Körpersprache mit den Tieren, hatte er erklärt. Er ging mit dem Schimmel in den Round Pen und ließ diesen zuerst einmal unbeachtet stehen. Dann forderte er ihn mittels einer kleinen Handbewegung auf, einen Kreis um ihn zu gehen. Schickte ihn auf die Außenbahn, lockte Ravel zurück in die Mitte. Das Pferd war konzentriert bei der Sache, wie von Zauberhand schien ein Gespräch zwischen den beiden stattzufinden. Ravel ging im Trab, im Galopp, rückwärts, machte Seitengänge alles mit kleinsten Handzeichen von Michel. Wie gerne würde sie das können. Sie musste laut gedacht haben.

»Das zeige ich dir. Und kochen gleich mit.« Er zwinkerte ihr zu. Ihre Kochkünste schienen nicht einmal beim Omelette überzeugt zu haben.

Sie hatten sich darauf geeinigt, dass er während seines Aufenthaltes kochen würde. »Ich esse kein Fleisch, kennst du vegetarische Gerichte?«, hatte sie ihn gefragt.

»Wie soll man denn ohne Fleisch satt werden?«, grummelte er. Nach dem Training saß sie in der Küche und sah ihm beim Putzen von Gemüse zu. »Merci, non«, hatte er ihr Hilfsangebot abgelehnt. Es klopfte an der Tür. Zu ihrer Überraschung stand Johannas alter Freund, der Notar Harry Rickmer, in der Tür. Er schnupperte und sah in Richtung Herd.

»Das riecht köstlich.« Dann wandte er sich Lara zu: »Wie läuft es denn mit ihnen beiden?«, wollte er wissen. Michel kam aus der Speisekammer, und der Notar sah ihn überrascht an.

»Wo ist Herr Rivière, den möchte ich auch befragen?«

»Er musste kurzfristig zu seiner Mutter ins Krankenhaus. Er kommt heute Abend zurück«, beschwichtigte Lara ihn schnell, obwohl sie sich alles andere als sicher war, dass er wieder auf die Ranch kommen würde. Aber so konnte sie Zeit gewinnen. Sie bot ihm einen Tee an, er kündigte an, am nächsten Tag wiederzukommen.

»Bleiben Sie doch zum Essen!« Lara wollte ein weiteres Gedeck auflegen. Er sah bedauernd in Richtung Herd und erhob sich. »Ich habe leider noch einen Termin.« Dann schnupperte er wieder und strich sich über den Bauch, bevor er hinausging. Vermutlich vertrug sich die Essenseinladung nicht mit seinem Berufsethos.

Es duftete appetitlich nach Knoblauch und Käse. Michel servierte eine sagenhafte Lasagne, die beste, die sie jemals gegessen hatte. Er hatte abwechselnd Pasta und Ratatouille geschichtet. Sie hatte nur eine winzige Portion essen wollen, aber zweimal Nachschlag genommen, bis ihre Reithose spannte.

Sie bereitete einen Kaffee zu, denn bald würde die Kindergruppe kommen. Als sie zur Sattelkammer lief, standen die ersten beiden Mütter da, Lily, das Mädchen mit den langen blonden Zöpfen, kam angerannt und warf sich ihr an den Hals. »Meine Lara«, rief sie und wollte sie gar nicht mehr loslassen. Sie sattelten die Ponys. Für die Stunde hatte sie sich etwas Besonderes ausgedacht, das den Kindern Spaß machen sollte. »Wir spielen heute Fußball.«

»Ich möchte aber reiten«, maulte Lily. Lara lächelte: »Das machen wir beides zusammen.« Auf dem Reitplatz markierte sie mit rot-weißen Hütchen zwei Tore, sie hatte einen Gymnastikball als Fußball dabei. »Ihr müsst auf den Ball zu reiten, das Pferd bewegt ihn mit dem Vorderbein oder dem Maul. Wir bilden zwei Mannschaften, ihr müsst euer Tor bewachen und in das des Gegners schießen.« Aufgeregt diskutierten die sechs Kinder, wer in welchem Team spielen sollte, dann pfiff Lara an. Die Ponys hatten schon in der Vergangenheit Fußballspielen gelernt und traten routiniert den Ball. Lily war absolut bei der Sache. Da ihr Pony Sandro lahm gegangen war, durfte sie auf Hanna reiten, die normalerweise nicht in der Reitstunde mitlief. Die Stute war ein Naturtalent, sie hatte zwei Mal den Ball in das Tor befördert, das Mädchen jubelte. So ausgelassen hatte Lara sie nie gesehen. Auch der kleine Jonas schoss mit seinem Pferdchen ein Tor, Lily und Pony Hanna hatten ihm das Leder schnell wieder abgejagt und das dritte Mal getroffen, als Lara abpfiff. Sie sattelten ab, dann brachten sie die Ponys zur Dusche, die sie kürzlich aufgebaut hatten. Das war eine Campingdusche für die Pferde. Nacheinander spritzten sie die Vierbeiner zum Ende der Stunde nass. Die Tiere genossen es ebenso wie die Kinder. Nach der Abkühlung durften sie sich auf dem Sandplatz wälzen. Staunend sahen die Reitschüler zu, wie sich die Vierbeiner vergnügt im Sand suhlten, bis sie wie panierte Schnitzel aussahen. »Die sind ja verdreckt«, protestierte Jonas und wollte sein Pony gleich wieder duschen. Lächelnd erklärte Lara, dass sich die Pferde zum Schutz vor Insekten mit Sand einrieben. Sie brachten ihre versandeten Vierbeiner zurück auf ihre Koppeln, dann rannten die Kinder zu ihren Müttern und Vätern. Als Lara ihnen nachsah, schob sich eine kleine Hand in ihre. Lily stand neben ihr und lächelte sie an. »Das war der schönste Tag meines Lebens!« Ihr wurde es warm ums Herz, sie drückte die Kleine. »Und es werden noch viele schöne Tage kommen.«

Lily nickte, dann legte sie den Kopf schief und sagte bittend: »Lara, darf ich mal mit dir ausreiten?« Die anderen Kinder in der Gruppe waren nicht weit genug. Lily war eine begabte kleine Reiterin, und sie wohnte direkt auf dem Alten Deich, in fünf Minuten konnte sie da sein. Sie erinnerte sich daran, wie gut es ihr als Kind getan hatte, die Zeit mit dem Pferd in der Natur zu genießen. Sie würde das, was sie von Johanna gelernt hatte, weitergeben. »Du musst aber früh aufstehen und kommst rüber. Morgen um 6 Uhr. Wenn du nicht da bist, gehe ich allein reiten.« Lily jubelte vor Freude. »Danke, dann bis morgen.« Sie rannte nicht wie die anderen Kinder zu einem Elternteil, da keines präsent war, sondern kehrte zu den Koppeln zurück. Lara hörte, wie sie dort leise auf ihr Pony Sandro einredete. Lächelnd ging sie zum Haus, sie musste André über den Besuch des Notars informieren. Wenn dieser feststellte, dass er mit seiner Verlobten ausgezogen war, würde er ihnen das Erbe entziehen. Sie hatte ihm eine Nachricht hinterlassen und ihn gebeten, zum Essen zur Ranch zu kommen. Ihrem Gast Michel, der sie auf dem Hof unterstützte und kochte, wollte sie an dem Abend eine Freude machen.

Sie war in den Keller gegangen, um nach den Weinvorräten ihrer Großmutter zu sehen. Genau wie früher lagerten in dem kühlen Raum Weinflaschen in einem Regal. Es duftete etwas modrig, und das Licht flackerte schummrig. Sie hatte Mühe zu lesen, was auf den Etiketten stand. Sie fand eine Flasche Bordeaux. Das klang nach einem Tropfen, der dem Franzosen munden würde. Sie würden einen netten Abend verbringen, den Rest konnte sie ohnehin nicht mehr ändern. Als sie zurück in die Küche kam, hatte er einen Teller mit Käsehäppchen und Obst zubereitet. Er pfiff durch die Zähne, als er die Flasche sah. »Ist die für mich?« Sie nickte, reichte ihm den Korkenzieher und suchte Gläser heraus. Diesen Abend à la française wollte sie genießen.

Michel hatte eine eigenartige Weise, den Wein zu verkosten. Erst schnupperte er, dann schlürfte er und gab dabei Geräusche von sich, die sie nicht direkt mit der französischen Etikette verbinden würde. Am Ende schnalzte er, als er den Wein trank, schüttelte brabbelnd wie ein zufriedenes Pferd den Kopf und rollte mit den Augen.

»Oh la la, so etwas habe ich seit Langem nicht getrunken.« Den nächsten Schluck nahm er geräuschlos zu sich, schnupperte nochmals am Wein. Sie kostete auf die einzige ihr bekannte Art und schloss die Augen, um sich auf den Geschmack zu konzentrieren.

»Was schmeckst du?«, fragte er. »Wein«, wollte sie sagen, dann entdeckte ihre Zunge Nuancen. Wie samtig er sich anfühlte. Johannisbeeren erkannte sie, dunkle Schokolade, am Ende einen Hauch Chili. Es war eine runde Komposition. Als sie die Augen wieder öffnete, stand André vor ihnen.

»Ihr amüsiert euch ja prächtig«, sagte er lahm. Er schien beleidigt darüber, dass sie sich so gut verstanden. Er nahm ebenfalls ein Glas und stürzte es hinunter.

»André, hast du bemerkt, was Lara uns da ausschenkt?« Michel sah ihm entgeistert zu. André zuckte gleichgültig mit den Schultern: »Ich hab es nicht so mit Wein.«

»Was für ein Banause, und so etwas sagt ein Franzose«, schimpfte sein Freund.

Lara musterte ihn. Er hatte tiefe Augenringe und sah schmal aus, wahrscheinlich hatte er außer ihrem Proviant kaum etwas gegessen. »Wie geht es Madame Rivière?«, fragte Lara.

»Besser, sie wurde aus dem künstlichen Koma geholt und kann ab morgen in die Reha gehen.« Er sah erleichtert aus. »Und wo zieht ihr dann hin?«, wagte sich Lara vor. Sie hatte kaum Hoffnung, dass er nach diesen Ereignissen auf der Ranch bleiben würde.

»Möchtest du mich loswerden?« Er sagte das leichthin wie einen Scherz, sah sie jedoch forschend an. »Genau, damit die Ranch so schnell wie möglich an die Stiftung fällt und wir hier raus müssen«, ging sie auf seinen Ton ein.

Er zuckte mit den Schultern, nahm sich ein Häppchen und einen Schluck Wein, den er gurgelte. Lara fragte sich, wie die Franzosen stundenlang Traubensäfte analysieren konnten. »Oui, mon ami, das ist etwas Besonderes«, bestätigte er das Urteil seines Freundes und studierte die Flasche. Ihrer Frage war er ausgewichen. In dem Moment stellte Michel seine Töpfe vor sie. »Könntet ihr den Tisch decken?«, bat er. Lara reichte André die Teller und das Besteck, der es verteilte.

»Et voilà. Krabben in Cognacsoße und Kartoffelgratin, dazu ein kleiner bunter Salat. Die Empfehlung Ihres Küchenchefs.«

Lara staunte über das, was er gezaubert hatte. Er arrangierte die Portionen so kunstvoll, dass sie eines Sternelokals würdig waren. Schweigend aßen sie, wieder nahm Lara einen Nachschlag. André aß bedächtig mit geschlossenen Augen. Nach dem Essen schlug Lara vor, mit einem Absacker ins Wohnzimmer umzuziehen. Sie fand die beiden Männer entspannt auf der Couch und schenkte ihnen jeweils einen Whisky aus der Hausbar ein. Sie beschloss, nochmals einen Vorstoß zu wagen.

»André – wo wirst du mit Rosalia und deiner Mutter hinziehen? Wir müssen uns organisieren, wenn wir die Ranch retten wollen.« Er schnüffelte, gurgelte, stürzte den Whisky jedoch ganz ohne französischen Charme hinunter.

»Lass uns morgen reden, ich bin so müde.« Er stand auf, dehnte seine Arme und ging zur Tür.

»Der Notar war heute da und kommt morgen wieder. Wenn du dich an dem Tag zeigen könntest, wäre er vorerst überzeugt, dass hier alles läuft.«

»Ich werde da sein«, versprach er, bevor er die Tür von außen schloss. Fragend sah sie zu Michel, doch der zuckte nur mit den Schultern. Sie fragte sich, warum er aus seinen Plänen ein solches Geheimnis machte.

KAPITEL 19

Zaghaft klopfte es an die Tür des Gutshauses. Mit verwuschelten Haaren stand Lily davor. »Nimmst du mich mit, bitte, bitte?«, fragte sie. Lara musste lächeln, so hatte sie einst auch Johanna um einen morgendlichen Ausritt angebettelt.

»Dann wollen wir mal nach Sandro schauen.« Sie gingen Halfter holen und damit zu den Ponys. »Führ ihn mal bitte«, bat sie. Lara sah sich an, wie Sandro lief. Das Lieblingspony des kleinen Mädchens lahmte nicht mehr und konnte geritten werden. »Er ist wieder gesundgeschrieben«, sagte sie. Lily hüpfte vor Freude, sodass ihre Zöpfe um den Kopf tanzten. Sie sattelten die Pferde, führten diese an der Hand ein paar Runden über den Reitplatz, und dann nahmen sie den Weg, der in Richtung Wäldchen führte.

Sie waren getrabt, und Lara sah mit Freude, dass ihre kleine Begleiterin in den Reitstunden den leichten Trab gelernt hatte. Sie stand mit dem Bewegungsrhythmus des Pferdes auf und setzte sich sachte in den Sattel. Im Wald gab es einen Reitweg, auf dem man galoppieren konnte.

Sie lief auf Hanna vorneweg und drehte sich zu ihrer kleinen Begleiterin um. »Möchtest du einen Galopp probieren?«, fragte sie.

Lilys Gesicht strahlte: »Ja, das macht Spaß.« Lara erklärte ihr den leichten Sitz und zeigte ihr, wie sie sich in die Steigbügel stellen sollte, um den Pferderücken nicht in seiner Bewegung zu behindern. Dann lief sie mit Hanna vor und galoppierte langsam an. Sie drehte sich, Sandro bewegte sich gleichmäßig hinter ihr, und Lily stand in perfekter Haltung in ihren Steigbügeln. Am Ende des Weges gab Lara ein Handzeichen, bremste in den Trab und ließ diesen langsam in den Schritt auflaufen. Sie lief neben Lily. »Wie war es?«

Das Mädchen strahlte. »Können wir gleich noch mal?«, bettelte die Kleine. Doch Lara schüttelte den Kopf. Der Rest des Weges war zu eng. »Wenn du ein bisschen mehr Übung hast, reiten wir ins Watt und können kilometerlang galoppieren.« Sie war lieber vorsichtig mit ihren Schülern, versuchte, diese nie zu überfordern.

»Gleich morgen früh?«, fragte die Kleine in einem drängenden Ton.

Lara lächelte, das hätte sie in diesem Alter vermutlich auch gefragt. Sie schüttelte milde den Kopf. »Das üben wir erst ein paar Wochen an Land. Im Watt muss man schon Erfahrung haben.« Absolute Sicherheit gab es nicht, Pferde waren keine Maschinen – und Unfälle waren selbst bei der größten Vorsicht nie ausgeschlossen.

Sie sattelten die Pferde ab, und Lara sortierte das Futter. Lily wich ihr nicht von der Seite. »Kann ich helfen?«, fragte sie.

»Wann musst du denn wieder zu Hause sein?« Ihr war aufgefallen, dass Lily ganze Tage auf der Ranch verbrachte und sich noch lange nach den Reitstunden bei den Pferden aufhielt.

»Das ist egal, die streiten sich den ganzen Tag.« Lily hatte das in einem gleichgültigen Tonfall gesagt, doch Lara bemerkte ihre zusammengekniffenen Augen, als würde sie die Tränen zurückhalten.

»Das ist nicht schön, aber du bist deinen Eltern nicht egal. Sie haben dich lieb, auch wenn sie Probleme haben«, antwortete Lara. Sie wusste, wie sich das anfühlte. Ihre Eltern hatten damals nicht lange gestritten, sie gingen schnell auseinander, nachdem Papa seine Neue hatte. Michel und André kamen zur Futterkammer und begrüßten sie und Lily. Die Männer gingen die Pferde holen.

»Wir müssten dann mal reden«, bat André Lara. Sie erschrak. Er wollte ihr mitteilen, wohin sie ziehen wollten und bis wann er auf der Ranch bleiben würde. Nach der Fütterung kamen sie in der Küche zusammen. Sie kochte Tee und Kaffee, während die beiden sich gesetzt hatten und auf Französisch diskutierten. Sie sprachen so schnell, dass sie dem Gespräch nicht folgen konnte. Sie brachte die Kannen und sah André fragend an.

»Wir haben uns überlegt, dass ein bisschen Werbung für den Hof guttäte. Wir sind ja vor allem in der Ausbildung von Kindern tätig, aber es wäre toll, uns als Weiterbildungshof für Erwachsene bekannt zu machen. Wir bieten gebissloses Reiten auf dem höchsten Niveau«, übersetzte er.

Lara nickte, das hatte sie festgestellt, als sie André beim Reiten zugesehen hatte. Nur welchen Sinn hatte das, wenn sie die Ranch in Kürze abgaben?

»Wir möchten Kurse anbieten, zu denen Reiter mit ihren Pferden kommen, die auf gebissloses und gewaltfreies Reiten umstellen. Dafür brauchen wir deine Unterstützung.« Er sah Lara an.

Sie nickte. Das fand sie unterstützenswert, der Ansatz solle weiterverbreitet werden. Oft scheiterte das an der Angst vor Veränderung.

»Ich fürchte, dass meine kurze Ausbildung nicht ausreicht, um andere Menschen zu trainieren«, gab sie zu bedenken.

»Du beherrschst doch den Computer, dieses ganze Social Media Dingens. Da kannst du Werbung machen – auf *Facebook* und auf *Instagram*, ein paar Zeitungen informieren?«, sagte André begeistert.

Michel nickte. Er nahm sein Telefon und zeigte ihr Bilder und Werbeanzeigen von der *Magic Horse Show*. Sie betrachtete die Fotos und Berichte über Pferde und Training, las eine Story von einem räuberischen Pony in der Küche. Sie nickte. »Ich kann das und es macht mir Spaß, aber wer soll die Kurse geben – wenn du weg bist und Michel wieder bei seinen Showveranstaltungen auftritt.«

André lächelte jetzt über beide Ohren. »Du solltest ja …« Er wurde unterbrochen, als die Tür aufging und der Notar hereinkam.

»Moin allerseits, ich wollte mich nur überzeugen, dass alles seinen korrekten Gang geht.« Er folgte Laras Einladung, sich zu setzen, und akzeptierte eine Tasse Tee. Er trank die goldgelbe Flüssigkeit und ließ sich nicht zweimal bitten, in die Keksdose zu greifen. »Wie geht es denn der Frau Maman?«, erkundigte er sich bei André, während er seinen dritten Keks genussvoll verspeiste. »Sie liegt nicht mehr auf der Intensivstation, es geht etwas besser.«

Dann räusperte sich der Notar und sah sie prüfend an: »Wie läuft die Ranch?« Lara bemühte sich um ein Lächeln. »Alles bestens, wir haben drei gesunde Fohlen bekommen und sprechen gerade über Marketing.« Er nickte und wartete, was André dazu sagen würde. »Wir planen ein neues Angebot für Kurse des gewaltlosen Reitens«, schwärmte dieser nahezu enthusiastisch. Lara wunderte sich, was er da für ein Theaterstück vor dem Notar aufführte. Er ignorierte ihre Blicke und deutete auf seinen Freund. »Darf ich vorstellen, Michel Cavallieri, einer der bekanntesten Trainer in der Freiheitsdressur. Er wird uns bei diesem neuen Programm helfen.« Der Notar schüttelte seine Hand. »Das hätte Johanna gefallen. Verrückt, aber der Plan geht auf.« Er sah beeindruckt aus.

Lara fragte ihn, ob er sich die Fohlen ansehen wolle, um Andrés Spektakel zu beenden. Doch der Jurist sah auf die Uhr, trank seine Tasse leer. »Vielen Dank, der nächste Termin wartet schon.« Lara war erleichtert, dass er ihnen wieder eine Gnadenfrist gegeben hatte. Die Ranch war vorerst gesichert, aber das war nicht der letzte Besuch. Sie sahen aus dem Fenster, wie Notar Harry Rickmer in seinem Mercedes vom Hof fuhr. »Klärst du mich über deine Pläne auf? Was soll diese Heimlichtuerei?« Lara verlor die Geduld.

Michel schüttelte den Kopf. »Mon ami, jetzt übertreibst du. Sag es ihr endlich«, schimpfte er in Richtung seines Freundes. Dann wandte er sich ihr zu und erklärte: »Er wird bleiben, Lara.«

André stand vor ihr und räusperte sich länger. Bildete sie es sich nur ein, oder war sein Gesicht errötet? »Lara, dieser Hof ist mein Zuhause. Ich bleibe hier.«

Sie sah die beiden an, das Blut strömte ihr ins Gesicht, sie musste wieder krebsrot sein, doch das war ihr in dem Moment gleichgültig. Sie sprang auf und fiel ihm um den Hals. »Ich freue mich so, wir schaffen das gemeinsam«, jubelte sie. Er hielt einen Moment inne und legte Lara die Hand auf den Rücken. Sie ließ ihren Kopf auf seiner Brust ruhen. Das fühlte sich an, wie nach Hause zu kommen.

»Hey, ihr Turteltäubchen, wir müssen an die Arbeit«, mahnte Michel. Er wedelte mit einem Heft. Sie lösten sich voneinander. Lara fühlte sich wie in Trance. Niemals hätte sie damit gerechnet, dass er seine Verlobte ziehen ließ.

Jetzt musste sie sich konzentrieren, um dem Gespräch der Franzosen zu folgen. Die Sätze gingen hin und her wie bei einem Tennisspiel. Die beiden wollten sich alle Pferde ansehen, den Trainingsstand prüfen und den künftigen Einsatz planen. Bis zu seiner Tournee im Herbst würde Michel sie unterstützen. Sie schritten die Koppeln mit den 30 Pferden nacheinander ab. 15 davon waren ihre eigenen, die anderen gehörten Einstellern, die eine monatliche Miete für den Stall, das Futter und in manchen Fällen ein professionelles Training bezahlten.

Aufmerksam hörte Lara, was André über die Tiere erzählte. Viele waren vor dem Schlachter gerettet worden, hatten Unschönes erlebt und galten als schwierig, bevor Johanna sie auf ihren Hof geholt hatte. Sie kamen zu den Ponys, wo Hanna sofort auf Lara zugelaufen kam und sie anstupste.

»Das ist deine Gruppe, willst du dich künftig um die Korrektur und die weitere Ausbildung kümmern?«, wollte André wissen.

Sie nickte begeistert. »Gerne, ich möchte ja kein Schreibtischtäter werden. Ich bräuchte aber selbst weiter Unterricht. Damals kannten wir die Rai-Reitweise nicht.«

André nickte. »Mein Lehrmeister hat immer gesagt, das Leben ist zu kurz, um perfekt reiten zu lernen.« An der Aus- und Weiterbildung der Vollblutstute Gianna wollte sie mitwirken. Die Fohlen durften weiter im Kindergarten aufwachsen, im Alter von drei Jahren sollte ihr Training beginnen. In Laras Kopf arbeitete es. Nachdem sie die Lebensgeschichten der Pferde gehört hatte, kamen ihr Ideen für die Internetpräsentation, und sie verabschiedete sich an den Schreibtisch. Ihre Gedanken sprudelten, sie sah sich vergleichbare Angebote an, las in einer Pferdezeitschrift am Bildschirm, notierte ihre Ideen für ein eigenes Konzept in den Sozialen Medien. Sie musste bei null anfangen, denn die Ranch hatte nicht einmal eine Internetseite. Sie würde diese vorerst selbst bauen und, wenn sie sich das leisten konnten, später bei einem Webdesigner in Auftrag geben. Sie sah mehrmals das Foto von Johanna an. Ob ihre Großmutter damit etwas anfangen könnte? Ihre Präsentation nahm Form an, sie fasste die einzelnen Notizen zusammen. Als sie kurz aufgestanden war, um ihren Rücken zu dehnen, stieg ihr ein verlockender Duft in die Nase. Der musste aus der Küche kommen. Sie ging hinunter und sah Michel am Herd stehen, André deckte den Tisch.

Lara schaute nach und wollte den Deckel der Pfanne lüften. Michel drohte lächelnd mit seinem Kochlöffel. »Nicht so ungeduldig, in fünf Minuten können wir essen.«

Dann nahm er einen Löffel und tauchte ihn in die Form, die im Ofen stand.

»Kostest du, ob es nicht zu scharf ist?« Sie schloss genießerisch die Augen und schmeckte Möhren und Erbsen, al dente in einer Currysoße gegart. Ein Alltagsgericht, völlig neu interpretiert. »Es ist ein Gedicht, perfekt«, schwärmte sie. Er lüftete den Deckel der Pfanne, in der Schollenfilets schmorten.

»Die habe ich direkt bei uns am Hafen bekommen.« Lara staunte, wie ein Mann all diese Rezepte beherrschte, während sich ihre Künste auf fünf Gerichte beschränkten. Sie versuchte, aus der Pfanne zu naschen, Michel schwenkte den Löffel, als wolle er ihr auf die Finger klopfen: »Na, na, nicht so stürmisch!«

André hatte sich in der Eckbank entspannt zurückgelehnt und sah ihnen zu, seine Augen lächelten. »Ihr seid ja wie ein altes Ehepaar! Aber Achtung, Lara hat einen Verlobten.«

Sie widersprach. Sie hatte den Konflikt mit Rosalia abwenden müssen und sah sich genötigt, das richtigzustellen: »Ich war verlobt. Es ist aus!« Sie bemerkte, dass Michel André einen bedeutungsvollen Blick zuwarf.

»Essen ist fertig«, meldete sich der Kochkünstler zu Wort und servierte die Speisen auf ihren Tellern. Der Fisch war perfekt gebräunt, die Haut knusprig. Es gab Kartoffeln und das Currygemüse. Sie hatte selten so gut gegessen. »Ich sollte die Fünf-Sterne-Küche in meine Werbung mit aufnehmen«, lobte sie ihn. »Ich habe etwas beizusteuern.«

Michel warf ihr einen skeptischen Blick zu, er fürchtete neue Kochexperimente. Sie hatte Limonenparfait nach Elses Rezept zubereitet und dekorierte es mit Himbeeren. »Oh, die deutschen Desserts sind unschlagbar. Du bist eine gute Konditorin. Wir würden uns perfekt ergänzen.« Michel verdrehte genießerisch die Augen. Sie mochte ihn, er wusste das Leben von der besten Seite zu nehmen. Doch das Bauchgrummeln, dass sie bei der Anwesenheit von André empfand, spürte sie bei ihm nicht. Er war ein Freund, mehr nicht. Als sie fertig waren, holte sie ihre Ausarbeitungen.

Sie hatte für alle die wichtigsten Punkte notiert und gab beiden ein Blatt mit ihrem Konzept.

»Ich habe mir das Programm von anderen Ausbildungshöfen mal angesehen. Wir könnten drei- bis viermal im Jahr eine solche Veranstaltung hier anbieten. Da scheint es ausreichend Nachfrage zu geben, vorher sollten wir die Ranch und euch als Ausbilder in den Medien präsentieren – mit Pferden.«

Sie plante für beide Reitprofis eigene Seiten in den Sozialen Medien, die sie selbst mit Bildern und Geschichten bespielen konnten. Sie würde das Programm vorbereiten und dann stetig aktualisieren. »Wichtig sind Fotografien und Filme. Ich habe schon einmal einen Kollegen aus Berlin kontaktiert, der mit euch Shootings machen wird.« Nach einem Plan würden sie Bilder mit kurzen Geschichten von sich und ihrer Arbeit mit den Pferden posten und dabei ihre Angebote vorstellen. »Wir benötigen dringend eine Website, die werde ich selbst erstellen und später, wenn das Ganze läuft, können wir das durch eine Agentur professioneller gestalten.«

»Wow«, sagte André, »ich bin beeindruckt.«

Er übersetzte alles für seinen Freund, der zustimmend nickte. In der nächsten Woche sollten die Fotoaufnahmen stattfinden.

Lara war stolz, dass die beiden ihr Konzept für gut befunden hatten – und sie war erschöpft von dem langen Tag. Sie zog sich in Johannas Schlafzimmer zurück und setzte sich an den Schreibtisch, wo sich die Briefe befanden. Mehr als die Hälfte hatte sie gelesen. In den letzten Tagen gab es so viel zu tun, dass sie nicht dazu gekommen war, ihre Zwiesprache mit ihrer Großmutter zu halten. Dabei waren die Briefe wertvoll, sie erfuhr all das, was sie in den letzten Jahren verpasst hatte.

Liebe Lara,
Ich schreibe dir heute außer der Reihe, weil ich das
Bedürfnis habe, mich wieder einmal bei dir zu melden. Wir haben ein schwarzes Jahr hinter uns, und

es ist nur Glück und der Hilfe guter Menschen zu verdanken, dass die Ranch gerettet wurde.

Am 4. September wurde ich nachts wach, ein Wiehern, das panisch klang, hatte mich aus dem Schlaf gerissen. Ich sah aus dem Fenster und entdeckte die schrecklichste Katastrophe, die man sich vorstellen kann. Das Stallgebäude brannte lichterloh, Flammen loderten aus den Dachbalken. Ich rannte im Nachthemd hinunter und öffnete trotz des heftigen Feuers alle Boxen, damit die Pferde hinauskonnten. Ich hatte die Geistesgegenwart, mir ein feuchtes Handtuch vors Gesicht zu halten. Ich schaffte es – beinah. Vor der letzten Box muss ich zusammengebrochen sein, ein Feuerwehrmann hat mich rausgezogen. Für Artos kam die Hilfe zu spät. Sicher kannst du dich an ihn erinnern. Er war eines meiner ersten Pferde, so ein Dicker, Gemütlicher. Eine ganze Zeit lang wünschte ich, selbst an seiner Stelle gestorben zu sein. Ich habe mir solche Vorwürfe gemacht. Warum konnte ich nicht schneller laufen, habe es nicht rechtzeitig zu ihm geschafft. Aber da waren ja all die anderen Pferde, die mich brauchten. Sie sind wie Engel, sie haben mich mit ihrer sanften Art getröstet.

In dieser Zeit haben wir die Haltung umgestellt und alle von ihnen an das Leben im Offenstall mit einem Unterstand gewöhnt. Heute wissen wir, dass diese Haltung artgerecht ist, selbst bei Kälte. Den Vierbeinern wächst ein entsprechendes Fell, das sie schützt. Wir sollten die wunderbaren Wesen nicht vermenschlichen. Niemals würden diese freiwillig in einem geschlossenen Raum Schutz suchen, sie

*brauchen einen Unterstand, der ihnen Schatten
spendet und den Wind abschirmt. Ich rang mit
der Versicherung um das Geld, und die Pferde
waren lange verstört. Alles hat mich Kraft gekostet. Das Gute daran war, dass ich darüber André
kennengelernt habe. In den Medien wurde über
den schrecklichen Brand berichtet, viele hilfsbe-
reite Menschen haben sich bei mir gemeldet. André
hat einen Kurs in der Nähe gegeben und kam spontan hier vorbei. Er ist ein begabter Reiter, der die
Pferde, so wie ich, als Freunde sieht und ohne
Gewalt arbeitet. Wir haben uns lange unterhalten – dann sind wir übereingekommen, dass er als
Partner in den Reitbetrieb einsteigen wird. Was für
eine Bereicherung für die Ranch.
Ich hoffe, dir geht es gut. Ich denke oft an dich.
Alles Liebe für das Neue Jahr
Deine Johanna*

Lara standen die Tränen in den Augen. Was hatte ihre
Großmutter in dieser Zeit durchlitten – und sie war weit
weg, hatte von all dem nichts mitbekommen. Wie gut,
dass ihr André zur Seite gestanden hatte. Ihr fielen nach
dem anstrengenden Tag beinah die Augen zu. Es war Zeit,
ins Bett zu gehen.

KAPITEL 20

Auf dem Deich war Lara mit ihrer Stute einen Moment stehen geblieben und hatte der kleinen Lily durch Handzeichen klargemacht, dass sie anhalten solle. Von dem zehn Meter hohen Bauwerk aus hatten sie einen Blick bis zum Horizont. Ein blutroter Ball färbte die spiegelglatte See zu einer purpurfarbenen Platte, der Himmel war wolkenfrei. Ein warmer Sommertag kündigte sich an. Fast jeden Morgen stand das kleine Mädchen in aller Frühe vor dem Hoftor, um sie zu begleiten.

Sie ritten unterhalb des Damms zurück, denn sie musste die Pferde füttern, bevor der Schmied eintraf. Michel half ihr, da André seine Mutter in der Reha besuchte. Der Spezialist für Pferdehufe, Thorsten, war ein tätowierter Hüne mit einer unerschütterlichen Ruhe und sicherem Auge für die richtige Beschuhung. Über dem Feuer schmiedete er die Hufeisen, die einige Tiere bekamen, da sie Sehnenprobleme oder Fehlstellungen hatten. Die meisten Pferde liefen »barhuf« – das war eine Neuerung, die Johanna eingeführt hatte. Wie Lara gelesen hatte, wollte ihre Großmutter die Pferde so natürlich wie möglich halten.

Einige der Tiere brauchten während der Bearbeitung Zuspruch, die musste sie am Strick halten. Die meisten kannten das Prozedere und schliefen mit gesenktem Kopf. Die Ponys waren tiefenentspannt. Sie hatten beschlossen, die drei Vollblutstuten mit ihren Fohlen auf den Hof zu bringen. So konnten die Kleinen zusehen, wie die Hufe der Großen bearbeitet wurden. Die Jungpferde zu hüten, verlangte höchste Aufmerksamkeit, diese beäugten die Gerätschaften, spazierten auf dem Hof herum. Und Golden Dancer mopste dem Schmied sogar eine Raspel aus seinem Gürtel. Lara war erleichtert, als sie alle sechs Vollblüter unbeschadet wieder auf die Koppel gebracht hatte.

Nachdem alle Pferde in ihren Gruppen waren, setzte sie sich auf die Bank vor der Futterkammer. Michel nahm neben ihr Platz und trank ein Glas Wasser. Dann bot er an: »Ich könnte dir eine Stunde geben, da der Schmied schneller fertiggeworden ist.«

Sie gingen zum Round Pen, dem Trainingsplatz mit dem kreisförmig angeordneten Holzzaun. Michel zeigte ihr die Grundlagen der Pferdesprache mit Schneeweißchen, einer jungen Stute, die nicht angeritten war. »Das Pferd beobachtet Körper und Mimik seines Gegenübers. Es weiß dich zu lesen, besser als du selbst.« Anfangs raste das Pferd um sie herum, vollführte Bocksprünge, versuchte, sie umzurennen.

Doch Michel korrigierte Laras Haltung, erklärte ihr, wie sie präzise über ihren Körper kommunizieren konnte.

»Du musst eine ruhige Autorität ausstrahlen und fair bleiben. Wichtig ist, dass du deine Energie dosierst. Immer nur so wenig davon einsetzt wie nötig.« Er führte vor, wie er das gemeint hatte, brachte das Pferd nur über Blicke in Bewegung und ließ es wieder anhalten. Sie übte selbst die Kommunikation mit der jungen Stute, drehte ihre rechte Schulter ein, um das Pferd zum Laufen aufzufordern, blockierte den Weg mit der entgegengesetzten Geste. Erstaunlich genau reagierte Schneeweißchen auf ihre Bewegungen, Lara ließ die Stute mit einer Drehung wenden.

Am Ende forderte sie das Pferd auf, zu ihr zu kommen. Willig kam es in die Mitte und folgte ihr. Michel klatschte: »Du hast die erste Lektion als Horsewoman gemeistert.« Lara war stolz, sie hatte innerhalb kürzester Zeit viel gelernt.

Sie duschte die Stute mit einem Wasserschlauch ab, da es heiß wurde. Michel hatte sie fotografiert, sie wollte damit die erste Version der Internetseite füttern. Nicht nur die Trainer sollten zu Wort kommen, sondern auch Schüler. Es gab bereits Dutzende Fans, die ihren Seiten folgten.

Erfolgreich konnte man nur mit persönlichen Geschichten und Bildern sein. Für den nächsten Beitrag hatte sie schon eine witzige Idee im Kopf. Sie wollte das Ganze aus der Sicht von Schneeweißchen beschreiben. Wie erlebte sie das Training? »Hm, riecht interessant, dieser Zweibeiner. Was fuchtelt er da bloß herum?«, legte sie der Stute ins Pferdemaul und amüsierte sich prächtig, als sie die Story weiterspann. Sie dachte über Themen nach und ließ den Blick aus dem Fenster schweifen. Stand da tatsächlich ein Wagen mit Berliner Kennzeichen?

Sie ging vor die Tür, um nachzusehen. War der Fotograf noch mal gekommen? In dem Moment stand er vor ihr, und Lara blieb mit offenem Mund stehen. »Lars? Was hast du hier zu suchen?«

»Dich besuchen – oder wonach sieht es denn aus?« Er stand da, so lässig wie immer. Die Hände hatte er in die Taschen seiner Jeans gesteckt, sein Gesicht war ernst, nur seine Augen lächelten. Er ließ die Grübchen spielen. Es war dieses Großer-Junge-Grinsen, das sie immer gemocht hatte. Sie zwang sich, es nicht zu erwidern. Es war nicht lange her, dass er sie komplett ignoriert und öffentlich niedergemacht hatte! »Das wundert mich ja schon, dass du eine Betrügerin besuchen kommst!« Sie kämpfte mit sich, ob sie ihn gleich wieder wegschicken sollte, und stand bewegungslos auf der Stelle. Niemals hätte sie erwartet, dass er an die Nordsee käme! Er legte ihr sanft die Hand auf den Rücken. Sie machte sich steif.

»Willst du mich nicht wenigstens kurz hineinbitten? Da ich doch extra die lange Reise gemacht habe?« Er sagte das voller Selbstbewusstsein und schien keine Spur eines schlechten Gewissens zu haben. Aber er hatte recht, diese Probleme sollten sie nicht mitten auf dem Hof klären, wo die Reitschülerinnen das Drama vermutlich ausgekostet hätten.

Sie machte ihm den Weg frei und begleitete ihn zum Haus, das er taxierte. »Alter Schuppen, aber hat was.«

Beinah hätte sie sich vor Widerwillen geschüttelt. Ihre Großmutter würde sich im Grabe umdrehen bei dieser Wortwahl. Sie war sich sicher, dass Johanna Lars nicht gemocht hätte.

Sie bat ihn in die Küche und bereitete einen Tee zu, dann stellte sie die Keksdose auf den Tisch. »Was führt dich hierher?«

Er ging vor ihrem Stuhl auf die Knie: »Lara, möchtest du meine Frau werden? Entschuldige bitte, was geschehen ist, es war ein fürchterlicher Irrtum.«

Sie war erst einmal baff. Die Tür ging auf, und André und Michel kamen herein, sie diskutierten intensiv auf Französisch. Als André ihren Besucher entdeckte, stoppte er abrupt und starrte sie beide an. Er sah mit gerunzelter Stirn zu Lars, der kniete, und dann zu Lara. »Oh, stören wir die jungen Liebenden?«

Das Blut schoss ihr ins Gesicht. Sie schüttelte heftig den Kopf: »Es ist nicht das, wonach es aussieht. Nein, ihr stört nicht.« Lars war mittlerweile aufgestanden, hatte sich neben sie auf die Bank gequetscht und seinen Arm um ihre Schultern gelegt. Er musterte die beiden Männer: »Sind das deine Stallburschen? Kernig, die Jungs!«

Lara ärgerte sich über diese großspurige Masche. Sie rutschte auf dem Sitz hin und her, am liebsten hätte sie den Arm weggestoßen. Sie stellte die beiden vor.

»Das ist André, er ist mein Partner auf der Ranch – und Michel ist von der *Magic Horse Show* bekannt. Er unterstützt uns.« Ihr Ex bequemte sich, ihnen huldvoll die Hand zu reichen. »Ich bin Lars, Laras Verlobter.«

»Ex-Verlobter«, widersprach Lara. Sie war aufgestanden, um sich der Umklammerung zu entwinden, und einen Schritt zu André und Michel getreten.

»Klären wir das lieber unter vier Augen?«, bat Lars mit seinem zerknirschten Lächeln, das er immer aufsetzte, wenn er etwas ausgefressen hatte. »Könnten Sie bitte draußen warten?«, blaffte er die beiden Männer in einem unverschämten Tonfall an. Lara lag eine scharfe Erwiderung auf der Zunge, aber ihr wollte keine passende Antwort auf diese Frechheit einfallen.

André sah sie an, zögerte und drehte sich dann zur Tür, als sie nichts sagte.

»Ist ja gut, wir stören.«

Sie wollte protestieren, »Nein« schreien. Doch stattdessen kochte sie innerlich, saß bewegungslos auf der Küchenbank und brachte keinen Ton heraus. Er ließ die Küchentür knallend zufallen. Sie musste schnellstmöglich zur Tür gehen, um den beiden zu folgen, doch Lars hielt sie am Arm fest. »Warte, Lara, wir haben einiges zu klären.«

Sie löste seinen Griff und überlegte, ob sie André hinterhergehen sollte.

»Können wir uns nicht in Ruhe unterhalten?«, bat Lars.

»Ach, auf einmal? Neulich wolltest du mich von halbseidenen Killern entsorgen lassen!« Sie holte seine Tasche, die neben der Tür stand und knallte sie auf den Tisch. »Danke für den Besuch. Angenehme und schnelle Heimreise!«

Ohne ihn eines weiteren Blickes zu würdigen, ging sie in den Stall. André war dabei, seinen Hengst Ravel zu bürsten. Er sah nicht auf, sein Gesichtsausdruck war eingefroren.

Sie wollte eine Runde auf Hanna reiten, um auf andere Gedanken zu kommen. Ein Ausritt wäre ideal, um sich auszusprechen. Sie trat auf Ravel zu und wartete, bis ihr Partner mit seiner Satteldecke wiederkam.

»André – es ist nicht so, wie du denkst. Wartest du auf mich und Hanna, dann erkläre ich alles.« Er befestigte seine Decke auf dem Rücken des Hengstes, legte Ravel ein Bändle um den Kopf, einen Strick um die Nase mit Zügeln daran. Federnd sprang er vom Boden ab und landete ohne Hilfsmittel auf dem Pferderücken, eine Fähigkeit, die sie selbst gerne gehabt hätte. Dann schritt der Schimmel durch das Tor des Reiterhofes hinaus und querte die Straße. Sie sah, wie die beiden auf dem Feldweg gegenüber immer kleiner wurden, im rasanten Galopp entfernten sie sich von der Ranch.

So konnte sie ihn nicht einholen. Er hatte ihr keine Chance für eine Erklärung gegeben. Warum verstand er nicht, dass sie nichts für diesen Besuch konnte? Ihr fielen die Worte von Großmutter Johanna ein. »Wann immer es dir schlecht geht, egal, wie du aussiehst, wie deine Schulnoten sind oder wie viel Geld du hast und was du als Erwachsene beruflich machst: Pferde nehmen dich so, wie du bist.« Sie ging zu Hanna und legte ihr Gesicht an ihren

Hals, kraulte sie unter dem Bauch. Das liebte die Stute und revanchierte sich, indem sie mit ihren Lippen sanft an Laras Rücken zupfte. Es fühlte sich wie eine Rückmassage an. Manchmal kniff sie Lara übermütig in den Hintern, so wie jetzt. »Hanna«, drohte sie mit dem Zeigefinger. Die Stute verzog ihr Maul zu einer schiefen Grimasse, die sie wie immer zum Lachen brachte. »Wollen wir ausreiten?« Ehe sie den Satz vollendet hatte, stand ihr Pferd schon am Eingang der Koppel.

Sie bereitete sie vor und ritt dann in die andere Richtung zum Wäldchen. Als sie außer Hörweite waren, berichtete sie von ihrem Besuch. »Hanna, was nun? Lars ist ein attraktiver Mann, soll ich ihm eine zweite Chance geben, obwohl er mich verraten hat?« Das konnte sie nicht von heute auf morgen wegwischen. Was verband sie mit André, der sie wieder genauso geringschätzig behandelte wie am Anfang ihrer Bekanntschaft. Sie fühlte sich von ihm angezogen, doch es verletzte sie, wie er reagiert hatte. Dass er sie nie zu Wort kommen ließ.

Diesen Kuss in der Pferdebox würde sie nie vergessen, es elektrisierte sie, wenn er neben ihr stand. Sie hätte so gerne darüber mit ihm geredet. Doch seit Rosalias Auszug hielt er Abstand von ihr. Alles hatte stattgefunden, bevor seine Ex mit den Möbeln abgehauen war. Jetzt war er frei, doch er machte keinerlei Anstalten, ihr näherzukommen. Warum führte er sich wegen des Besuchs auf, als hätte sie ihn hintergangen?

Sie konnte sich auch nicht vorstellen, Lars zu verzeihen. Sie dachte daran, wie er eng umschlungen mit Stella aus dem Verlag gekommen war – und mit ihr nicht einmal drei Sätze gewechselt hatte. Er hatte nicht zu ihr gehalten, als sie bei seinem Vater, dem Verleger, in Ungnade gefallen war. Und der hatte unmissverständlich zu verstehen gegeben, dass er nichts von ihr hielt. Hoffentlich war ihr Ex schon weg, wenn sie von ihrem Ritt zurückkehrte. Seine Anwesenheit verwirrte sie. Sie hatte Gefühle für ihn. Ihr Stolz verbot ihr, über sein Verhalten nach dem verhängnisvollen Artikel hinwegzusehen.

KAPITEL 21

Hufe hallten auf dem jahrhundertealten Pflaster, sie gab sich dem Rhythmus von Hannas Schritten hin und versuchte, sich auf den Moment einzulassen. »Kommt Zeit, kommt Pferd«, das war einer von Johannas Ratschlägen. Sie ritten an einer Kuhwiese vorbei, die schwarz-weißen Tiere stürmten in Richtung des Stalls, wo sich die Melkanlage befand. Wieder war sie dankbar für die Gelassenheit ihrer Stute. Der Boden vibrierte, als die Rinder neben ihnen galoppierten. Hanna hatte nur kurz den Kopf gedreht, ihre Ohren fragend nach hinten gewandt und war auf das beruhigende »Hoho« ihrer Reiterin aufmerksam, aber ruhig weitergelaufen. Die Strecke führte zum kleinen Hafen für Fischkutter, sie ritt über den Deich und setzte sich ins Gras, ihr Pferd durfte grüne Halme naschen. Dicke Wolkenschafe tobten am Himmel, die dunkelblaue See war aufgewühlt. Ein Kutter, der in den Hafen einfuhr, schien auf den Schaumkronen der Nordsee zu tanzen. Sie zog ihre Jacke zu, der Wind hatte sie ausgekühlt, bevor sie in den Sattel stieg und zurückritt. Als sie mit Hanna wieder auf den Hof einbog, war niemand zu sehen. Sie sattelte ihr Pferdchen ab und machte einen Kontrollgang über die Ranch. Lars' Auto war nicht mehr da, weder im Haus, noch im Stall war eine Spur von ihm zu sehen. Sie atmete auf, als sie ihren Rundgang beendet hatte. Sie sah sich an, wie die Vollblutfohlen miteinander spielten, und ging dann nachdenklich ins Haus zurück. Wahrscheinlich hatte ihn die Neugier in den Norden gelockt. Es verletzte seine Eitelkeit, dass Lara sich nicht mehr gemeldet hatte. Zum Glück hatte sie am Abend etwas vor. Ihre Freundin Uli hatte sie zum Essen eingeladen, und sie freute sich, diese endlich wieder zu treffen. Seit Uli nicht mehr täglich zur Kontrolle ihres gebrochenen Knöchels vorbeikam, hatten sie sich nur selten gesehen. Auch Else hatte sie wegen der vielen Arbeit etwas vernachlässigt. Dabei wohnten sie beide in der Nachbarschaft und konnten einander zu Fuß einen Besuch abstatten. Sie ging über die Straße zum Nachbarhaus, um Else abzuholen.

Auf ihr Rufen reagierte niemand, das Haus stand offen und war leer, sie fand die alte Dame im Garten, gebückt vor einer Reihe von Rosen, die einen betörenden Duft verströmten. Else beschnitt die Blumen mit einer Gartenschere. »So, mein Schatz, jetzt kannst du mir wieder ein paar Blüten schenken.« Sie sprach mit einem sanften Singsang, als würde sie mit einem Baby reden.

»Mit wem sprichst du?«, fragte Lara, die neben ihrer Nachbarin stand und den Duft einsog.

Else zuckte zusammen, sie hatte sie offenbar nicht kommen gehört. »Moin, Kindchen. Du liebst eben deine Pferde, ich meine Rosen und Katzen. Du sprichst ja auch mit Hanna, oder?« Dabei strich sie sanft über eine Knospe. Lara musste grinsen und dachte daran, was sie ihrem Pony schon so alles anvertraut hatte. Vermutlich schrieben andere Menschen das in ein Tagebuch.

Else deutete auf ihr Blütenmeer. »Sie brauchen Liebe, sind ja Lebewesen wie wir.« Dann fiel ihr die Verabredung ein, sie sah auf die Uhr und schrak zusammen. »Ich habe die Zeit vergessen.« In schnellem Schritt lief sie zum Haus, Lara staunte, wie fit die 80-Jährige war.

»Kann ich dir helfen?« Sie bot ihr an der Eingangs-
treppe den Arm zur Unterstützung an, doch Else schüttelte entschieden den Kopf. »Selbst ist die Frau.«

Lara bewunderte das blühende Gesamtkunstwerk.
Nirgendwo war ein Fitzelchen Unkraut zu sehen, der
Rasen war gemäht, zwischen den Rosen blühten Laven-
del, Minze und Margariten. Das müsste man malen! Sie
konnte sich von dem Anblick kaum losreißen, wollte aber
nach der alten Dame sehen. Sie ging ins Haus und setzte
sich in die Küche. Else kam in einem eleganten blauen
Kleid aus ihrem Schlafzimmer, dazu trug sie neongelbe
Turnschuhe, die blinkten. »Chic, oder?« Sie streckte einen
Fuß kokett nach vorne. Das konnte Lara nur bestätigen.

Else gab ihr den Autoschlüssel von der Garderobe.

»Damit wir pünktlich kommen.« Lara vermutete, dass
die alte Dame zu erschöpft war, um nach der Gartenarbeit
bis zum Haus von Uli zu laufen.

Sie fuhr die Straße in Richtung Deich hinunter, wo die
Freundin über ihrer Praxis lebte. Es war ein Neubau auf
dem Grundstück, wo ein Hexenhäuschen gestanden hatte.
Bäume waren aus dem Dach gewachsen, sie waren als
Kinder als Mutprobe in ein Fenster eingestiegen. An der
Stelle befand sich das neue rote Klinkerhaus der Landärz-
tin. Lara parkte den Käfer auf einem der Patientenpark-
plätze. »Da seid ihr ja«, Uli steckte den Kopf aus der Tür,
rief: »Geht durch«, und war wieder verschwunden. Sie
hatte den Tisch auf der Terrasse gedeckt, darauf standen
Schüsseln mit Salaten. Uli selbst hantierte mit einer Zange
am Grill, von dem Rauchschwaden aufstiegen und einen
köstlichen Geruch verbreiteten. Lara lief schon das Wasser
im Mund zusammen, der Duft von Gegrilltem war selbst
für sie als Vegetarierin verlockend. Uli war dabei, Gemü-

sespieße und Rostbrätl zu wenden. »Lara, im Kühlschrank stehen die Getränke, bedient euch.« Sie ging durch den Wohnraum, der mit wenigen Möbeln auf viel Fläche minimalistisch wirkte. Quadratisch, praktisch, gut – das sah nach Uli aus. Zudem lag keine verirrte Socke herum oder eine Tasche am Boden so wie bei ihr. Schon früher hatte sie Uli manchmal mit ihrer Ordnungsliebe aufgezogen, für eine Ärztin war das eine gute Voraussetzung.

Sie servierte Else ein Glas Sekt und sich selbst ein Wasser, obwohl sie Lust gehabt hätte, sich zu betrinken.

Else hatte sich nicht etwa gemütlich auf einen der Stühle gesetzt, sondern stand an der Rabatte hinter der Terrasse und war dabei, Pflänzchen auszuzupfen. Als Lara sie rief, nahm sie ihr Glas entgegen und nippte. Dann deutete sie auf den Tisch, auf dem sich drei Gedecke befanden.

»Hat dein Freund Dienst?«

»Senf oder Ketchup?« Uli hatte das Fleisch und die Gemüsespieße auf dem Tisch platziert und stellte in der Küche Gewürze und Soßen auf ein Tablett. Else sah Lara fragend an, doch die wusste nicht mehr über das junge Paar. »Beides«, rief Lara zurück in die Küche und bot ihre Hilfe an, als Uli ein vollbeladenes Tablett balancierte. Dann servierte sie Gegrilltes, bot ihren Freundinnen die Salate an. »Das ist ja genug für eine ganze Kompanie, schade, wenn gar niemand mehr kommt«, versuchte Else erneut, das Thema zur Sprache zu bringen.

»Guten Appetit«, wünschte Uli, als sie Fleisch, Gemüse und Salate verteilt hatte. Sie aßen schweigend. Die Freundin sah nachdenklich aus und war einsilbig. Lara platzte schier vor Neugier. »Mensch, Uli, wo ist denn Doc Alex? Ihr wart unzertrennlich, und jetzt verrätst du keine Silbe darüber, wo er steckt?«

Uli stopfte sich einen großen Happen Rostbrätl in den Mund und kaute. Dann deutete sie auf Lara:

»Verrate du uns lieber mal, wer der attraktive Blonde mit dem Sportwagen war, der dich besucht hat?« Lara wäre beinah der Gemüsespieß aus dem Mund gefallen. »Das war Lars. Mein Ex«, antwortete sie.

»War das der junge Mann, der dich als Betrügerin bezeichnet hat?«, mischte sich Else in das Gespräch. »Dem hast du hoffentlich die Meinung gesagt.«

Lara nickte. »Der ist längst wieder in Richtung Berlin unterwegs. Er hat sich bei mir entschuldigt.« Ihr war wegen des Gesprächsthemas der Appetit vergangen. Vor allem war es Uli gelungen, ihrer Frage auszuweichen.

Else tätschelte ihr die Hand. »Ich bin stolz auf dich. Der hat dich nicht verdient.«

Doch Lara war sich nicht sicher, ob das die richtige Entscheidung war. Das Leben mit Lars war aufregend, er hatte ihr neue Welten eröffnet, sie unterstützt und ihr zugehört. Dagegen war ihr André seit dem Besuch ihres Ex-Freundes aus dem Weg gegangen, sie hatte keine Gelegenheit gehabt, ihm die Situation in der Küche zu erklären.

»Du findest deinen Prinzen, vielleicht stehst du ganz knapp davor und siehst ihn nur nicht«, tröstete Else und tätschelte ihre Hand, dann sah sie zu Uli. »Du hast deinen ja gefunden, oder?«

Genervt stöhnte diese auf. »Ihr seid unerbittlich. Da ihr es genau wissen wollt: Ich habe mich von ihm getrennt.« Sie hatte einen Gesichtsausdruck, den Lara seit frühester Kindheit nur zu gut kannte. Ihr Mund war zusammengepresst, ihre Stirn in Falten gelegt. Manchmal konnte Uli stur sein. »Schade, Uli, ihr habt zusammengepasst wie Topf und Deckel«, bemerkte Else.

Lara war sprachlos. Die beiden hatten alles, um ein Traumpaar zu werden. Die gleiche Art von Humor, und Doc Alex würde sich in dieser quadratisch-praktischen Umgebung von Ulis Einrichtung wohlfühlen. Alles schien perfekt. »Wieso das denn?«, entfuhr es ihr, obwohl sie sich nicht in die Beziehungsangelegenheiten ihrer Freundin einmischen wollte.

Uli war aufgestanden und schenkte Else ein weiteres Glas Sekt nach. Die alte Dame schüttelte den Kopf, als die zweite Runde Fleisch verteilt wurde. Ihre Freundin kam mit einem Schnapsglas und einer Flasche Wodka wieder und trank ein Glas auf ex. Das hatte Lara nie gesehen.

»Das wurde mir alles zu eng.« Lara wartete, ob eine Erklärung folgte. Doch stattdessen goss sich Uli ein weiteres Glas voll, das sie genauso runterstürzte.

Else nahm die Flasche und betrachtete sie. »Du betrinkst dich, es geht dir nicht gut. Was müsst ihr heutzutage alles so kompliziert machen, Kindchen?« Sie behielt den Wodka in der Hand, als Uli wieder danach griff, und schüttelte den Kopf. »Jetzt ist's aber mal genug.«

»Er wollte zusammenziehen, obwohl wir erst drei Monate ein Paar sind. Da habe ich lieber die Notbremse gezogen«, gab Uli zu. Sie griff jetzt resolut nach der Flasche und trank einen dritten Wodka.

»Mensch, Uli, du hast einfach Angst. Bei unserem Gespräch im Hafen hast du von einer jahrelangen Suche erzählt. Dann kommt er, und du schmeißt ihn raus«, schimpfte Lara.

Uli zuckte mit den Schultern. »Ich bin nicht der Typ für Beziehungen.«

Lara ging in die Küche, wo sie Ulis Handy gesehen hatte, und kam damit auf die Terrasse. »Ich lade ihn jetzt nachträglich ein, und du sagst ihm, dass du es versuchen wirst.« Sie begann zu tippen, Uli kam auf sie zu geschwankt und versuchte, ihr das Handy zu entwinden. Else schüttelte nur den Kopf. »Kinder, Kinder.«

Lara tippte eine Nachricht an Doc Alex. »So, und das schickst du jetzt ab, dann lässt sich sicher alles kitten.« Uli nahm das Telefon, grummelte beim Lesen: »Na meinetwegen, vielleicht hast du recht.« Sie drückte auf Senden. Lara klopfte ihr auf die Schulter: »Trau dich einfach.« Für sich und Else holte sie die Sektflasche.

»So jetzt trinken wir ein Glas auf das junge Paar, dann muss ich dringend zurück auf die Ranch.« Sie stieß mit Else an, während Uli einen weiteren Wodka hinunterkippte. Sie war sich sicher, dass ihre Freundin sich insgeheim nach Doc Alex sehnte, sie kannte ihre Sturköpfigkeit. Es war kindisch, Botschaften für sie zu schreiben. Doch so manche Liebesgeschichte wäre ohne Hilfe von Dritten gescheitert, denke man nur an die Briefe des Cyrano de Bergerac. Sie brachte Else nach Hause, parkte den Wagen und verabschiedete sich, als die alte Dame ihre Tür aufschloss.

KAPITEL 22

In der Nacht war ein Sturm aufgekommen und hatte am alten Reetdach gerüttelt, sodass sie Angst hatte, es könnte davonfliegen. Ob sie überhaupt draußen reiten konnte? Sie sah hinaus. Der Wind hatte sich zum Glück gelegt, kleine Schäfchenwolken hingen am Himmel.

Das versprach gutes Wetter für die Reiterspiele, die in wenigen Stunden begannen. Erleichtert pfiff sie ein Liedchen vor sich hin, das sie nicht mehr aus dem Ohr bekam. Der jährliche Höhepunkt für die Kinder stand an diesem Tag bevor. Wochenlang hatte sie mit ihren Schützlingen geübt, sie platzten vor Ungeduld, ihr Können vorzuführen. Lars hatte seit seiner Abreise nichts mehr von sich hören lassen, und das war eine Erleichterung. Sein Besuch hatte sie stärker aus dem Gleichgewicht gebracht als erwartet. Der Zeitpunkt war denkbar ungünstig, da sie auf der Ranch alle Hände voll zu tun hatte.

Sie ging wieder einmal zum Schreibtisch und warf einen kritischen Blick auf ihre Arbeit der letzten Tage. Bis spät in die Nacht hatte sie das Bild mit einem steigenden Pferd vor einer Meereswelle am Computer bearbeitet. Es sah ungewöhnlich und einprägsam aus, das Richtige, um in den Sozialen Netzwerken aufzufallen. Sie wollte damit ihren ersten Kurs der Freiheitsdressur im Herbst bewerben. Sie nahm das Blatt mit nach unten in die Futterkammer und pinnte es an die Tür. Sie hoffte, dass André wieder mit ihr reden würde. Seit der Begegnung mit Lars in der Küche hatte er sie gemieden.

Sie wartete gespannt, bis er zum Futterdienst kam. Er war mittlerweile wieder in das Backhäuschen eingezogen. Seine Mutter war aus der Reha zurückgekommen – und sie hatten mit Ulis Hilfe einen Platz im betreuten Wohnen im Nachbardorf gefunden, wo es geräumige Zimmer mit Meerblick gab. Er murmelte sein übliches Bonjour und sah zerknittert aus, als wäre er aus dem Bett gefallen.

Sie holten die Pferde von den Koppeln und banden sie zum Fressen im Hof an. In der Futterkammer stutzte er und blieb vor ihrem Logo stehen. Er nahm das Blatt von der Tür und betrachtete es aufmerksam. Warum sagte er bloß nichts? Gefiel es ihm nicht? Sie trat nervös von einem Fuß auf den anderen.

»Das ist nur ein erster Entwurf! Ich kann es überarbeiten!« Er wandte den Blick zu ihr und deutete auf die Grafik. »Nein, es ist perfekt. Lara, du hast Talent!«

Sie war überrascht und merkte, wie ihr Gesicht heiß wurde. Vermutlich hatte sie wieder einmal die Farbe eines Hydranten. »Danke, freut mich, dass es dir gefällt.«

Die Vierbeiner hatten ihre Eimer geleert, einige der Behältnisse kullerten über den Hof. Sie gingen jeder mit drei Pferden in Richtung der Koppeln zurück.

»Man muss etwas aus seinem Talent machen«, knurrte er, während sie die Koppel der Ponys öffnete.

»Wie meinst du das?«, fragte sie, als er die Halfter der Kleinpferde löste. Sie sah ihnen nach, wie sie im vollen Galopp über die Weide preschten. Sie fand diese Worte kryptisch, denn sie arbeitete ja daran, verschiedene Begabungen auszuleben. Schweigend führten sie nebeneinander die nächste Gruppe zum Füttern.

»Man kann nicht auf allen Hochzeiten tanzen«, erwiderte er. Sie verstand nach wie vor nicht, was er damit sagen wollte. Es klang wie jemand, der sich nicht entscheiden kann und daher alle Alternativen wahrnimmt. Er konnte sich eigentlich nur auf die Beziehung mit Lars beziehen.

»Das tue ich nicht. Leider lässt du mich nichts erklären. Wir haben nie über uns gesprochen.« Sie deutete auf den Platz neben sich. Sie hatte keine Ahnung, was er für sie empfand.

Er setzte sich auf die Bank, ließ aber einen größtmöglichen Abstand und schüttelte den Kopf. »Ich meine das beruflich. Diese Internetseiten, die du angelegt hast, die Texte und die Filme sind perfekt. Du solltest etwas daraus machen und nicht hier auf dem Ponyhof dein Leben vergeuden. Da hat Lars recht.«

Jetzt verstand sie gar nichts mehr, wieso wusste er, was ihr Ex dachte? »Wir sind getrennt. Und im Übrigen: Was hat denn Lars damit zu tun?« Sie sah ihn von der Seite an, doch sein Gesicht war undurchdringlich.

»Diese Frage kannst nur du beantworten, Lara! Und belüge dich nicht selbst.« Der Ton war kalt und abweisend. »Ich habe meine Antwort. Lars ist für mich Geschichte.«

»Das sah anders aus«, knurrte er.

Sie schüttelte empört den Kopf. »Da ist aber nichts dran. Es ist Schluss ein für alle Mal.«

Er brummte nur etwas Unverständliches vor sich hin. Danach ging er in Richtung Sattelkammer, um sein tägliches Pferdetraining vorzubereiten. Sie ärgerte sich, dass sie sich überhaupt gerechtfertigt hatte. Er glaubte ihr nicht, so sehr sie sich mühte. Das tat weh. Unterbewusst hatte sie Gefühle entwickelt, die er nicht erwiderte. Sie musste loslassen, Schritt für Schritt weitermachen. Sie beschloss, sich auf die Aufgaben des Tages zu konzentrieren.

Sie fegte den Hof und äppelte den Reitplatz ab. Der Stallarbeiter war auf den Koppeln beschäftigt. Dann zog sie eine Cowgirlmontur mit Lederfransen an, die sie bei Johannas Sachen gefunden hatte. Die passte wie maßgeschneidert. Kurz darauf trafen die Helfer für die Reiterspiele ein, die Kinder scharten sich aufgeregt um sie vor dem Reitplatz. Drei Mütter hatten sich als freiwillige Helferinnen gemeldet, ein Vater übernahm das Musikprogramm. Sie besprachen, wer welche Aufgaben übernehmen sollte. Dann ging sie mit den Kindern die Pferde holen und vorbereiten. Ihre Schüler führten zur Musik ihre Reitkünste vor. Sie ritten in allen Gangarten, zeigten dabei Figuren wie eine Acht. Lily trat mit einer Solonummer auf und führte Akrobatik auf dem Pferderücken vor. Es gab einen Slalom, bei dem die Kinder auf dem Pferd einen Ball mit einem Löffel halten mussten. Den gleichen Wettbewerb noch einmal mit einer gefüllten Tasse in der Hand, und eine *Reise nach Jerusalem*, wo die Pferde jeweils an einem Stuhl halten musste. In jeder Runde wurde eine Sitzgelegenheit entfernt, und ein kleiner Reiter schied aus. Am Ende hatte Lara einen gemeinsamen Ausritt aller Kinder geplant. Sie ritten den üblichen Weg zum Deich, der zwischen den Feldern entlangführte. Auf der rechten Seite waren Strohballen aufgestapelt. »Schau mal, was da steht«, schrie Lily aufgeregt und las vor.

»Lara, ich liebe dich. Komm zurück.«

Lara sah sich panisch um. »Wo siehst du das?«, fragte sie entsetzt. Lily zeigte mit dem Finger auf die Ballen. Erst jetzt entdeckte Lara die Schrift am Horizont. An einer Wand aus Strohballen hing das gigantische Transparent, weithin sichtbar. Das würde das Dorfgespräch. Sie sah sich nach den Kindern um, alle starrten zum Stroh, tuschelten und kicherten. Wieder brannte ihr Gesicht, sie würde die perfekte Tomate abgeben.

»Keine Ahnung, wer damit gemeint ist. Das ist eine andere Lara«, rief sie den Kindern zu und sah nach vorne auf den Weg. Sie ritten bis zum Deich, folgten dem Asphaltweg dahinter und drehten dann auf einem Feldweg in die Gegenrichtung. Auch von dort konnte man den Schriftzug lesen, da das Plakat auf einer Anhöhe auf dem Feld aufgestellt war. Ihre kleinen Mitreiter diskutierten wieder aufgeregt, sie hatte Mühe, für Ruhe zu sorgen. Ein letztes Stück des Weges führte auf dem Grasstreifen neben der Straße entlang, sie musste darauf achten, dass die ganze Gruppe hintereinander blieb. Zum Glück hatten sich die Kinder beruhigt. Vor der Einfahrt stellte sie sich mit Hanna auf die Straße, um ihren Reitschülern sicheres Geleit zu geben. Einer nach dem anderen bog auf den Hof ein, am Ende Lily, ihre beste Schülerin. Als sie selbst abbog, erschrak sie. Mitten auf dem Hof stand Lars und hielt einen Strauß roter Rosen in der Hand. Sie ignorierte ihn und ritt grußlos an ihm vorbei.

»Lara, ist das dein Verliebter?«, fragte Lily, »das hat er geschrieben!« Die übrigen Schüler schrien durcheinander.

»Ruhe jetzt.« Lara ignorierte ihn weiterhin. Sie hatte genug von den Störungen. Sie stieg ab und wies die Kinder ein, im Hof nebeneinander anzuhalten. André und der Stallarbeiter halfen ihr, den Pferden ihre Reithalfter und Sättel abzunehmen, bevor sie auf die Koppel kamen. Am Ende lud sie alle Kinder und die Eltern zu einem Kuchenbüfett ins Stallgebäude ein, ihrem Ex schenkte sie keine Beachtung. Sie hatten den Raum, in dem sonst die Landmaschinen standen, gereinigt und mit Luftballons dekoriert, Strohballen zum Sitzen aufgestellt. Sie stellte sich neben den langen Tisch, auf dem Kuchen und Getränke aufgebaut waren.

»So, jetzt kommt die große Preisverleihung«, kündigte sie an und rief dann die Kinder nacheinander nach vorne. Sie hatte jedem Schützling eine Kleinigkeit vorbereitet. Lily hatte am besten abgeschnitten und ein Buch über ein mongolisches Pferdemädchen gewonnen, das sie lachend an sich drückte. Mitten in der Veranstaltung platzte Lars in den Raum und stellte sich neben sie, als würde er seinen legitimen Platz einnehmen. Mit seinem unerschütterlichen Selbstbewusstsein wirkte er so, als wäre er der Chef der Ranch. Ungefragt gratulierte er den Gewinnern, bis sie zischte:

»Was soll das, verschwinde!« Doch er lächelte nur breit und bewegte sich keinen Millimeter von ihrer Seite weg.

»Das Büfett ist eröffnet«, kündigte sie an und zwang sich zu lächeln. Innerlich brannte die Wut auf ihn in ihrem Bauch. Lily, die wieder einmal allein, ohne die Begleitung ihrer Eltern, auf dem Fest war, stellte sich neben sie.

»Willst du deinen Verliebten heiraten, Lara?« Sie sah zu Lars und versteckte sich dabei halb hinter ihrem Rücken. Sie schüttelte entschieden den Kopf. »Das ist nur ein früherer Kollege.« Er war ans Büfett getreten und scherzte mit den Müttern. Es gab Lara einen Stich, als sie sah, wie gut er bei den Damen ankam. Sie bemühte sich, mit den Eltern zu plaudern, lobte ihre Schützlinge und verabschiedete ihre Gäste. Sie beachtete ihn nicht. Er machte keinerlei Anstalten, den Raum endlich zu verlassen.

Nachdem die letzten Familien gegangen waren, fegte sie den Saal aus, während er unschlüssig am Eingang stand und irgendetwas auf seinem Smartphone tippte. Sie wollte André bei der Arbeit zuschauen und in Richtung Reitplatz gehen, als sich Lars ihr in den Weg stellte.

»Lara, bitte höre mir zu. Danach entscheidest du dich, und ich lasse dich in Ruhe!« Bittend hatte er die Hände vor der Brust gefaltet. »Ich habe einen Tisch im *Basilic* reserviert, um 19.30 hole ich dich ab, und wir reden in Ruhe über alles?«

Sie war nie in diesem sündhaft teuren Fünf-Sterne-Lokal im alten Fischereihafen in Cuxhaven gewesen. Die Aussicht, dass sie ihn endlich losbekäme, war ein Grund, ihm zuzuhören. Sie überlegte, bevor sie ihm antwortete. »Ich komme unter der Bedingung, dass du mich danach in Ruhe lässt.«

Er hob die Hand wie zu einem Schwur, auf seinem Gesicht spielte ein Grinsen. Es widerte sie an, wie überzeugt er von sich war und dass er glaubte, er bekäme wieder einmal, was er wollte. »Großes Indianerehrenwort. Du sagst Nein, wenn du die ganze Geschichte gehört hast, ich bin eine Viertelstunde später auf dem Weg nach Berlin. Deal?« Er hielt seine Hand in die Höhe, damit sie einschlagen konnte.

»Deal«, bestätigte sie, schlug ein und ging dann an ihm vorbei in Richtung Reitplatz. André war dabei, Luna, eines der Jungpferde, für seinen ersten Ausritt vorzubereiten. Wie immer arbeitete er höchst konzentriert. Er legte eine Sattelunterlage auf den Rücken, führte es und longierte es. Danach folgte der Sattel und später stützte er sich darauf auf. Wann immer die Kleine eine Übung gemeistert hatte, spendete er Lob und Streicheleinheiten. Er arbeitete in einem langsamen Tempo und behielt immer den Ausdruck des Pferdes im Blick. Sie schoss spontan einige Bilder für die Geschichte von Luna auf der Website. Johanna hatte das braune Pony mit den ausdrucksvollen dunklen Augen vor dem Schlachter gerettet. Sie staunte, wie vertrauensvoll die kleine Luna auf ihn reagierte. Bald war sie bereit, einen Reiter auf ihrem Rücken zu tragen. Sie hatte beim Zusehen wieder einmal die Zeit vergessen. Noch eine halbe Stunde bis zum Treffen mit Lars. Sie ging zurück zum Haus, um schnell unter die Dusche zu springen. Lustlos sah sie sich in Johannas Schränken um, ob sich dort irgendetwas zum Ausgehen fand. In einer Schrankecke entdeckte sie ein schwarzes knielanges Seidenkleid, das zeitlos war. Sie zog es über und drehte sich vor dem Spiegel hin und her. Dazu legte sie eine Kette mit einem Medaillon um, die sie ebenfalls in den Sachen ihrer Großmutter gefunden hatte. Sie schminkte die Augen, dann ging sie nach unten.

Lars wartete in einem nagelneuen orange lackierten Porsche auf dem Hof und musterte sie von unten nach oben.

»Oh, ein neuer Look? Ist das der Landhaus-Chic?« Sie hörte die triefende Ironie heraus. »Genau. Das ist hier der angesagte Stil. Du bist nicht auf dem Laufenden.« Nur aus den Augenwinkeln hatte sie gesehen, dass er Jeans mit einem weißen Hemd und einer lässigen blauen Leinenjacke trug, was ihm leider stand.

»Offen oder zu? Er deutete auf das Dach des Cabrios. Sie liebte es, ihre Haare im Wind wehen zu lassen. »Offen«, forderte sie ihn auf und genoss die Tour an dem lauen Sommerabend. Im Hafen, vor dem *Basilic,* übernahm ein uniformierter Parkwächter das Auto, Lars bot ihr seinen Arm an, den sie wegschob.

»Monsieur Eden«, begrüßte ihn ein Mann im dunklen

Anzug am Eingang, als wären sie alte Bekannte. »Und diese charmante Dame muss Ihre Verlobte sein«, mit großer Geste deutete er einen Handkuss an. Sie verzichtete auf den Protest, da sie das förmliche Getue etwas einschüchterte. Er bat sie zu folgen, und führte sie zu einem Tisch am Fenster mit Hafenblick, wo er für Lara den Stuhl zurückzog, damit sie sich bequemer setzen konnte. »Darf ich Sie zu einem Glas Champagner einladen, bevor ich die Menüs bringe?« Seine Stimme klang honigsüß. Lenkte er damit von den gesalzenen Preisen ab? Lars nickte.

Dann erhob er sein Glas. »Auf uns, Lara.« Sie ließ ihren Champagner stehen und schüttelte den Kopf. »Das war einmal. Was ist mit Stella? Ich habe gehört, dass ihr Hochzeitspläne schmiedet.«

Er ließ sein Glas sinken. »Mach dich doch mal locker, Lara. Können wir nicht auf diesen Abend anstoßen und diesen Blick? Schau nicht immer in den Rückspiegel!« Er zeigte aus dem Fenster, wo die Kutter am Kai lagen und Möwen kreisten. Die Sonne formte einen roten Glutball hinter dem Leuchtturm und färbte den Himmel und das Hafenbecken. Ein traumhafter Blick, das musste sie zugeben. Sie hob widerwillig ihr Glas, damit er seines dagegen stoßen konnte. »Meinetwegen, aber es wird keinen weiteren Abend geben.«

Ein Kellner im dunklen Smoking war an den Tisch getreten und stand, als hätte er einen Stock verschluckt. »Guten Abend, meine Dame und mein Herr. Ich bin Ihr persönlicher Restaurant-Begleiter und möchte Ihnen den Aufenthalt so angenehm wie möglich gestalten«, unterbrach er das Gespräch. »Haben Sie einen Wunsch?«

Lara hatte nie die steifen Sternelokale gemocht, für die Lars und seine Eltern schwärmten. Mittlerweile wusste sie, wann welches Besteck zum Einsatz kam, doch sie würde sich jederzeit für ein Stockbrot am Lagerfeuer entscheiden, statt das »Orangen-Carpaccio an Perlgräupchen.«

»Kommen Sie doch bitte in zwei Minuten wieder«, forderte Lars ihn auf. Sie hatte immer bewundert, wie selbstsicher er sich in solchen Edelschuppen zu benehmen wusste. Sie sah in die Karte, konnte sich aber nicht entscheiden. »Such etwas aus«, bat sie ihren Ex. Er kannte ihren Geschmack. Mit einem lässigen Winken mit der Hand rief er den Ober zurück und bestellte.

»Du hast ja keine Ahnung, was geschehen ist«, begann er dann. »Du wirst sehen, dass ich einer Intrige aufgesessen bin.« Er hatte wieder seinen zerknirschten Blick aufgesetzt.

»Weißt du noch, als ich in London bei dem berühmten Gründer der Enthüllungsplattform im Exil war, gemeinsam mit Stella?« Lara nickte, daran konnte sie sich erinnern. Die beiden hatten eine herausragende Artikelserie geschrieben, und sie hatte bedauert, dass sie nicht mit dem Thema betraut worden war. Aber der Verleger ließ ungern Paare gemeinsam auf Reisen gehen. Er kramte jetzt in seiner Tasche und förderte eine Hülle mit Bildern zutage. Er schob diese zu ihr hinüber. Erstaunt sah sie, dass es Aufnahmen von ihr mit ihrem Freund Eric waren, die sie zeigten, als sie sich umarmten. Das Ganze war aus einem Winkel aufgenommen, der die Gesten verfänglich wirken ließ. In der Realität war es nicht mehr als eine kurze freundschaftliche Begrüßung gewesen. Es musste mit einem dieser Programme für Sportfotografie aufgezeichnet worden sein, das im Millisekundentakt Sequenzen festhielt.

Im Hintergrund waren bunte Lampions zu sehen, die sich im Wasser spiegelten, das musste der *Freischwimmer* sein, ihr Lieblingslokal. Sie trug Jeans und ein T-Shirt mit Schmetterlingen. Sie überlegte, wann das gewesen sein musste – etwa vor eineinhalb Jahren, als Eric die Zeitung gewechselt hatte.

»Ja und, was soll das? Du kennst doch Eric!« Lars kannte ihn und wusste, dass sie befreundet waren. Er behauptete immer, Freundschaften zwischen Frauen und Männern seien nicht möglich und stellte bei jeder Verabredung kritische Fragen. Er zeigte auf die Mappe. »Schau dir alles an.« Lara blätterte, den Fotos, auf denen die Umarmung im Sekundentakt aufgenommen worden war, folgten seitenweise Chatprotokolle, die sie nicht wiedererkannte. Unterschrieben waren sie mit ihrem Namen und dem von Eric, sie kannte diese Nachrichten nicht. Ein Liebesdialog, der komplett gefälscht war. Sie hatte mit ihrem langjährigen Freund niemals eine zweideutige Beziehung unterhalten.

»Das ist nicht von mir. Was soll das?« Sie warf die Bögen auf den Tisch und sah ihn wütend an. Er nickte. »Das ist mir mittlerweile klar. Das hat mir Stella gegeben und mich gefragt, ob ich weiß, was du tust, wenn ich unterwegs bin. Wöchentlich kamen weitere Protokolle dieser Art, bis ich Zweifel bekam.«

Sie stocherte in ihrer Vorspeise herum, dem besagten Carpaccio, einem winzigen Farbtupfer auf einem überdimensionalen Teller. Die Dokumente ließen ihr keine Ruhe. »Du hast nie daran gedacht, mit mir darüber zu sprechen?« Sie war jetzt laut geworden. Der Ober trat an ihren Tisch, räusperte sich. »Alles in Ordnung, gnädige Frau?« Das war seine Art, ihr zu sagen, dass sie sich in dem edlen Ambiente danebenbenahm. »Nichts ist in Ordnung, aber das ist nicht Ihr Problem.« Er schnappte nach Luft und verließ den Tisch wieder.

»Und dann kam der Artikel über den Senator heraus. Ich konnte nicht fassen, dass du so einen Fehler begangen hast«, fuhr Lars jetzt fort. Er nahm ihre Hand, die sie nicht schnell genug weggezogen hatte. »Ich habe herausgefunden, wie dich Stella hereingelegt hat. Und es tut mir unendlich leid. Dahinter steckt kriminelle Energie!« Er hielt ihre Hand wie ein Schraubstock und ging jetzt vor ihr mitten im Restaurant, das voller Menschen war, auf die Knie. Wieder kam der Ober an den Tisch getreten, um nach Wünschen zu fragen.

»Keine, die Sie erfüllen können«, sagte Lars. Sie zog ihn nach oben, denn diese pathetischen Gesten waren ihr peinlich, vor allem, da er sie so enttäuscht hatte. »Wie konntest du all das glauben, warum hast du nicht einmal mit mir geredet?«, stieß sie hervor.

»Mein Vater hatte angebliche Beweise, dass du Geld für die Artikel bekommen hast. Ich habe dem leider geglaubt und mich an seine Kontaktsperre gehalten. Er sprach von Enterbung.«

Sie stieß empört Luft aus. »Na klar, das Geld kommt immer an erster Stelle!«

Er zuckte mit den Achseln. Dann hieb er auf den Tisch. »Das Wichtigste habe ich dir nicht erzählt. Ich habe den Informanten gefunden und bewiesen, dass Stella den ganzen Vorgang inszeniert hat.« Immerhin war Lara jetzt von diesem Verdacht entlastet, allerdings verstand sie die Beweggründe nicht.

»Wie kam sie dazu?«

»Sie wollte mich für sich haben, aber nur, um in den Verlag einzuheiraten.« Lara konnte nicht glauben, dass man freiwillig in diese Familie einheiratete, irgendetwas war an dieser Erklärung nicht logisch. Und Karriere hätte

Stella auch so gemacht. Das Zeitungsgewerbe war nicht unbedingt eine boomende Branche, die eine glänzende Zukunft versprach.

»Warum sollte sie das tun? Sie hatte eine verantwortliche Stellung, ohne sich hoch zu heiraten oder mit jemandem ins Bett zu springen.« Seine Erklärung war für sie nicht schlüssig.

Er sah sie eindringlich an und griff nach ihrer Hand. »Es ging nicht um Geld, sondern um Propaganda. Ihr Vater ist der Chef der *Blauritter*, dieser rechten Partei. Die waren in den USA, um die Manipulationstricks für den Wahlkampf zu erlernen. ›Kapere einen Verlag‹ ist ein wichtiger Teil der Werbestrategie«, erklärte Lars. Dann tippte er sich an die Stirn. »Ich war so dämlich, es tut mir leid. Du bist die Liebe meines Lebens«, schwärmte er mit erstickter Stimme.

Ihre Wut hatte sich gelegt. Sie dachte nach. Wie hätte sie sich verhalten, wenn ihr diese Unterlagen über ihren Liebsten zugespielt worden wären?

In dem Moment kam der Ober mit zwei Tellern an den Tisch. »Französische Barbarieentenbrust mit Grand-Marnier-Soße an Schoten in Karamell-Glasierung und in Trüffelöl geschwenkten Ratte-Kartoffeln.« Lara sah fassungslos auf den Teller, der vor ihr stand. Da lag ein Stück Fleisch und triefte vor Blut!

Nach wenigen Monaten hatte er vergessen, dass sie Vegetarierin war. Er schien ihre Irritation nicht bemerkt zu haben, sprach in flehendem Ton: »Lara, verzeih mir, bitte, komm zurück.«

Sie schob ihren Teller aus Ekel von sich, sie hatte ohnehin keinen Hunger.

Erst jetzt bemerkte Lars seinen Fauxpas. »Oh, das tut

mir leid, ich habe irgendetwas bestellt, mit dir zu reden, war mir eine Herzensangelegenheit.« Dann winkte er wieder in Richtung ihrer steifen Bedienung, die an ihren Tisch geeilt kam. »Was kann ich für Sie tun, mein Herr?«

Lars deutete auf den Teller. »Bitte nehmen Sie das weg. Was haben Sie an vegetarischen Hauptspeisen?« Mit versteinertem Gesichtsausdruck nahm der Kellner die Entenbrust vom Tisch. »Ich bringe Ihnen die Karte!« Er stolzierte mit dem Teller in Richtung Küche.

Doch Lara winkte ab. »Ich habe eh keinen Hunger. Laufen wir eine Runde?« Lars nickte. »Zahlen bitte«, rief er dem Kellner entgegen, der wieder mit der Karte am Tisch stand. Er gab ihm seine Kreditkarte und legte einen 50 Euro Schein darauf.

»Machen Sie sich mal 'nen schönen Abend.« Sie hatte solche Gesten schon immer herablassend gefunden. Sie gingen am Kai entlang, der Mond spiegelte sich im Hafenbecken. Laras Gedanken schossen durcheinander, keiner sprach ein Wort. Sie standen an der Alten Liebe und gingen bis zum Geländer. Der Mond zerlief unter den dunklen Wellen, in der Elbmündung glitten hell beleuchtete Containerschiffe vorüber. Er drehte sich mit einem zerknirschten Gesichtsausdruck zu ihr. »Lara, ich weiß nicht, ob du das alles durchschaut hättest. Wir sind in eine üble Intrige geraten – und beinah wäre unsere Liebe daran zerbrochen. Ich schwöre, das kommt nie wieder vor.« Sanft griff er nach ihrer Hand, sie zögerte einen Moment, bevor sie ihm diese entzog und weiter in Richtung Deich ging. Noch vor Kurzem hatte sie sich nichts sehnlicher gewünscht, als die Beziehung zu kitten. Was sollte sie tun? Sie fühlte sich auf der Ranch angekommen, ging in ihrer Aufgabe auf.

»Du kannst nicht ewig hier auf dem Ponyhof bleiben, das ist kindisch. Du bist Journalistin. Die Internetwerbung für die Ranch kannst du ja auch aus Berlin erstellen.« Er schien ihre Gedanken gelesen zu haben.

Sie blieb stehen und widersprach. »Mein Name ist verbrannt. Die Zeitung hat alles in einer Titelgeschichte breitgetreten.« Das hatte sie bei dem Bewerbungsmarathon zu spüren bekommen, kein Medium war bereit, sie einzustellen.

Lars kramte in der Innentasche seines Jacketts und schwenkte ein paar Seiten. »Du bist rehabilitiert. Morgen erscheint dieser Artikel.« Gespannt nahm sie das Papier und beleuchtete es mit ihrem Handy. Dann las sie die Überschrift.

»Der Geheimplan. Wie der Eden-Verlag von der Partei der *Blauritter* übernommen werden sollte.« Sie überflog den Artikel, der die Vorgänge beschrieb, die Lars ihr geschildert hatte. Es folgte ein Porträt von Lara als Opfer der politischen Intrige. Ihre Arbeit wurde in höchsten Tönen gelobt, alle Journalistenpreise, die sie gewonnen hatte, waren aufgelistet. Sie atmete hastig, dann lief sie weiter, um nachzudenken. Das hieß ja, dass sie wieder in ihrem Beruf arbeiten konnte. Aber wollte sie das?

Er folgte ihr, dann hielt er sie am Arm fest. »Ich habe alles getan, um das wieder geradezurücken beim Verlag.«

»Nachdem du mich dort als Betrügerin hast anschwärzen lassen?« Lara drückte ihm die Zeitungsseiten in die Hand. »Fährst du, oder soll ich ein Taxi rufen?«, fragte sie kühl. Er bestand darauf, sie nach Hause zu begleiten. Schweigend fuhren sie die Strecke über die Autobahn bis zur Ranch. Innerlich war sie aufgewühlt, sie fragte sich, ob sie den richtigen Weg ging. Nach allem, was sie sich aufgebaut hatte, schmiss sie ihren Beruf hin. Doch diesen Vertrauensbruch wollte sie nicht verzeihen. Sie war erleichtert, als sie den Holzzaun der Ranch sah, Sekunden später fuhr der Wagen auf den Hof. »Tschüss, Lars.« Sie hatte einen Fuß auf den Boden gesetzt, als er sie aufhielt.

»Bitte warte, noch etwas Wichtiges.« Sie blieb vor dem Auto stehen, obwohl sie sich in Johannas Schlafzimmer retten wollte, um in Ruhe nachzudenken.

»Du wolltest immer Chefreporterin werden. Die Stelle bekommst du. Du bist nicht ins Alltagsgeschäft eingebunden, entscheidest, worüber du berichten möchtest. Du verdienst das Doppelte, überlege gut!«

Er hatte seine Selbstsicherheit jetzt vollkommen verloren, seine Augen sahen sie bittend an. Sie spürte die Vertrautheit, die Verbundenheit mit Lars. Er hatte die Fassade fallen lassen. Sein innerstes Ich bat sie zurückzukommen. Ein Teil von ihr war bereit, ihn in den Arm zu nehmen. Liebte sie ihn noch? Sie war doch glücklich auf der Ranch. Und sie hatte Gefühle für André, wenn auch unerwiderte. Was sollte sie nur tun? Sie musste in Ruhe über die widerstreitenden Emotionen nachdenken.

Sie deutete mit ihrem Arm zu den Offenställen. »Ich habe diese Ranch übernommen, und das ist eine Aufgabe, in der ich aufgehe. Tschüss!« Sie ging ins Haus, schlug die Tür hinter sich zu und lehnte sich im Flur an die Wand. Ihr Puls raste, sie schnappte nach Luft. »Ich komme morgen wieder, dann kannst du mir deine Entscheidung mitteilen«, hatte er gerufen.

KAPITEL 23

Sie war außer Atem, als sie mit der kleinen Lily vom morgendlichen Ritt über den Deich und an die Küste zurückkehrte. Pfeifend ging sie in den Stall, um die Fütterung vorzubereiten, da traf sie auf André.

»Alles schon erledigt, ich komme hier allein zurecht, wie früher.« Sein Gesicht war verschlossen, er deutete auf die leeren Futtereimer und begann, diese einzusammeln, ohne Lara anzusehen.

»Ich wusste gar nicht, dass du da bist. Solltest du nicht längst wieder in Berlin sein?«, warf er ihr entgegen. Sie begann an der anderen Hofseite, Eimer ineinanderzustapeln, und folgte ihm damit zum Schlauch, wo sie diese reinigten.

»Ich bleibe hier, was soll ich in Berlin?«, fragte sie und schrubbte Futterreste mit einer Bürste heraus.

»Das Leben hier passt nicht zu dir, sonst hättest du Johanna längst besucht. Du bist aus Verzweiflung auf die Ranch gekommen, weil sie dich rausgeschmissen haben. Lars hat mir alles erzählt«, schleuderte er ihr wütend entgegen, während er den Schlauch an sich nahm und die Eimer auf seiner Seite spülte. »Von wegen, du willst Johannas Werk weiterführen, das war eine einzige Lüge!« Danach knallte er die sauberen Behälter vor die Futterkammer.

»Ich habe nie gelogen, sondern nicht die ganze Geschichte erzählt. Das hast du auch nicht«, entgegnete sie scharf. Er hatte sie nicht willkommen geheißen, war ihr von Anfang an mit Ablehnung begegnet. »Im Übrigen bin ich beruflich längst rehabilitiert. Ich könnte sofort als Chefreporterin dort anfangen.« Sie stellte ihre Eimer verkehrt herum in Reih und Glied zum Trocknen auf. Er räumte seine auf die andere Seite.

»Das ist doch bestens. Du nimmst schnellstmöglich dein altes Leben wieder auf. Das war alles nur ein Spiel für dich!« Er deutete über das Gelände.

Sie schüttelte den Kopf und wollte ihm mit dem Rest der Behältnisse helfen. Er schob ihre Hand weg und knurrte: »Ich brauche deine Hilfe nicht.« Sie baute sich vor ihm auf. »Das war kein Spiel, diese Ranch bedeutet mir sehr viel. Vor allem der Kuss war echt. Ich habe mich in dich verliebt, André Rivière.« Dann beugte sie sich zu ihm herunter und legte ihre Lippen auf seine, die ihre in sich aufnahmen. Er hatte die Augen geschlossen und erwiderte ihren Kuss. Alles wird gut, dachte sie, als er sich versteifte und von ihr losriss. Seine Augen hatten einen entschlossenen Ausdruck.

»Lara, vergiss den Kuss. Wir haben ein Fohlen bekommen, das war alles. Es hatte nichts zu bedeuten. Du hast deinen Lars, ihr seid das perfekte Paar. Geh!« Für einen Moment hatte sie dagestanden wie betäubt. Am liebsten wäre sie auf der Stelle in einem kleinen Mauseloch im Boden der Ranch verschwunden. Es hatte sich für sie angefühlt, als hätte er sie mit Worten geschlagen. Nichts war so schmerzhaft wie eine Liebe, die nicht erwidert wurde. Noch mehr ärgerte sie sich über sich selbst. Wie hatte sie annehmen können, dass er etwas für sie empfand? Wortlos drehte sie sich um. Sie hatte den orangefarbenen Wagen auf den Parkplatz kommen sehen. Was sollte sie unter diesen Bedingungen hier?

Sie verweilte einen Moment in der Wohndiele. All die Erinnerungen auf den Fotografien legten sich wie eine tonnenschwere Last auf ihre Brust, nahmen ihr den Atem. Tränen stürzten ihr aus den Augen, ein Strom, der nicht enden wollte. Atmen, nur den Bauch auf und ab bewegen, wie sie einmal mit ihrem Yogatrainer geübt hatte. Sie konzentrierte sich auf ihre Luft, versuchte, gleichmäßige Züge hinzubekommen. Wie lange sie da gestanden hatte, konnte sie schwer einschätzen. Der Druck wich der Entschlossenheit, sie wischte sich die Tränen ab, packte den Koffer und ging auf den Hof.

Lars sprang aus dem Sportwagen, nahm ihr das Gepäck ab und öffnete die Beifahrertür für sie. Er beugte sich zu ihr, um sie zu küssen, sie drehte ihren Kopf, sodass seine Lippen nur ihre Wange berührten. »Ich freue mich so, Schatz, dass du endlich Vernunft angenommen hast.« Lässig setzte er seine Sonnenbrille auf und legte die Hand ins geöffnete Fenster.

»Das kann ich nur erwidern. Ich habe mir nicht den Kopf von einer Blondine verdrehen lassen«, bemerkte sie spitz.

Lara sah in Richtung Stall, erhaschte einen letzten Blick auf ihre Stute Hanna und die Vollblüter mit ihren Fohlen. Ihr Magen krampfte sich bei dem Anblick zusammen, schnell lenkte sie ihren Blick auf den Wagen und stieg kurz entschlossen ein. Sie versuchte zu lächeln. Lars deutete auf André: »Willst du dich nicht verabschieden?«

Sie schüttelte den Kopf. »Let's go!« Je schneller sie den Cowboy vergaß, desto besser. Das Gespräch hatte die Fronten geklärt. Allerdings wollte sie ihrer Freundin Uli Tschüss sagen. Strahlend öffnete sie ihr die Tür:

»Wie schön, wir haben heute frei, was können wir dir Gutes tun?«, fragte sie.

Doc Alex saß neben Uli auf dem Sofa, die beiden diskutierten eine wissenschaftliche Arbeit und wirkten so verliebt wie vor der Krise. »Ich wollte mich verabschieden. Es geht doch zurück nach Berlin«, eröffnete Lara dem Paar.

»Ich hoffe, du weißt, was du tust!« Sie konnte Ulrike ansehen, dass sie wenig Verständnis für diese Entscheidung hatte. Sie umarmte sie, gab Doc Alex die Hand und ging in Richtung Tür. »Gehst du mit dem gleichen Lars zurück, der dich als Betrügerin verleumdet hat?«, zischte Ulrike. »So einfach ist das nicht. Ich bekomme beruflich die Chance meines Lebens. Auf der Ranch kann ich nicht weiter arbeiten. André hat mich als Lügnerin beschimpft, wir können nicht länger zusammen den Betrieb führen!«

Uli packte sie an den Schultern. »Denk doch mal an Pippi Langstrumpf. Die hat sich nie unterkriegen lassen. Mensch, Lara, du warst so bei dir selbst auf der Ranch, du hast gestrahlt wie früher. Willst du das alles wieder aufgeben?«

Lara nickte traurig. »Ich habe jeden Moment auf der Ranch genossen, aber das ist vorbei. Ich kann den Betrieb nicht alleine führen.« Dann umarmte sie Uli und ging aus der Tür. Bevor sie in den Wagen stieg, drehte sie sich um.

Uli stand unverändert vor ihrem Haus. »Vergiss nicht, wir sind Freundinnen, auch wenn ich absolut nicht verstehe, was du tust«, rief sie ihr zu. Das war kein einfacher Abschied, aber noch mehr Angst hatte Lara, Else ihre Entscheidung mitzuteilen. Sie erwartete, dass diese ihr ins Gewissen reden würde. Die alte Dame freute sich, als sie klingelte. Dann hörte sie ihr zu. »Warte«, sagte sie nur und ging in die Vorratskammer. Mit einer altmodischen Blechdose kam sie wieder.

»Dann hast du einen Vorrat, wenn du uns vermisst.« Lara sah hinein. Es waren diese wunderbar duftenden Butterplätzchen, die Johanna immer gemacht hatte. Sie dankte der Nachbarin überschwänglich und kämpfte mit den Tränen. Else breitete ihre Arme aus, und sie stürzte sich hinein, schluchzte laut.

»Was immer du tust, ich wünsche dir, dass du glücklich bist, meine Kleene. Und Johanna hätte das genauso gesehen.« Sie reichte ihr ein Taschentuch und schob sie in Richtung Tür. »So, nun ab mit dir, sonst muss ich mitheulen.« Es zerriss ihr beinah das Herz, die alte Dame zurückzulassen. Sie drückte ihr einen Kuss auf die Wange. »Danke für alles, Else.«

»Da nicht für. Du hast hier ein Zuhause, vergiss das nie«, gab sie ihr mit auf den Weg. Sie versteckte ihre geröteten Augen hinter einer Sonnenbrille und bat ihn, zu fahren.

»Freust du dich auf Berlin?«, riss sie Lars aus den Gedanken. Sie hatte gar nicht bemerkt, dass sie schon längst auf der Landstraße in Richtung Hamburg waren, Cuxhaven und die Nordsee lagen hinter ihnen. Die ganze Zeit hatte sie gegen das Wasser in ihren Augen gekämpft, das ihr den Blick vernebelte. Es fühlte sich falsch an, dass sie hier in seinem Auto saß und von der Ranch wegfuhr. Andererseits hatte ihr André klipp und klar gesagt, dass er nicht mit ihr zusammenarbeiten wollte, geschweige denn ihre Gefühle teilte. Sie hatte es sogar versäumt, einen Abschiedsblick auf die Dicke Berta zu werfen.

»Ich freue mich, meine Freunde wiederzusehen«, entgegnete sie matt. Das entsprach der Wahrheit, ansonsten zog es sie nicht zurück in die Großstadt. Der Arbeit sah sie mit gemischten Gefühlen entgegen. Sie zuckelten hinter einem Traktor her. Sie zog ihre Hand weg, als Lars diese nehmen wollte. Auf dem Handy sah sie sich ein Bild von Hanna an. Das Herz wurde bei dem Gedanken an die Vollblutstute Gianna und ihr Fohlen schwer. Sie ließ ihre Tiere erneut zurück. Das Auto hatte angehalten, Lars war zu einer Raststätte gefahren. »Möchtest du etwas?«, fragte er, und Lara schüttelte den Kopf. Sie verschlief den Rest der Fahrt, bis sie an der Stadtgrenze angekommen waren. Seine Stimme weckte sie. »Meine Eltern haben uns zum Abendessen eingeladen. Soll ich zusagen?«

Einerseits hatte sie keine Lust, andererseits würde sie ihnen nicht die ganze Zeit aus dem Weg gehen können. Sie nickte. Dann konnte sie die Begegnung abhaken und hätte einen Moment Ruhe vor den gesellschaftlichen Verpflichtungen. Da sie ihre Wohnung gekündigt hatte, war sie auf sein Angebot eingegangen, mit in seine Einliegerwohnung in der Villa zu ziehen. In der Zwischenzeit suchte sie in Ruhe nach einer eigenen Bleibe.

»Ich bin so froh, dass du wieder bei uns bist, Lara. Es war ein großer Einschnitt, ein Talent wie dich zu verlieren«, begrüßte sein Vater sie und erwähnte ihr letztes unerfreuliches Gespräch am Tor der Villa mit keiner Silbe.

»Das kann ich mir vorstellen«, hielt Lara dagegen. Bloß nicht klein beigeben. In den Hintern würde sie denen nicht kriechen.

Seine Mutter sah sie von oben bis unten an, schüttelte ihr die Hand. »Wie gesund du aussiehst. Das muss die Seeluft sein.« Sie verstand die Spitze, reagierte nicht darauf. Während sie äußerlich ruhig war, tobte innerlich ein Gefühlschaos. Was tue ich hier?, fragte sie sich. Gleichzeitig sah sie André vor sich, wie er sie praktisch aus der Ranch gedrängt hatte.

Ein Tablett mit Kaviarschnittchen, das die Hausangestellte ihr hinhielt, riss sie aus ihren Gedanken. Sie verabscheute dieses salzige Zeug und schüttelte den Kopf, die Mutter von Lars warf ihr einen verkniffenen Blick zu.

»Hände hoch«, rief Lars in dem Moment, und schon krachte der Champagnerkorken aus der Flasche, gefolgt vom schäumenden Getränk. Die Angestellte rannte los, um die Sauerei auf dem teuren Teppich zu beseitigen, die der Sohn des Hauses angerichtet hatte. Er reichte ihr ein Glas, und sie stieß widerwillig mit den drei Edens an. Die Konversation zog sich zäh wie ein Kaugummi hin, die Eltern diskutierten über einen neuen Golftrainer, der sogar ihrer unbegabten Nachbarin einen vernünftigen Abschlag beigebracht hatte, und bei dem alle Bekannten Unterricht nehmen wollten. Sie nickte hin und wieder, um sich nicht unhöflich zu verhalten, und war unendlich erleichtert, als Lars ihre Blicke gedeutet – und ihren Aufbruch angekündigt hatte. Sie atmete auf, als sie die Tür hinter sich geschlossen hatten und die Freitreppe hinuntergingen. In der Einliegerwohnung war das Fenster, das sie aus Versehen eingeworfen hatte, repariert worden. Der Flur führte in einen zentralen Wohnraum mit offener Küche, von dort gingen rechts und links Türen zu zwei Zimmern ab. Es gab ein Schlafzimmer und ein Arbeitszimmer in der Wohnung. Sie deutete auf das komfortable Sofa im Wohnzimmer. »Kann ich hier schlafen?«

Er sah sie verletzt an. »Ich dachte ... Äh, ich werde aufs Kanapee gehen.« Er transportierte die Bettwäsche aus dem Schlafzimmer dorthin.

Sie war erleichtert, dass er ihr das Bett überließ, denn sie verspürte keinerlei Drang, sich mit ihm das Laken zu teilen. Der Schmerz über seine plötzliche Abkehr von ihr saß tief. Sie hatte keine Ahnung, ob die Zeit das heilen würde. Sie wollte versuchen, ihm zu verzeihen, sie konnte nicht einschätzen, wie sie selbst auf diese fast kriminellen Manipulationen reagiert hätte. Der gefälschte Chatverlauf sah ausgesprochen echt aus.

Kaum lag sie in ihrem Bett, als sich ihr das Bild von André aufdrängte. Sie bewunderte seine Fähigkeit, ohne jegliche Hilfsmittel in Harmonie mit einem Pferd zu verschmelzen. Lara, er liebt dich nicht, er wird dich nie lieben, gut, dass du weg bist von der Ranch, rief sie sich ins Gedächtnis, und die Erinnerung an ihr Gespräch traf sie erneut wie ein Schlag in die Magengrube. Dann war sie eingeschlafen.

KAPITEL 24

Es war ein komisches Gefühl, als Lara wieder durch die Eingangstür ins Verlagshochhaus schritt. Der Sicherheitsmann am Eingang der Schleuse, der ihr vor einigen Monaten den Zugang verweigert hatte, als sei sie eine Schwerverbrecherin, begrüßte sie mit einem breiten Lächeln. »Frau Kolberg, das ist aber lange her. Schön, dass Sie wieder da sind.«

»Du mich auch.« Lara lächelt schief, ging schnurstracks durch die Pforte und stieg in den Paternoster. Sie liebte diesen altmodischen Fahrstuhl, der etwas gemächlicher nach oben fuhr. Als Volontäre waren sie zur Mutprobe jeweils eine ganze Runde bis in den siebenten Stock mitgefahren, wo das Gefährt wieder nach unten gelenkt wurde. Davor hatten sie sich Horrorgeschichten erzählt, dass der Paternoster oben umkippte. Kreischend fuhren die Nachwuchskräfte die ganze Runde. Unten hatte Verleger Eden mit ernster Miene gewartet und ihnen eine Standpauke gehalten. »Und Sie wollen Journalistinnen sein? Warum probiert jeder Jahrgang diesen kindischen Quatsch aus?« Sie hatte seine Worte im Ohr.

Sie musste lächeln, als sie im siebenten Stock heraussprang. Auf dieser Etage befand sich der Newsroom, das Herzstück der Redaktion. An den Schreibtischreihen hatte jedes Ressort rund um die Uhr einen Vertreter sitzen, der die Artikel aktualisierte. In dem gleichen Raum fand die tägliche große Konferenz statt, an der alle Journalisten ihre Themen vorstellten, wenn sie nicht auf Recherche unterwegs waren.

Die meisten Kollegen hatten sich um den langen Konferenztisch versammelt. Die Ressortleiter saßen in der vordersten Reihe, dahinter standen die Redakteure, und hinten, auf den Fensterbrettern, waren die Volontäre und Praktikanten verteilt. Vor ihnen hingen Bildschirme, auf denen Fernsehprogramme liefen. Eine weitere Anzeigetafel hieß der »Ticker«, dort poppten mit einem Knacken die aktuellsten Meldungen der Nachrichtenagenturen auf. Das Geräusch der wechselnden Neuigkeiten hatte etwas Magisches für Lara, es gab ihr den Eindruck, sich im Brennpunkt des Geschehens zu befinden. Als sie in den Raum kam, verstummten die Gespräche. Dann stand jemand auf und klatschte. Sie konnte nicht genau sehen, wer es war. Nach und nach fielen die anderen Anwesenden ein und applaudierten ebenfalls. Der Verleger erhob sich, ging auf sie zu und schüttelte ihr die Hand. Sie hatte ihn am Abend vorher getroffen, doch mit der Geste wollte er vermutlich offiziell ihre Rückkehr in den Schoß des Verlages besiegeln. Sie ließ es geschehen und setzte sich auf den Platz, den ihr der Verleger zugewiesen hatte. Zum ersten Mal saß sie in der vordersten Front am Tisch, als Chefreporterin war sie in der Hierarchie weit nach oben gerückt. Jede Redaktion trug ihre Themen vor, der »Dreh« wurde diskutiert. Sollte der Text als Reportage, nüchterner Bericht oder Interview geschrieben werden. Welches waren die wichtigen Themen, die einen Schwerpunkt verdient hatten? Lara fiel es schwer, den Vorträgen zu folgen. Der für Kultur zuständige Ressortleiter, ein Mann mit einem Rauschebart, sprach mit einschläfernder Stimme und verlor sich in philosophischen Betrachtungen. Ihre

Gedanken schweiften zur Ranch, zu Hanna, den Pferde-mamas, ihrem verrückten Fohlenkindergarten und der kleinen Lily, die sich an Stelle eines Abschiedes auf den Hacken herumgedreht hatte und nach Hause gelaufen war. Sie fühlte sich verraten, und das konnte sie ihr kaum verdenken.

»Das dürfte dir doch liegen, Lara«, brachte die Stimme des Verlegers sie in die Konferenz zurück. Es ging um den Diebstahl einer überdimensionalen Goldmünze aus dem *Bode-Museum* an der Museumsinsel, so viel hatte sie beim flüchtigen Mithören erfasst. In Kürze sollte der Prozess gegen drei Mitglieder einer Bande stattfinden, die zu einer bekannten Unterwelt-Familie gehörten. »Man müsste rekonstruieren, wie der Diebstahl abgelaufen ist – und alle Verbrecher in der Verwandtschaft beschreiben. Das kann eine ganze Serie werden, so etwas bringt Auf-lage«, schlug der Verleger vor.

Sie nickte. Das klang nach einem Thema. Normaler-weise sprudelte sie vor lauter Ideen, doch in den letzten Monaten hatte sie die aktuellen Ereignisse nicht tagtäg-lich verfolgt. Sie war noch nicht wieder in der Realität der Zeitung angekommen. Nachdem alle Themen geplant waren, verließ sie den Raum. Plötzlich legten sich Hände von hinten sanft um ihre Augen. »Überraschung«, hörte sie die Stimme von Lars. Er zog sie in den Aufzug, der direkt in den 19. Stock führte und allein für den Verle-ger reserviert war. Oben befand sich eine Rezeption, eine ältere Dame sah Lars und begrüßte ihn. Er legte seinen Arm um sie. »Das ist Lara Kolberg, die Chefreporterin und meine Zukünftige.« Sie schüttelte die dargebotene Hand von Frau Braun. Dann folgte sie Lars, der vor einer Tür stehen blieb und rechts auf das Schild zeigte. Daran stand: »Lara Kolberg, Chefreporterin«. Fragend sah sie ihn an. Er schloss auf und deutete in einen lichtdurchfluteten Raum. »Dein neues Büro, Schatz. Habe ich alles ausgewählt!«

Der Ausblick war überwältigend. Sie hatte einen Rundumblick über die Mitte der Stadt bis zum Fernsehturm am Alexanderplatz, unter sich sah sie den Museumshafen an der Spree mit den alten Dampfern und das Nikolaiviertel. Dann fiel ihr Blick auf die Möbel. Er hatte Metallstühle mit schwarzen Lederbezügen ausgewählt, der Schreibtisch hatte den gleichen Stil. Das war sicher ein kostspieliges Design, nicht ihr Geschmack. An der Wand hingen abstrakte Drucke, die ebenfalls in Schwarz-Weiß gehalten waren. »Na, wie gefällt es dir?«, wollte er wissen.

»Beeindruckend«, sagte Lara diplomatisch. »Mir hätte ein Platz im Großraum bei den anderen ausgereicht.«

»Lara, du bist unsere Edelfeder und wirst die großen Storys übernehmen, nicht das Tagesgeschäft. Hier sind alle Büros der Familie Eden, so bist du in meiner Nähe.«

Sie setzte sich auf einen der Designerstühle und stellte erleichtert fest, dass er gar nicht so unbequem war wie befürchtet. »Frag Frau Braun, wenn du etwas brauchst. Ich habe eine Sitzung«, verabschiedete er sich. Lara saß an ihrem neuen Schreibtisch und machte sich Notizen, wie sie ihre Recherche angehen sollte. Ihr Blick schweifte aus dem Fenster und folgten den Autos auf der breiten Straße vor dem Gebäude, die wie Spielzeug wirkten. Sie tat sich schwer damit, bei ihrem Thema zu bleiben. Sie dachte an den Abend bei seinen Eltern.

Ein zartes Klopfen an ihrer Bürotür brachte sie zurück in das Hier und Jetzt im 19. Stock des Eden-Verlages. »Ja bitte!« Sie bemühte sich um einen neutralen Gesichtsausdruck. Eigentlich hätte sie sich über dieses Büro freuen müssen.

Tanja steckte ihre Nase herein und fragte schüchtern: »Darf ich reinkommen?«

Lara sprang auf, ging ihrer Freundin entgegen und umarmte sie. »Endlich bist du wieder da!« Tanja zerquetschte sie beinah, bevor sie ihren Blick durch den hellen Raum mit der Glasfront schweifen ließ und zum Fenster ging, wo sie beeindruckt über die Stadt blickte.

»Wollen wir runtergehen?«, schlug Lara vor, die sich in der sterilen Atmosphäre des Büros fast wie ein Störfaktor fühlte. »Ja, Chef«, kicherte Tanja. Lara drohte ihr mit dem Zeigefinger. »Wenn du mich noch einmal so nennst, schicke ich dich zur Straßenumfrage über das Wetter!« Diese Umfragen hatten sie häufig als Volontäre machen müssen – es war eine ausgesprochen mühselige Arbeit, bei Wind und Wetter auf den Berliner Straßen Hunderte Menschen anzusprechen und zu einem Thema zu befragen. Nicht jeder Befragte reagierte freundlich auf das Ansinnen, wenn sie von zu Hause im strömenden Regen oder nach einem Zugausfall zur Arbeit hasteten. Deshalb dauerte es oft lange, bis sie genügend »Köpfe« abgefragt hatten. Diese Umfragen waren Strafarbeit, fand Lara.

»Niemals, Chef.« Tanja grinste. Sie gingen ins Café gegenüber und setzten sich mit ihren Getränken ans Fenster. Lara dachte an den denkwürdigen Tag, als sie von diesem Tisch aus Lars mit Stella gesehen hatte.

»Habt ihr euch versöhnt?«, fragte ihre Freundin. Lara zuckte mit den Schultern und sah nachdenklich auf den Eingang des Verlags. »Es ist kompliziert. Erzähl mir lieber mal, wie es dir geht!«

Tanja lächelte. »Jetzt, wo du da bist, geht es mir besser.« Sie schwärmte von ihrer Arbeit als Klatschreporterin. Fast jeden Abend war sie auf der Piste, ging auf Partys, zu Ausstellungseröffnungen oder Konzerten, um den Kontakt zu Künstlern und Prominenten zu pflegen.

»Es ist spannend, hinter die Kulissen zu schauen, auch wenn es anstrengend ist.« Tanja ging in ihrer Arbeit auf. Sie berichtete über die letzten Wochen, als Stella die Redakteure schikaniert hatte. Dann sah sie auf die Uhr und sprang auf. Sie deutete zum Hochhaus. »Ich habe gleich ein Interview. Wie läuft es bei dir, Lara?«

Sie zuckte mit den Schultern. »Mein Kopf ist woanders.« Sie ging zurück in den Verlag und fuhr in ihr Büro, wo sie Archivmaterial zum Münzenraub durchlas. Zuallererst würde sie Karima besuchen, die sich im Milieu der Unterwelt auskannte. Sie führte einen der sogenannten Berliner *Spätis*, so hießen die Läden, die 24 Stunden am Tag geöffnet waren. Jeden Morgen hatte sie bei ihr die Zeitung und einen Kaffee geholt, sie waren ins Gespräch gekommen. Eines Tages hatte Karima ihr einen Zettel hingehalten und gefragt, ob sie an Informationen über eine Verbrechergang interessiert wäre. Lara hatte genickt. Auf einem weiteren Zettel hatte Karima eine Adresse in Brandenburg aufgeschrieben, es war ein rotes Holzhaus an einem kleinen See im Süden von Berlin. Dort hatten sie sich getroffen – und Karima hatte ihr ein ganzes Paket von Informationen übergeben. »Lies das durch, dann treffen wir uns, falls du Fragen hast.« Das Material listete akribisch ein Geldwäschesystem der Gang über Gemüseläden, Tankstellen und Wettbüros auf. Die Täter hatten den gleichen Nachnamen wie Karima. Die Familien waren staatenlose Einwanderer, sie waren aus einem libanesischen Flüchtlingscamp nach

Berlin gekommen und hatten immer nur einen Status der Duldung erhalten. Das bedeutete, dass die Familienmitglieder keine Arbeitserlaubnis bekamen.

»Ich kann es zwar verstehen, dass einige deshalb illegale Geschäfte gemacht haben, aber meine Familie ist immer sauber geblieben. Niemand war gezwungen, kriminell zu werden«, erklärte Karima ihre Sicht auf die Dinge und ihre Beweggründe, an die Presse zu gehen, die Lara hinterfragt hatte.

»Ich habe es satt, mit diesen Kriminellen in einen Topf geworfen zu werden, es wird Zeit, dass denen das Handwerk gelegt wird. Aber Vorsicht, die haben Verbindungen zu Polizei und Justiz«, hatte Karima gewarnt. Aus dem Material hatte Lara nach weiteren Recherchen eine Artikelserie über ein Verbrechernetzwerk erarbeitet, die für Aufsehen sorgte. Mehrere Fernsehteams interviewten sie, sie bekam einen der wichtigsten Journalistenpreise.

Beim Raub der Goldmünze führten die Spuren ebenfalls in die Verbrechergang aus der entfernten Verwandtschaft Karimas. Lara nahm sich ein Leihfahrrad aus der Tiefgarage und fuhr zum *Späti* neben ihrer ehemaligen Wohnung. Auf allerkleinstem Raum verkaufte ihre Bekannte dort Zeitungen, Tabakwaren, Brötchen und Kaffee, und auf den untersten Regalreihen bot sie Spielzeug an. Der Laden war voller Kunden, die vor allem Zigaretten oder Glückslose haben wollten. Lara kaufte eine Zeitung und reichte der Geschäftsfrau einen Zettel mit ihrem Anliegen. Karima antwortete auf die gleiche Weise, sie kritzelte etwas und gab es Lara mit ihrer *Süddeutschen*. Draußen faltete sie das Papier auf. Karima hatte ein Treffen am nächsten Morgen im roten Sommerhaus am See vorgeschlagen.

Daneben telefonierte Lara mit den ermittelnden Beamten in dem Fall und ging zum Museum. Der Pressesprecher war bereit, sie zum Tatort zu begleiten. Sie sah sich die Örtlichkeiten genau an, doch hatte sie keine Erklärung dafür, wie das 100 Kilogramm schwere Diebesgut aus seiner Vitrine nach draußen gelangt war. Unter dem Fenster hätte man keine Leiter aufstellen können, denn darunter befand sich die Spree. Ob ein Schiff im Spiel war? Auf ihrem Zeichenblock kritzelte sie ein Brainstorming über die verschiedenen Möglichkeiten aufs Papier, die würde sie mit einem Techniker der Polizei nochmals durchgehen.

Am nächsten Morgen fuhr Lara zum Sommerhäuschen von Karima. Sie spazierten wie immer, wenn sie etwas zu besprechen hatten, zum See und umrundeten ihn. Karima hatte einige Merkwürdigkeiten in Erfahrung gebracht. »Es gibt da einen deutschen Klassenkameraden von Farid, der ist kürzlich tot aus der Spree geborgen worden. Der gehörte zur Familie. Es gibt Gerüchte, dass er auf einmal einen teuren Mercedes gekauft und seine Freundin mit Goldschmuck überhäuft hatte. Außerdem soll er davor in einem Museum gearbeitet haben.« Lara staunte über das, was Karima erfahren hatte. »Etwa im *Bode-Museum*?«, wollte sie wissen. Ihre Bekannte nickte. »Hilft dir das weiter?«

»Warte, noch was.« Die junge Frau kramte in ihrer Tasche und beförderte einen Zettel heraus. Ein Name und eine Adresse standen darauf. »Das war der junge Mann«, sagte sie. Lara bedankte sich begeistert. »Dieser Tote könnte das fehlende Puzzlestück sein. Ich werde dem nachgehen.« Schon wieder hatte die junge Frau ihr die wertvollsten Fakten für einen Artikel geliefert – und war dabei enorme Risiken eingegangen. »Du bist die Beste«, sie umarmte Karima. »Wie kann ich das jemals wieder gutmachen?«

»Lara, ich habe einen Wunsch, vielleicht kannst du mir dabei helfen«, entgegnete Karima.

»Alles, was in meiner Macht steht«, versprach Lara.

»Ich habe ja nur einen Hauptschulabschluss, aber mein größter Traum wäre es, bei einer Zeitung zu arbeiten. Kannst du mir helfen, ein Praktikum zu bekommen?«, trug Karima schüchtern vor. Lara lächelte. Endlich würde sie sich revanchieren können. »Wann kannst du anfangen?«

Karima musste eine Vertretung für den Laden finden, dann würde sie sich bei der Zeitung vorstellen. Sie plauderten über die Familie, Lara berichtete von der Ranch. Während sie von den Pferden sprach, den Fohlen, die sie bekommen hatten, den Reitstunden mit den Kindern, merkte sie, wie ihr all das fehlte.

»Ich werde dich besuchen kommen«, sagte Karima. Sie sah sie überrascht an. »Ich bleibe in Berlin, ich liebe meine Arbeit, bin befördert worden. Chefreporterin!« Doch Karima schüttelte den Kopf. »Lara, du bist so klug, und ich habe nie studiert. Aber ich sehe das Leuchten in deinen Augen, wenn du über diese Ranch sprichst.«

Lara zuckte mit den Schultern. Er tat weh, dieser Abschied. Aber sie hatte nie zurückgeschaut. Sie würde sich auf ihre Arbeit konzentrieren und der Ranch nicht hinterhertrauern. Sie fuhr zurück und nahm den Fahrstuhl in ihr Büro. Nichts zog sie in die Einliegerwohnung, die sie mit Lars teilte.

Er war immer zuvorkommend und behandelte sie wie ein rohes Ei, doch sie empfand nichts, wenn er ihre Hand nahm, seine Küsse ließen sie gleichgültig. Seine Stimme war vertraut, sein Geruch und seine Lippen. Doch es gab kein Prickeln, keine Flugzeuge im Bauch, wenn er sich näherte. Dagegen ging ihr André nicht aus dem Kopf, seine Augen, die beim Reiten glänzten. Der Kuss, der sie durcheinandergewirbelt hatte. Doch seine Worte waren deutlich. Er liebte sie nicht, und sie konnte ihrem Herzen nicht befehlen, wieder für Lars zu schlagen. Aber sie hatte ihren Beruf und lechzte danach, die Puzzlestücke dieser Affäre zusammenzusetzen. Es würde eine spannende Story.

KAPITEL 25

Der Journalistenklub im Eden-Hochhaus befand sich im 20. Stockwerk und galt als einer der exklusivsten Orte in der Stadt, in den Gäste nur auf Einladung gelangten. Sie stand in einer Ecke des Vorraums, um sich zu sammeln, und sah sich das Panorama an. Berlin lag ihr vor den bodentiefen Fenstern zu Füßen, sie sah auf die Dächer des historischen Nikolaiviertels hinab. Am Horizont starteten Flugzeuge in Spielzeuggröße, nur der Fernsehturm überragte ihren Ausblick.

Die gediegene Einrichtung war seit den 60er-Jahren nur wenig verändert worden. An den holzgetäfelten Wänden hingen in Nischen impressionistische Gemälde in goldenen Rahmen – es waren allesamt Originale aus der eigenen Sammlung. Die englischen Ledersessel, Sofas und Marmortische waren an diesem Tag an den Rand des großen Konferenzsaals gerückt worden. Im Saal standen Stuhlreihen für über 200 Zuhörer vor einem Rednerpult. Durchatmen, Lara! Tief einatmen, ausatmen. Sie versuchte, sich zu sammeln und zu entspannen. Sie hatte zwei Wochen an ihrer Story über den Goldmünzenraub gearbeitet und würde ihre Rechercheergebnisse auf einer Pressekonferenz vorstellen. Der Saal füllte sich.

Fast jeder Platz war besetzt, als der Verleger persönlich auf die Bühne trat. Er hielt eine kurze Einführungsrede, bevor ihr Part begann. »Begrüßen Sie mit mir unsere begabte Chefreporterin, Lara Kolberg. Ihr ist die Aufklärung eines der spektakulärsten Berliner Kriminalfälle gelungen. Aber sehen Sie selbst.« Er bat sie auf die Bühne und schüttelte ihr die Hand. »Herzlich willkommen, meine Damen und Herren. Haben Sie schon einmal einen 20 Kilogramm schweren Koffer gehoben?« Den Vorgang hatte sie mit einem Comic von einem unter der Last schwitzenden Donald Duck illustriert. Sie machte ein Kunstpause.

»Wie wäre es mit einem 50 Kilogramm schweren Zementsack?« Sie blendete ein Bild von einem kleinen Männlein ein, das mit verzerrtem Gesicht einen Felsbrocken in die Höhe stemmte. Dann blendete sie die gigantische Münze ein. »Wie ist es damit? Wer traut sich zu, eine 100 Kilogramm schwere Münze nicht nur zu heben, sondern über 500 Meter zu transportieren.« Dazu blendete ihre Praktikantin eine Skizze von der Museumsinsel ein. Ein Foto zeigte die Museumsmauer von der Spree aus. »Na, wo würden Sie da die Leiter ansetzen?«

Lara machte eine kleine Pause und sah ins Publikum. Die Gespräche waren verstummt, sie hatte die volle Aufmerksamkeit und deutete wieder auf die Leinwand.

»Wir haben zuerst die technischen Möglichkeiten für den Transport untersucht und die Informationen mittels künstlicher Intelligenz ausgewertet. Das ist das Ergebnis.«

Mit einem Kriminaltechniker und einem Grafiker hatte sie in einem kurzen Film in drei Stationen rekonstruiert, wie der Diebstahl der Goldmünze abgelaufen war. Dazu hatte sie am Morgen den ersten Artikel zum Goldmünzenraub veröffentlicht, den andere Zeitungen aufgegriffen hatten. Dank Karimas Information konnte sie aufdecken, dass die Gangster einen Komplizen im Museum hatten. Es war der junge Mann, der später tot in der Spree gefunden worden war. Dieser hatte ein Jahr lang in der Sicherheitsabteilung gearbeitet und die Abläufe und Räume minutiös ausgespäht. Er kannte ein defektes Fenster, das nicht an die Alarmanlage angeschlossen war. Mit einem Flaschenzug gelangte die Münze in die Tiefe, wo sie mit einem Boot abtransportiert werden konnte.

Nachdem der Film geendet hatte, applaudierten die anwesenden Journalisten frenetisch, eine Fragerunde begann. Aus dem Publikum kam die Frage, woher die Informationen stammten. »Akribische Recherche und neue Technologien, damit haben wir das Puzzle zusammengesetzt«, entgegnete sie. »Ich möchte meiner Praktikantin danken, die heute leider verhindert ist«, setzte sie hinzu. Sie nannte Karima nicht, um sie nicht in Gefahr zu bringen. Wenn das herauskam, würden sich die kriminellen Familienmitglieder rächen. Sie hatten sogar durchgespielt, ob Karima eine neue Identität bekommen sollte.

Lars stand in der ersten Reihe und sah zu ihr auf. Früher war er bei solchen Gelegenheiten ihr Anker gewesen, der ihr Sicherheit gab. Doch das Gefühl, sich auf ihn verlassen zu können, hatte sie verloren und brauchte es nicht länger. Sie hatte das fehlende Puzzlestück allein mit Karimas Hilfe gefunden, und darauf war sie stolz. Sie gab ein Interview nach dem nächsten zu den Ergebnissen ihrer Nachforschungen, sie flimmerte über die Bildschirme der Fernsehsender, zahlreiche Zeitungen zitierten ihren Artikel.

Die komplette Zeitungsausgabe war ausverkauft, und sie mussten Exemplare nachdrucken. Das Beste war, dass sich das fortsetzen würde, denn sie hatte weitere Berichte geplant.

Als sie in ihr Büro in der Etage darunter zurückkehrte, gab ihr die Sekretärin, Frau Braun, einen Zettel mit einer Telefonnummer und der Bitte um Rückruf. Sie sah an der Vorwahl, dass der Anruf aus dem Norden gekommen war. Sie wählte und hatte Else am Telefon. »Lara, wie geht es dir?« Ihre Stimme klang müde.

»Bist du krank?«, fragte sie besorgt.

»Unkraut vergeht nicht.« Else lachte auf ihre unnachahmliche Art.

»Mir geht es gut, aber ich möchte dich benachrichtigen, dass der Notar morgen ein zweites Mal zur Kontrolle kommt«, erklärte die alte Dame. »Du musst entscheiden, was du tust. Wenn du nicht da bist, geht die Ranch an die Stiftung.« Sie bedankte sich bei der Nachbarin, die von all dem Trubel um ihre Artikelreihe nichts mitbekommen hatte. Sie berichtete Else von ihrem Erfolg.

Doch ihre Gedanken kehrten zurück zu dem alten Reetdachhaus. Nachts hatte sie nicht von den Gangstern geträumt, sie war mit Hanna über das Watt galoppiert – und vor allem hatte sie mit André gesprochen. Aber das war ein Traum. Als könnte sie Gedanken lesen, sagte Else zum Abschied:

»André vermisst dich, er würde das niemals zugeben.« Lara wollte protestieren und von dem letzten Gespräch berichten, als es an ihre Bürotür klopfte. Lars steckte seinen Kopf herein.

»Gibst du wieder ein Interview?«

Sie schüttelte den Kopf und verabschiedete sich von Else.

Lars trat lächelnd an ihren Schreibtisch. »Mein Schatz, du warst beeindruckend und wunderschön!« Er zog sie an sich. Ihr Inneres sträubte sich und sie entzog sich ihm.

Sie sagte sich, dass er sich um sie bemühte und seine Fehler eingesehen hatte. Doch sie spürte keine Anziehung, seine Küsse fühlten sich falsch an. »Ich habe dich immer geliebt, Lara, aber meine Eltern wollten mich zwingen, dir zu entsagen«, sagte er.

»Und auf seine Eltern muss man ja hören mit Ende 20«, monierte Lara, die es satt hatte, dass er sein Fehlverhalten auf seine Erzeuger schob. Sie spürte, dass es keinen Sinn hatte, auf die Rückkehr der Liebe zu ihrem Ex zu warten. Es war vorbei und nicht mehr zu reparieren. Einen Monat lang hatten sie es versucht, doch die Gefühle waren rein freundschaftlicher Natur, sie liebte ihn nicht mehr. Und das wollte sie in dem Moment richtigstellen.

Lara nahm all ihren Mut zusammen: »Lars, es tut mir nicht leid nach dem, was zwischen uns geschehen ist. Daraus wird nichts mehr.« Er sah sie an wie ein verstörtes Kaninchen. »Lara, ich würde alles dafür tun, dass du bei mir bleibst. Sag mir, was kann ich tun!«

Sie legte ihre Hand auf seine Schulter. »Am besten, du wirst erwachsen und hörst ein bisschen weniger auf deine Eltern.« Dann zeigte sie auf die Tür. »Ich muss etwas fertigmachen. Lass mich bitte allein.« Ungläubig sah er sie an, vermutlich konnte er es gar nicht fassen, dass eine kleine Aufsteigerin den großen Lars Eden zurückwies. Er stand offenbar so unter Schock, dass er wortlos ihrer Aufforderung gehorchte und hinausging.

Lara atmete erleichtert auf, das war längst überfällig. Sie sah ihre Blöcke durch, ihre Aufnahmen, dann begann sie zu schreiben. In der kommenden Woche sollte ein Porträt des getöteten jungen Mannes erscheinen, der den Gangstern Zugang zum Museum verschafft hatte. Ein weiterer Artikel erklärte die Verwandtschaftsverhältnisse der Verbrechergang. Sie hatte zum Verbleib der Goldmünze recherchiert, die vermutlich als Zahngold in südlichen Ländern Verwendung fand. Sie war motiviert wie nie zuvor, ihre Finger rasten über die Tastatur. Als sie alle Artikel beendet hatte, prüfte sie die Fakten und Informationen aus ihren Unterlagen. Als sie endlich das Wort »Ende« unter den letzten Artikel setzte, fühlte sie sich erleichtert, aber vollkommen erschöpft. Sie beschloss, auf dem Kanapee in ihrer Besprechungsgruppe auszuruhen, und schlief so fest ein, dass sie erst wieder beim Eintreffen der Reinigungskolonne am Morgen aufwachte. Sie schreckte hoch und sah sich um, ehe sie realisierte, dass sie sich im Verlag befand. Eine letzte Sache hatte sie zu vollenden. Sie tippte den Brief und druckte die Seite aus.

»Bitte überreichen Sie dieses Schreiben dem Verleger«, bat sie die Familiensekretärin, Frau Braun, und überreichte ihr den Umschlag. Vor dem Eingang des Verlages wartete der Mietwagen, den sie gebucht hatte. Durch den Berufsverkehr kam sie nur langsam voran, endlich passierte sie das Ortsausgangsschild. Tschüss, Berlin. Dieses Mal fuhr sie ohne Bedauern, es war das richtige Gefühl, dass sie einen Lebensabschnitt beendet hatte und sich aus freien Stücken für die Ranch entschieden hatte. Die Autobahn war voll, doch je weiter sie sich von der Stadt entfernte, desto leichter wurde ihr ums Herz. Sie trällerte alberne Schlager, während sie die Kolonnen von Lastwagen überholte.

Nach fünf Stunden war sie endlich in Cuxhaven angekommen, atmete tief die salzige Luft durch das Fenster ein, als sie das letzte Stück der Strecke hinter dem Deich zurücklegte. Den Wagen parkte sie auf der Straße, damit der Notar nicht sofort den Mietwagen entdeckte. Sie ging durch das Spalier der Rosen in Richtung Haus, die Blumen verströmten einen betörenden Duft. Sie hielt nach den Pferden und ihrem Partner Ausschau.

André entdeckte sie auf dem Reitplatz und ging ein paar Schritte in seine Richtung. Ihre Blicke trafen sich, und er lächelte.

»Bonjour, Cowboy. Wie geht es?«, begrüßte sie ihn. Er kam auf dem braunen Jungpferd namens Caruso in ihre Richtung geritten und hielt in ihrer Höhe am Zaun.

»Bonjour, Lara. Es geht alles seinen Gang, die Kleinen wachsen, die anderen genießen ihr Pferdeleben. Und wie läuft es bei der Starjournalistin?« Er ritt in einem Kreis um die Stelle, an der sie stand. Das Jungpferd war nicht lange eingeritten und hatte nervös begonnen zu tänzeln.

»Es ist wunderbar gelaufen, aber jetzt bin ich hier und werde bleiben. Auch wenn es dir nicht passt. Wann kommt der Notar?«

»Am Nachmittag. Gut, dass du rechtzeitig da bist. Ich habe neulich überreagiert«, sagte er, während sein Pferd weiter nervös tänzelte.

»Wir sehen uns später, der Kleine ist erst das zweite Mal mit Reiter unterwegs, stillstehen fällt ihm schwer.« Im Schritt ließ er seinen Schüler wieder auf der Reitbahn gehen, lenkte ihn über Stangen und verschmolz in kürzester Zeit mit seinem Trainingspartner Caruso – eine Fähigkeit, die Lara bewunderte.

Sie ging ins Haus und ließ ihr Gepäck fallen. Endlich konnte sie den Hosenanzug abstreifen und in ihre Cowgirlmontur schlüpfen. Sie konnte es kaum erwarten, die Fohlen wiederzusehen. Die Kleinen flitzten über ihren Paddock. Gianna kam mit ihrer Tochter zu ihr galoppiert, und die Kleine schnupperte an Laras Hand. Golden

Dancer war gewachsen. Auch die anderen beiden Fohlen waren kräftig in die Höhe geschossen. Es war eine Freude, dem Pferdekindergarten zuzusehen. Nachdem sie das Treiben einen Moment beobachtet hatte, ging sie zu ihrer Hanna, die angelaufen kam und wieherte. Sie legte ihren Kopf an ihren Hals und atmete den Pferdegeruch. Es war ein Gefühl wie nach Hause zu kommen, und dieses Mal endgültig. Sie war nicht rausgeschmissen worden, sondern hatte einen Lebensabschnitt zu Ende gebracht. Diese Anerkennung in ihrem Beruf als Journalistin hatte gutgetan, doch jetzt würde sie sich in die Arbeit auf der Ranch stürzen, ohne die leisen Zweifel, die sie davor immer mal beschlichen hatten.

KAPITEL 26

Als sie von ihrer Tour über das Ranchgelände zurück ins Haus kam, saß der Notar am Tisch und unterhielt sich mit André. Er sah sie mit einem prüfenden Blick an, während er sie mit einem angedeuteten Handkuss begrüßte. »Setzen Sie sich bitte«, bat er Lara, die neben André auf der Bank Platz nahm. Harry Rickmer setzte seine Lesebrille auf und entnahm seinem Aktenkoffer eine Mappe, die er aufschlug. Lara entdeckte oben ihren Artikel über den Goldmünzenraub. Er hatte ihre Abwesenheit mitbekommen. Ihr wurde es klamm im Magen. Das hieß, dass er sie jederzeit disqualifizieren konnte.

»Sie fragen sich, warum ich erneut zu Besuch bin. Mir schien es, dass Sie Ihre frühere Berufstätigkeit wieder aufgenommen haben! Das widerspricht den Regeln von Johanna Kolberg.«

Er schwenkte ein Dokument, das er ihr gab. »Hier ist das Testament. Die Erbschaft wird nur realisiert, wenn Sie beide die Ranch gemeinsam führen.« Er machte eine Pause und sah sie nacheinander bedeutungsvoll an. Lara nickte. »Das haben wir durchaus verstanden, ich hatte eine Aufgabe in Berlin zu erfüllen, die ich vor dem Antritt der Tätigkeit auf der Ranch übernommen habe«, versuchte sie, sich zu rechtfertigen. Der Notar sah sie skeptisch an. In dem Moment meldete sich André zu Wort. »Betrachten Sie es als Jahresurlaub. Als Ranchleiter dürften wir ja ein Recht auf eine Auszeit haben.«

Der Notar blickte weiter skeptisch, überflog das Dokument. Schüttelte dann den Kopf. »Davon steht hier aber nichts geschrieben.«

»Einen Tee?«, fragte Lara. Sie bereitete eine Kanne vor und servierte den Männern und sich jeweils eine Tasse von dem dampfenden Getränk, während Harry Rickmer in seiner Sammlung blätterte. Dann schob sie ihm die Dose mit den Keksen hin. »Von meiner Großmutter.« Er nahm sich ein Gebäckstück, biss hinein, schloss leicht die Augen und verzehrte das Gebäck andächtig.

»In den Dokumenten ist doch nicht ausgeschlossen, dass wir einen Jahresurlaub nehmen?«, hakte sie nach. André hatte die richtige Idee gehabt, um ihren Anspruch auf die Ranch zu sichern. Der Notar war beim zweiten Keks, den er ebenfalls bedächtig auf der Zunge zergehen ließ. Dann zog er seine Stirn in Falten und überlegte. Zögerlich nickte er. »Könnte man so sehen.« Er verspeiste ein weiteres Gebäckstück. Dann stand er auf, nahm seinen Hut von der Garderobe, lüftete ihn auf dem Weg zur Tür. Dort drehte er sich um. »Ich werde aber nicht noch mal alle Hühneraugen zudrücken!« Er zwinkerte Lara und André zu, dann schloss er die Tür.

»Danke, das war die Rettung.« Sie setzte sich neben ihn. Er trank seinen Tee aus, stellte mit einem Ruck die Tasse ab und stand auf. »Okay, wann fährst du zurück?«, fragte er.

Offenbar hatte er vorhin nicht zugehört. »Damit habe ich abgeschlossen. Ich bleibe hier!«, wiederholte Lara voller Überzeugung.

Er sah sie überrascht an. »Was ist mit deiner Arbeit? Hast du nicht eine neue Stelle bekommen?«

Sie lächelte. »Ist super gelaufen, ich habe eine Aufsehen erregende Story recherchiert und geschrieben. Aber mein Platz ist hier auf der Ranch! Ich habe gekündigt – und gehe nicht zurück.« Selbstbewusst sah sie ihn an. Dieses Mal würde sie sich nicht mehr von hier vertreiben lassen. Und ihr war klar geworden, was sie wollte. »Das ist mein Leben. Ich bin nicht hier, weil ich dort rausgeworfen wurde.« Seine dunklen Augen ruhten auf ihr, und sie spürte, wie ihr heiß wurde, ihre Finger zitterten. Dann entschied sie, aufs Ganze zu gehen.

»Noch etwas. Lars und ich sind kein Paar mehr. Das werden wir auch nie wieder. Ich habe mich in dich verliebt, André Rivière.«

Er kam wieder an den Tisch, zog sie an sich. »Kannst du das noch mal sagen?«

»Ich habe mich in dich verliebt, André Rivière«, schrie sie jetzt fast. Er umarmte sie heftiger, ihre Lippen suchten seine und sie atmete tief seinen herben Geruch, während sich die Welt um sie herum zu drehen begann. Raum und Zeit hielten für einen Moment an, bis er sich sanft von ihr löste. Er sah ihr in die Augen, bis es ihr schwindelig wurde, dann zog er sie mit sich nach draußen. »Ich muss dir etwas zeigen.«

Neben der Koppel der Ponys hatte er einen Zaun eingezogen, davor war dort Wiese gewesen und sie hatten einige alte Landmaschinen abgelegt. Die Fläche war sauber aufgeräumt, zwei Tiere standen dort und kamen gemächlich auf sie zu gelaufen. Einige Meter vor ihnen blieben sie stehen und stellten ihre Ohren auf. Riesige flauschige Lauscher!

»Oh, mein Gott, Esel«, rief Lara aus. Sie hatte als Kind ein Stofftier besessen, das sie niemals aus der Hand legte, und seitdem liebte sie die Langohren. Der Schwarze mit den weiß umrandeten Augen und einem hellem Maul kam als Erster zu ihnen. »Das ist Sandiego«, sagte André. Der Graue mit dem Strich auf dem Rücken zupfte hinten an ihrer Jacke. »Antonio«, stellte André ihn vor. Er kraulte die langen Ohren, die beiden hielten genüsslich still und ließen ihre Köpfe sinken.

»Woher kommen die Tiere?«

»Die gehörten einem Freund von Johanna, einem Künstler. Er ist gestorben, und sie sollten zum Schlachter.« Die beiden hatten jetzt ihre Scheu verloren. Sie drängten sich an Lara, beschnupperten sie, schoben ihre Köpfe vor, wie um zu sagen: »Streichle mich.« Als sie dem dunklen Esel die Ohren massierte, legte ihr der helle seinen Kopf auf den Rücken. André lächelte. »Ich hoffe, du bist mit der Rettung der Jungs einverstanden?« Sie nickte, als sie dem anderen Langohr eine Massage anbot. »Sag mal, könntest du wieder deine Reitstunden übernehmen«, fragte er sie. Er hatte Trainingspferde zu reiten, Michel war mit der *Magic Horse Show* zu Auftritten unterwegs und würde erst im späten Herbst zu einem Kurs zurückkehren.

»Nichts lieber als das«, antwortete sie motiviert. Sie liebte es, ihr Wissen und ihre Philosophie an die Kinder weiterzugeben. Als sie beide sich vom Offenstall entfernten, riefen die neuen Bewohner ihnen ein langgezogenes I-A hinterher, eindeutig ein Protest dagegen, dass die Streicheleinheiten vorerst eingestellt wurden. »Ich werde sie meinen Reitschulkindern vorstellen«, entschied sie. Sie sah auf die Uhr. Zeit, ihre Sachen auszupacken, hatte sie nicht mehr. In zehn Minuten fing die Reitstunde an, und sie wollte sofort wieder in das Programm einsteigen.

An der Sattelkammer hatten sich Mütter mit ihren Schützlingen eingefunden.

»Laaaraaa«, schrien zwei Mädchen und kamen voller Freude angerannt. Sie suchte die kleine Lily und fand sie nicht.

»Hinter dem Haus«, sagte eine Schülerin. Dort stand ihre junge Freundin mit verschränkten Armen und gesenktem Kopf. Sie ging auf sie zu. »Was ist los, Lily? Komm mit, die Stunde beginnt. Ich habe heute eine Überraschung.« Sie hob den Kopf und sah kurz zu ihr, bevor sie sich wieder wegdrehte. »Da wird Sandro aber traurig sein ...«

»Ich komm ja schon«, brummelte die Kleine und folgte ihr widerwillig.

Lara rief ihre Kindergruppe zusammen und erklärte, dass sie in Berlin eine wichtige Aufgabe gelöst hatte. »Wisst ihr, was ein Journalist ist«, fragte sie. »Jemand, der im Fernseher spricht«, rief Hannes, der gerne etwas vorlaut war. Lara nickte. »Es gibt andere Journalisten, die schreiben Texte für Zeitungen, in denen drinsteht, wenn etwas Wichtiges passiert ist.«

»So wie ein Aufsatz in der Schule?«, meldete sich Lily zaghaft. Lara nickte. »Genauso!«

»Aber die Reitstunde mit André ist doof«, maulte die Kleine, und die anderen Kinder stimmten zu. Lara schüttelte den Kopf. »Er ist der allerbeste Reitlehrer, den ihr haben könnt. Er unterrichtet nur fortgeschrittene Reiter.« Lily stupste sie von der Seite an.

»Gehst du wieder einen Aufsatz schreiben?« Lara strich ihr lächelnd über den Kopf. »Irgendwann, aber ich gehe nicht weg. Die Ranch ist mein Zuhause.« Sie machte den Kindern ein Zeichen und brachte sie dann zu den beiden Neulingen. »Habt ihr schon einmal einen Esel gesehen?«, fragte sie.

Aufgeregt schrien ihre Schützlinge durcheinander. Lara legte den Finger über den Mund. »Pssst, leise, sonst haben sie Angst vor euch.« Die Gruppe verstummte, und die beiden Langohren kamen von der hinteren Ecke ihrer Koppel, wohin sie geflüchtet waren, angetrabt. In Zweiergruppen ging Lara mit den Kindern hinein, um die Neuankömmlinge zu begrüßen. Diese liebten die Streicheleinheiten.

»Wenn wir etwas geübt haben, unternehmen wir in der nächsten Woche mit den beiden einen Spaziergang«, versprach Lara.

»Jaaa«, schrien die Kinder, was die Esel wieder in den hintersten Winkel der Koppel flüchten ließ. »Genug für heute, die beiden müssen sich erst an unsere Ranch gewöhnen«, entschied sie.

Danach holten sie die Ponys, sie übte mit den Kindern die Gewichtsverlagerung, sodass sich die Pferde ohne die Einwirkung der Zügel im Slalom über den Reitplatz bewegten. Nur Lily war überhaupt nicht bei der Sache. Nach der Reitstunde rief sie das kleine Mädchen zu sich.

»Lily, was ist denn los?«

»Du warst weg. Ich habe den ganzen Tag gewartet. Niemand hat mir was gesagt«, sie schluchzte. »Genau wie mein Papa, der ist nicht mehr zu Hause. Und ich soll mitkommen zu einer neuen Mama in Hamburg.«

Lara legte ihren Arm tröstend um Lilys Schulter. »Tut mir leid, das ging alles schnell. Das wird nicht mehr vorkommen.« Lily sah sie mit tränenverschleiertem Blick an. »Gehen wir wieder früh reiten?« Lara nickte.

»Und am Wochenende machen wir die Tour über das Watt nach Neuwerk«, versprach sie ihrer kleinen Freundin. Das war ein sieben Kilometer langer Ritt, den sie zuletzt mit Großmutter Johanna gemacht hatte. Sie würden in einem Reiterhof auf der Insel übernachten und am nächsten Tag über das Watt zurückreiten. Blitzartig hörte Lily auf zu schluchzen, sie sah Lara mit großen Augen an. Dann hüpfte sie auf und nieder und rannte nach Hause, um die Erlaubnis ihrer Mutter für den Ritt einzuholen.

Zwei Stunden später war Lara erschöpft. Sie packte ihre Sachen aus dem Auto und ging ins Büro. Es war höchste Zeit, die Präsentation der Ranch auf der Internetseite und in den Sozialen Medien zu aktualisieren. Sie besuchte nochmals die beiden Langohren und schoss Fotos von ihnen. Danach schrieb sie deren Geschichte auf. Eigentlich hätten sie auf einer griechischen Insel Touristen tragen sollen. Ein Maler aus der Nachbarschaft hatte die beiden als Fohlen von ihrem Joch freigekauft. Er hatte den ganzen Weg aus Griechenland zu Fuß mit ihnen zurückgelegt und war über zwei Monate unterwegs. Die beiden hatten mit ihm sogar eine Ausbildung als Therapietiere durchlaufen. Ihr Besitzer ging mit ihnen regelmäßig zu einem Altersheim, wo sie durch die Gänge laufen durften und Streicheleinheiten empfingen. Nachdem er verstorben war, hatten seine Erben den Schlachter informiert, die Langohren wären vermutlich zu Tierfutter verarbeitet worden. Eine Nachbarin alarmierte André, der die beiden gerettet hatte. Sie drückte auf »Senden«. Dem Bericht hatte sie Fotos beigefügt.

Außerdem reservierte sie die Plätze auf Neuwerk, nachdem sie den Wetterbericht geprüft hatte. André hatte die Daten für eine erste Weiterbildung auf der Ranch auf einem Notizzettel vermerkt, Lara entwarf die Anzeigen, um das Ereignis zu bewerben.

Auf der Suche nach Bleistiften fiel ihr Blick auf das Schreibtischfach mit Johannas Briefen. Der Stapel der ungeöffneten Kuverts war geschmolzen. Sie beschloss, dass es wieder einmal Zeit für eine Zwiesprache mit ihrer Großmutter war. Überrascht sah sie, dass dieser Brief an ihre Berliner Adresse gerichtet war, wo sie zuletzt mit Lars gewohnt hatte. Die Aufschrift war durchgestrichen und durch: »Unbekannt verzogen« ersetzt worden. Das konnte doch nicht wahr sein! Sie griff zum Telefon und wählte. »Lara, schön, dass du dich meldest. Ich wusste doch, dass du das nicht ernst meinst«, hörte sie die selbstsichere Stimme. Sie ging darauf nicht ein und bemühte sich um eine feste Stimme, obwohl diese vor Wut zitterte.

»Ich habe eine Frage. Warum hast du Briefe von meiner Großmutter zurückgesendet?« Sie hatte verstanden, dass ihre Mutter nichts mehr mit der Familie ihres Vaters zu tun haben wollte. Doch warum hatte Lars sich in ihr Leben eingemischt.

»Das ist doch so lange her. Deine Story war sensationell, Lara. Ich habe ein neues Thema, auf das ich dich ansetzen möchte.« Er schien nicht verstanden zu haben, dass ihr Abschied endgültig war.

»Lars, warum hast du den Brief meiner Großmutter zurückgeschickt?«

Er hüstelte. »Deine Mutter hatte mich gewarnt, das würde dich runterziehen. Es war doch nur gut gemeint.« Sie konnte es nicht fassen, dass die beiden hinter ihrem Rücken gehandelt hatten. Sie biss sich auf die Zunge, um ihn nicht zu beschimpfen.

»Auch wenn es dich jetzt runterzieht, Lars. Lass mich künftig in Frieden.« Dann legte sie auf und entnahm die Blätter.

Liebe Lara,

das ist der letzte Brief, den ich dir schreibe. Ich spüre, wie meine Kräfte schwinden, und die Ärzte machen mir keine große Hoffnung. Dieser verdammte Krebs, ich hatte ihn besiegt, doch dieses wütende Tier frisst mich von innen auf. Ich werde kämpfen bis zu meinem letzten Herzschlag. Ich wünsche mir so, dich noch einmal zu sehen. André ist hilfreich als Partner, und wir haben den Stall nach dem Brand wieder aufgebaut. Ich hätte dir gerne so vieles über die Arbeit mit Pferden vermittelt. Aber all das kannst du von André lernen. Ich wünsche mir, dass du zumindest nach meinem Tod hierherkommst und einige Herzensprojekte fortführen kannst.

Die Vollblutstute Gianna ist ein sensibles Pferd, und ihr würdet gut zueinander passen. Sie hat mir ihr Vertrauen geschenkt, bitte kümmere dich um sie. Ich sende dir all meine Liebe. Ich verfolge mit Stolz deine Arbeit als Journalistin. Fühle dich frei in deiner Entscheidung, ob du einmal die Ranch übernimmst. Ich möchte vor allem, dass du glücklich wirst.

All meine unendliche Liebe,
deine Großmutter Johanna

Lara ließ den Brief sinken und nahm das Foto von sich und Johanna von der Wand und drückte es ans Herz.

KAPITEL 27

Lara sah prüfend in den Himmel. Der Tag versprach ideale Bedingungen, es war sonnig und ungewöhnlich windstill, und nur kleine Wölkchen segelten über den Himmel. In den letzten Tagen hatte sie täglich mit Lily trainiert, sie waren im Watt galoppiert und hatten längere Touren an Land unternommen, um ihre Kondition zu verbessern. Als sie zur Sattelkammer kam, trippelte Lily schon davor hin und her. Sie holten Hanna und das Kinderpony Sandro von der Koppel.

Am Abend vorher hatte sie einen langen Ausritt bis zum Wald mit André gemacht, sie war auf Gianna geritten, er auf dem spanischen Hengst Ravel. Auf der Galoppstrecke hatten sie die beiden laufen lassen. Ihre Stute entwickelte leichtgängig eine enorme Geschwindigkeit. Lara hatte die harmonischen Bewegungen genossen, die Momente des Schwebens, wenn sich alle Beine in der Luft befanden, ihre Haare wehten im Wind. Sie hätte ewig so weitergaloppieren mögen, doch der Weg nahm ein Ende. Auf ein Ausatmen, so wie sie es geübt hatten, wurde Gianna langsamer und blieb dann stehen. Es dauerte einen Moment, bis er zu ihr aufgeschlossen hatte. Seine Augen blitzten, als sie ihre trafen.

»Du bist eine ungewöhnliche und anziehende Frau, Lara Kolberg«, murmelte er leise, fast unhörbar. »Wie bitte?«, rief sie, obwohl sie es ganz genau verstanden hatte.

Er brüllte die Worte in den Wind und lachte, was er selten tat. Dann machten sie sich auf einen gemütlichen Rückweg. Nachdem sie die Pferde abgesattelt hatten, saßen sie einen Moment auf der Bank vor der Sattelkammer. Er hielt ihr ein Glas Rosé entgegen und zwinkerte ihr zu.

»Die Stallreserve.«

»Merci, Monsieur. Auf uns«, entgegnete sie. Er stieß mit ihr an. »À tes amours«.

Darauf trank sie gerne, denn all ihre Lieben befanden sich auf dieser Ranch und deren Umgebung. Sie lehnte ihren Kopf an seine Schulter, und er ließ es geschehen. Es war kühler geworden. Er zog seine Jacke aus und drapierte sie um Lara. Ein tiefes Glücksgefühl erfüllte sie an diesem Morgen, als sie an den Moment unter dem Sternenhimmel dachte.

Sie hatte die Pferde problemlos auf den Hänger verladen und fuhr das Gespann nach Sahlenburg. Von dort aus gab es eine Route über das Wattenmeer auf die Insel. Sie parkten und sattelten die Pferde. Sie folgten der Straße, querten einen Aufgang an den Strand. Vor dem Sand mussten sie einen Moment verharren, da eine Kolonne von Wattwagen hintereinander entlangfuhr. »Bist du bereit?«, fragte sie ihre Schülerin, und diese nickte. Sie querten den Sahlenburger Sandstrand und betraten den trockengefallenen Meeresboden. Lara ritt voran und hatte Lily eingeschärft, immer dicht hinter ihr zu bleiben. Vor ihnen waren die Wattwagen, dahinter am Ufer folgten weitere Kutschen. Sie hatten jetzt zu den gelben Wagen aufgeschlossen und bewegten sich neben ihnen.

»Ein kleiner Trab?«, schlug Lara vor, und ihre Schülerin folgt ihr begeistert. Die Hufe patschten regelmäßig ins

Watt, Hanna und das andere Pony schnaubten gemütlich. Doch plötzlich hörte sie Schreie, die Schritte des Kinderponys hatten sich beschleunigt, Sandro schoss mit einer schreienden Lily im Sattel von hinten an ihr vorbei, raste im Jagdgalopp los. Sie beruhigte Hanna und folgte in einiger Entfernung. Ihre Stute schnaubte nervös und fiel dann ebenfalls in ein rasantes Tempo. Durch ein beruhigendes Brummeln und eine Wendung wurde sie langsamer. Immerhin hatten sie zu Sandro mit seinen kurzen Beinchen aufgeschlossen, er raste immer noch voller Panik vorwärts.

»Reite eine Volte«, rief sie Lily zu. Das war ein enger werdender Kreis, mit dem man Pferde bremsen konnte. Ihr Schützling verstand nicht, was sie gerufen hatte. Warum bloß hatten sie das nicht geübt! Sie hatte darauf gesetzt, dass Sandro ein so verlässliches Pony war. Mit Schrecken sah sie, wie sich das kleine Mädchen angstvoll versteifte und nach vorne lehnte. Erneut setzt Hanna zu rasanten Galoppsprüngen an, bevor sie ihr Pferd wiederum einbremsen konnte. Über sich sah sie kurz ein schwarzes rundes Objekt fliegen, hatte damit zu tun, Hanna zu beruhigen, statt sich das genauer anzuschauen.

Sie folgte Lily, die weit vor ihnen schief im Sattel saß und sich an die Mähne ihres Pferdes klammerte. Hoffentlich blieb sie oben! Der Boden war recht hart an dieser Stelle im Watt, und bei der Geschwindigkeit, in der Sandro unterwegs war, schien ihr ein Sturz gefährlich. Sie sah, dass ihre Schülerin am zweiten Priel angekommen war, einem der Wasserläufe im Watt. Plötzlich war Sandro ohne Reiterin zu sehen. Er kehrte um und rannte auf Hanna und sie zu. Sie rief ihn, doch das Kleinpferd blieb nicht stehen, und sie schaffte es nicht schnell genug, nach den Zügeln zu greifen.

Er bewegte sich weiter in Richtung Küste. Doch jetzt hatte erst einmal die Suche nach Lily oberste Priorität. Sie galoppierte auf den Priel zu und suchte diesen ab. Ihr Herz setzte einen Moment aus, als sie die Kleine bewegungslos an der Oberfläche treiben sah. Sie sprang von ihrem Pferd und eilte zu dem Mädchen, um sie an den Schultern aus dem Wasser zu ziehen.

»Lily, wach auf«, als sie sich dem Gesicht näherte, spürte sie einen leichten Hauch. Zum Glück atmete sie. Doch sie musste vorsichtig sein, das Mädchen ächzte leise. Vermutlich hatte sie Schmerzen.

»Kannst du mich hören?« Lily war weiß wie eine Wand, sie reagierte nicht. Lara wühlte nach ihrem Handy. Sie musste die Seenotrettung rufen und wählte die Nummer. »Wir haben eine Verletzte, wir sind am zweiten Priel im Watt zwischen Sahlenburg und Neuwerk.«

Der Diensthabende fragte nach den Symptomen, dann bat er Lara zu warten. »Wir schicken den Hubschrauber der Bundeswehr.« Wenige Minuten später hörte sie das Geräusch, der Helikopter in Tarnfarben befand sich über ihnen, ein Sanitäter wurde abgeseilt. Er sah sich Lily an, die mit geschlossenen Augen auf dem Wattboden lag, prüfte die Atmung, untersuchte den Puls. »Wir nehmen sie jetzt mit«, erklärte er Lara. Gemeinsam hoben sie das Mädchen vorsichtig auf die Krankentrage am Seil. Sie sah hinterher, wie sie nach oben gezogen wurde. Endlich war es geschafft, und Lily war sicher in den Innenraum verladen.

Hoffentlich stand die Kleine nur unter Schock und hatte keine schweren Verletzungen. Lara zitterte am ganzen Körper. Vor jeder Reitstunde und den Ausritten hatte sie über die Sicherheitsvorkehrungen nachgedacht. Sie arbeiteten regelmäßig durch ein Anti-Schrecktraining mit den Pferden. Dabei wurden Dinge aufgebaut, die von den Vierbeinern als potenzielle Gefahren wahrgenommen werden könnten. Eine Brücke zum Beispiel, ein Tor mit Flatterband oder ein Mikado aus Trainingsstangen. Sie setzte Regenschirme, Bälle und Hula-Hoop-Reifen ein. Durch diese Desensibilisierung erlebten die Pferde, dass sie ihrem Menschen vertrauen konnten und nicht kopflos vor neuen Dingen davonzustürmen. Denn für absolvierte Schrecknisse gab es ein Leckerli. Ausschließen konnte man Unfälle nicht. Sandro war eines der gelassensten Pferde, das nie durchgegangen war. Sie fragte sich, warum das gemütliche Anfängerpony auf einmal so in Panik geriet. Ihr eigenes Pony, Hanna, stand neben ihr, sie war beim Dröhnen des Hubschraubers erschrocken um sie herum getänzelt, doch hatte sie sich keinen Meter von seiner Besitzerin entfernt. Sandro entdeckte sie nicht mehr, das Pferd war in Richtung Küste zurückgelaufen. Sie hoffte, dass er sicher angekommen war. Lara sah auf die Uhr. In einer Stunde würde das Wasser auflaufen, die Zeit, um zurück durch das Watt ans Festland zu reiten, war knapp. Der erste Priel lief schnell voll, den konnte sie an einer flachen Stelle queren. Sie musste die Eltern von Lily informieren und sich um den Verbleib des durchgegangenen Ponys kümmern. Am ganzen Körper zitternd, ritt sie allein auf Hanna in Richtung Sahlenburg. Es war ein Albtraum, ohne ihre Lieblingsschülerin zurückzukehren.

KAPITEL 28

Vor zwei Tagen hatte der erste Herbststurm am Reetdach gerüttelt, die hohen Eichen verloren Blätter. Nun schien der Sommer Ende September zurückgekehrt zu sein. Kaum ein Lüftchen hatte den ganzen Tag geweht, und selbst jetzt am frühen Abend war es heiß. Sie waren auf das Segelboot von Harry Rickmer in die Marina von Cuxhaven eingeladen. Gemeinsam mit André suchte sie den Liegeplatz am Wasser. Am Ende der Kaianlage entdeckte Lara das Boot aus dunklem Holz, auf dem in Blau der Name »Rungholt« geschrieben stand. An Bord hing ein Sonnensegel über einem Tisch mit vier gemütlichen Stühlen hinter der Kajüte. Lara rief nach dem Notar, der seinen Kopf aus der Kabine streckte, dann trat er an den Rand des Schiffs und reichte ihr die Hand, damit sie leichter an Bord kam. André sprang sportlich vom Steg an Deck.

Harry Rickmer verschwand wieder nach unten und erschien mit einer grauhaarigen schlanken Frau, die wie er weiße Hosen und ein blau gestreiftes T-Shirt trug. Sie standen unschlüssig neben dem Tisch. Er zog für Lara höflich einen Sessel nach hinten und bot André den Platz gegenüber an. Dann deutete er auf die Dame, die ein Tablett mit Schüsseln trug. »Das ist Ruth, meine bessere Hälfte.« Sie reichte ihnen die Hände und stellte Oliven, Nüsse und geschnittenes Gemüse auf den Tisch. Das würde ein gesundes Dinner werden, aber sie waren ja nicht zum Essen da.

Als sie alle ein Glas in der Hand hielten, sagte der Notar bedächtig. »Ich hätte jetzt gerne auf die Ranch angestoßen. Aber da haben wir ein Problem.«

Er hatte das Einschreiben vor sich, das der Postbote vor ein paar Tagen gebracht hatte. Sie hatte den Erhalt quittieren müssen. Der gelbe Umschlag war an sie und André, die Leitung der Ranch *Pferde am Deich* gerichtet. Mit zitternden Fingern hatte sie das Schreiben geöffnet und sah den Betreff:

»Schadenersatz«. Nachdem sie den Text überflogen hatte, hatte sie sich setzen müssen, die Knie zitterten wie Wackelpudding. Es ging um eine Summe in Höhe von 130.000 Euro, die eine Hamburger Anwaltskanzlei im Namen von Lily Schmidt geltend machte. Sie war mit dem Brief in den Stall zu André gelaufen, der ein Pferd in Freiarbeit trainierte.

»Kannst du bitte dringend in mein Büro kommen«, bat sie ihn. Kurz danach kam er an den Schreibtisch getreten und legte liebevoll seine Hand auf ihre Schulter. Sie reichte ihm den Brief. Er las die wichtigsten Abschnitte laut. »Grob fahrlässig gehandelt. Nicht ausgebildetes Personal. Mangelnde Ausrüstung ohne Gebiss, Weglassen einer Sicherheitsweste, Auswahl einer riskanten Route.« Er stieß die Luft aus. »130.000!!!«, rief er entsetzt aus. Er setzte sich auf den zweiten Stuhl, der neben dem Schreibtisch stand. Er war weiß im Gesicht, seine Hand wedelte mit dem Schreiben.

»Ich wollte ohnehin mit dir über finanzielle Fragen sprechen. Es geht um das Pflegeheim für Maman. Ich habe meine Ersparnisse in den letzten Monaten aufgebraucht. Wir kommen über die Runden, wenn nicht gerade ein Pferd krank wird. Aber woher sollen wir so viel Geld nehmen?«

»Wir sind doch versichert – und außerdem ist nicht gesagt, dass die Klage durchkommt«, hatte Lara dagegengehalten. »Wir sind zwar als Betrieb versichert, aber leider haben wir bislang keine eigene Versicherung für dich als Reitlehrerin abgeschlossen«, bedauerte André.

Der Unfall lag zwei Wochen zurück, noch immer hatte Lara nichts über Lilys Zustand erfahren. Sie hatte sie am gleichen Tag besuchen wollen, nachdem sie die Mutter informiert hatte. Am Empfang des Krankenhauses wurde sie zurückgewiesen, da sie nicht verwandt waren. Der Notar wandte sich an sie und riss sie aus ihren Gedanken. »Wie geht es dem kleinen Mädchen?«

Lara zuckte mit den Schultern. »Ich darf sie nicht besuchen und habe keine Neuigkeiten.« Der Notar wiegte den Kopf. »Das klingt alles gar nicht gut. Es wird eine Untersuchung durch die Polizei geben.« Immer wenn Lara dachte, es könnte nicht übler kommen, folgte die nächste Hiobsbotschaft. Hatte sie sich bei ihrer Planung geirrt? War das Mädchen zu jung für diese Tour? Sie hatten doch trainiert, und Lily war eine begnadete Reiterin.

»Es gibt leider noch etwas«, meldete sich der Notar, der zuvor ihre Gläser aufgefüllt hatte. »Der Vater von dem Mädchen leitet eine der größten Hamburger Anwaltskanzleien.«

Sie sah André an, der in sein Glas starrte. Er hatte ihr keine Vorwürfe gemacht, doch sie vermutete, dass er den Wattritt für einen Fehler hielt. »Was können wir denn nur tun?«, fragte sie mit zitternder Stimme. Sie würde alles geben, um den Schaden von der Ranch abzuwenden.

»Ich kann Ihnen nur raten, einen Entschuldigungsbrief an das Mädchen und an die Eltern zu schreiben. Ansonsten müssen wir den Prozess abwarten.« Er sah betreten aus. Seine Frau reichte ihnen die Häppchenschüsseln, doch weder sie noch André hatten Appetit. Er hatte ihre Hand nicht angenommen, als sie nach seiner suchte. Er wandte sich an den Notar.

»Wenn wir die Klage verlieren und uns die Ranch gehört, müssen wir sie auflösen. Wäre es nicht besser, das Ganze jetzt zu beenden? Dann übernimmt die Stiftung und ermöglicht einem Teil der Tiere ein schönes Leben.«

Lara war entsetzt, sie konnte nach all den Monaten nicht aufgeben.

»Es muss doch einen anderen Weg geben«, protestierte sie. Der Jurist entgegnete: »Das ist Ihre gemeinsame Entscheidung. Ansonsten können wir nur warten, ob es zu einem Prozess kommt. So hohe Forderungen sind nicht realistisch.« Er knallte das Dossier auf den Tisch, sodass sein Glas umfiel und sich das Bier über seine Hose ergoss. Seine Frau war mit dem Aufwischen beschäftigt. »Das ist eine verfahrene Lage, eine Garantie kann ich leider nicht abgeben.« Sie waren schweigend nach Hause gefahren.

Sie konnte sich nicht erklären, wie es zu dem Unglück kommen konnte. Sandro war ein ruhiges Pferd, das an Ausritte gewöhnt war. Nie hatte es mit ihm einen Unfall gegeben. Nachdem er panisch aus dem Watt gelaufen war, hatte ihn eine Kutscherin einfangen können, die an diesem Tag am Strand war. Sie hatte das Pferd in ihren Stall mitgenommen, und Lara hatte ihn abgeholt, nachdem sie in einer Internetgruppe davon gelesen hatte. André hatte sich die Ereignisse berichten lassen und gefragt, ob die kleine Lily erfahren genug war, um die lange Strecke nach Neuwerk zu reiten. »Wir haben täglich trainiert, waren dauernd im Watt«, rechtfertigte sich Lara.

»Das klingt nach ordentlicher Vorbereitung«, bestätigte er. »Ich bin auch mit sieben nach Neuwerk geritten, es war einer der schönsten Tage meines Lebens mit Johanna«, erzählte sie.

Sie wünschte, er würde ihr Vorwürfe machen, sie anschreien. Doch er blieb stumm, winkte nur kurz und verschwand in seinem Backhaus.

Am nächsten Morgen dachte sie wieder an Lily. Es war die Zeit, zu der sie sonst immer ausgeritten waren. Allein hatte sie keine Lust auf einen morgendlichen Ritt. Wie mochte es ihrem Schützling gehen? Hoffentlich hatte sie sich nicht schwer verletzt!

Sie würde erneut versuchen, sie im Krankenhaus zu besuchen. Jede Nacht lag sie wach. Lara bereitete die Futterschüsseln vor und ging zu den Paddocks, André kam mit hängenden Schultern hinzu, murmelte ein »Bonjour«.

Als sie die Fütterung beendet hatten, schlug er die Augen nieder. »Es tut mir leid, Lara. Ich kann nicht abwarten, ob die große Katastrophe eintritt, ich muss das Pflegeheim für Maman bezahlen, deshalb werde ich das Angebot annehmen und die Pferde der *Magic Horse Show* trainieren.« Vor einigen Tagen hatte sich Michel bei ihnen gemeldet. Die Gruppe war so erfolgreich, dass sie ihr Programm auf zwei Teams vergrößerten – deshalb hatte er bei André angefragt, ob er zeitweise mitwirken wolle. Doch sie hatte keine Ahnung, wie sie das Arbeitspensum auf der Ranch allein bewältigen sollte.

Sie protestierte. »Du kannst doch nicht aufgeben, ohne zu kämpfen. Wir hatten so wundervolle Pläne.« Sie wollte auf einen Teil ihres eigenen Gehalts verzichten, damit er eine Reserve für die Heimgebühren seiner Mutter hatte.

Er sah sie mit glanzlosen Augen an. »Das ist ehrenwert, aber du wirst dir kein Gehalt mehr bezahlen können. Eine solche Summe können wir nicht aufbringen.« Er tupfte ihr zwei formelle französische Küsse rechts und links auf die Wange. Lara stand einen Moment vor der Sattelkammer, bevor sie zu ihrem Pony Hanna ging. Sie atmete tief den Pferdegeruch ein und streichelte ihrer Stute die Ohren. Diese kaute genüsslich.

Von der anderen Seite des Zauns bekam sie einen sanften Stupser am Rücken und sah die beiden Esel, die sich an sie herandrängten, fast als wollten sie sie trösten. Lara ging auf den Nachbarpaddock und kuschelte sich an die Tiere, während sie fieberhaft überlegte. Eine Chance hatten sie, sie mussten Zeugen finden, die am Tag des Unfalls etwas gesehen hatten. Das war ihr nachts eingefallen. Sie musste den Grund für das Verhalten von Sandro herausfinden. Ein Wespenstich wäre möglich, doch im Watt unwahrscheinlich.

KAPITEL 29

André blickte so finster wie am Anfang und sprach kaum. Schon früh hatte er die Pferde gefüttert. »Alles fertig«, teilte er Lara mit, die um 8 Uhr vor der Futterkammer stand. Als er vorüberging, sah sie, dass seine Reithose an den Beinen schlotterte. Er hatte abgenommen. Am Samstag würde er bei der *Magic Horse Show* anfangen und am Freitag fahren. Bis dahin blieben zwei Tage, dieser Abschied war für sie unerträglich. »Danke, können wir reden?«, bat sie.

Doch er winkte ab: »Tut mir leid, Lara, das schaffe ich heute nicht. Es ist eben vorbei.« Er sah sie nicht an und ging zum Reitplatz. Er spulte sein Programm weiter ab, selbst kurz vor dem Ende. Lara stand im Stall wie bestellt und nicht abgeholt. Da hatte sie Zeit, etwas Büroarbeit zu erledigen.

An Johannas Schreibtisch nahm sie das Bild ihrer Großmutter in die Hand. »Sag mir doch, was ich machen soll. Jetzt weiß ich nicht weiter!«

Das Bild blieb stumm. Leider würden sie Johannas letzten Wunsch nicht verwirklichen können, der Notar hatte bereits einen Termin mit der Stiftung vereinbart. Lara hatte alles versucht, um die Katastrophe abzuwenden. Weder der Brief an Lily noch der an ihre Eltern war beantwortet worden. Sie war am Tag zuvor am Sahlenburger Strand gewesen, hatte die Betreiber von Cafés, die Menschen in den Strandbuden und sogar Gäste befragt, doch entweder waren die Betreffenden am Unfalltag nicht da oder sie hatten nichts mitbekommen. Sie hatte die Kutscher der Wattwagen durchtelefoniert und Reiterhöfe kontaktiert. Einige von ihnen hatten das durchgehende Pferd gesehen. Aber es gab keinerlei Hinweise auf die Ursache für die Geschehnisse. Die Untersuchung der Polizei hatte nichts ergeben. Der Fakt, dass Lara keine Ausbildung als Rittführer hatte, lieferte dem Kläger ein Argument gegen sie. Es war zum Verzweifeln. Zudem hatte Lilys Vater behauptet, dass die Eltern weder informiert waren noch ihre Erlaubnis gegeben hatten. Leider hatte sie von Lily nichts Schriftliches bekommen.

Uli und Else waren am Nachmittag zu Besuch gekommen, hatten versucht, sie aufzuheitern. Beide boten ihr an, dass sie bei der Übernahme der Ranch durch die Stiftung bei ihnen wohnen konnte. Doch soweit war Lara nicht. Es schien ihr unfassbar, dass alles zu Ende war, nachdem sie ihren Weg gefunden hatten. Das Klingeln an der Tür ließ sie zusammenzucken. Es war der Briefträger mit einem Umschlag in der Hand. Misstrauisch betrachtete sie das Kuvert. Sie erschrak, als sie den Absender sah. »Klinikum Cuxhaven«.

Lily. Sie kämpfte vielleicht um ihr Leben. Lara hatte Angst, den Umschlag zu öffnen. Sie schmiss ihn auf den Tisch und ging in den Stall zu den Pferden. Sie würde einen letzten Ausritt auf ihrer Hanna machen. Sie sattelte das Pony und ritt die Strecke zum Deich, die sie so oft mit ihrer kleinen Freundin zurückgelegt hatte. Sie konnte die Tränen nicht zurückhalten, da sie dauernd an das Mädchen dachte. Hoffentlich behielt sie keine bleibenden Schäden zurück, unvorstellbar, wenn sie wegen einer unbedachten Tour im Rollstuhl saß. Sie sah kaum etwas und drehte nach einer kurzen Runde um. Nachdem sie Hanna zurückgebracht hatte, riss sie kurz entschlossen den Umschlag auf. Eine handschriftlich beschriebene Seite kam zum Vorschein.

Liebe Lara,
bitte komme mich bald im Krankenhaus besuchen.
Sandro fehlt mir und du erst recht. Es tut mir leid,
dass ich alles falsch gemacht habe. Du bist böse auf
mich, oder? Sonst wärst du schon längst zu Besuch
gekommen. Ich habe probiert, auf dem Pferd zu
bleiben. Ich habe mich an der Mähne von Sandro
festgekrallt, als er schnell gerannt ist. Ich weiß, das
war nicht das, was du uns beigebracht hast.
Der blöde Junge mit der Drohne hat gelacht, als
Sandro sich erschrocken hat, und ich war durch-
einander, weil alles so schnell ging.
Ich möchte bald wieder reiten. Der Rücken tut
weh, aber das ist nur geprellt. Die Kopfschmerzen
sind weg, mein Arm ist zwar gebrochen. Die Ärzte
sagen, dass er bald wieder heil ist. Dann kann ich
endlich die Zügel halten. Am Anfang habe ich nur
schlecht Luft bekommen, an der Wirbelsäule ist
zum Glück nichts gebrochen. Ich soll wegen der
Gehirnerschütterung bleiben, mein Kopf tut schon
lange nicht mehr weh. Manchmal ist es lustig auf
der Kinderstation, aber ich wäre so gerne draußen
auf der Ranch.
Ich habe Sandro und dich doll lieb,
deine Lily

Lara musste sich setzen, dann sprang sie auf und rannte über den Hof, rief nach André. Doch sie fand ihn nicht.

Sie würde schnellstmöglich ihre Schülerin besuchen, sie war so unendlich erleichtert über deren Nachricht. Lily hatte sich zwar verletzt, doch es schienen keine lebensgefährlichen Schäden zu sein, und der Brief klang fröhlich.

Da Andrés Auto nicht zu sehen war, lief sie zu Else und erzählte ihr von dem Brief. »Kindchen, ich bete für euch.« Sie ging in den Flur und holte den Schlüssel für den Käfer. Lara sprang hinein und trat das Gaspedal des Oldtimers durch, als sie zum Krankenhaus fuhr. Lily hatte ihr die Zimmernummer auf der Kinderstation geschrieben, sodass sie nicht am Empfang fragen musste. Das Bett war leer, sie fand die Kleine in einer Spieleecke, wo sie mit einem blonden Jungen *Memory* spielte. Auf den Spielkarten waren Gipsbeine, Gipsarme, Kopfverbände, Rollstühle oder Gehhilfen abgebildet. Die Ärzte hatten schon manchmal einen merkwürdigen Humor. Lily sprang auf, schrie ihren Namen und umschlang sie mit ihrem gesunden Arm.

»Bist du sauer?«, fragte sie dann vorsichtig.

Lara schüttelte den Kopf. »Ich war nie sauer. Ich wusste nicht, auf welcher Station du bist. Am Anfang darf nur die Familie hinein.«

Lily nickte wissend. »Ja, mein Papa ist streng, er hat mit mir geschimpft. Und er hatte Angst, dass ich im Rollstuhl sitzen muss. Aber dann war es nicht so schlimm.«

Lara deutete auf den Gipsarm, der mit vielen Namen beschrieben war. »Tut es weh?«

Lily schüttelte den Kopf. »Neee, ich will den behalten.« Sie zeigte mit der rechten Hand auf einen Namen. »Guck mal, das ist mein Verliebter.« Dann kicherte sie.

In dem Moment ertönte eine schneidende Stimme. »Sie haben kein Recht, ohne unsere Zustimmung unsere Tochter zu belästigen.« Ein großgewachsener Mann mit dunklem Anzug, der teuer aussah, stand vor ihnen. Lily runzelte die Stirn, drehte sich zu Lara.

»Das ist Papa. Der macht nur Lärm, er beißt nicht.« Dann stellte sie sich vor den Mann. »Papa, das ist meine Lara. Ich habe ihr einen Brief geschrieben, damit sie nicht böse auf mich ist.«

Er strich seiner Tochter über den Kopf, sein Blick wurde weich, als er auf ihr ruhte. »Du kannst böse sein, dass du dir so wehgetan hast.« Lara wollte schnellstmöglich das Krankenhaus verlassen, aber Lily löste sich von ihrem Vater und umarmte Lara. »Nein, bitte geh nicht. Du fehlst mir.«

Sie wandte sich ihrem Vater zu: »Papa, sie kann doch nichts dafür, dass der Junge Sandro mit einer Drohne erschreckt hat.« Lara fiel das schwarze Objekt ein, das sie am Tag des Unfalls gesehen hatte. Bei all der Aufregung hat sie daran nicht mehr gedacht.

»Eine Drohne? Woher kam die denn?«, wollte Lilys Papa wissen.

»Die hat Sandro am Popo berührt. Der Junge hat ganz blöd gelacht.« Der Vater wandte sich an Lara. »Stimmt das? Warum haben Sie das nicht gleich gesagt. Somit sind Sie nicht der Verursacher des Unfalls!«

»Ich hatte keine Gelegenheit, mich zu äußern«, wandte Lara ein. Die Eltern hatte nie auf ihre Nachrichten geantwortet, stattdessen kam gleich die Forderung gegen sie.

Die Kleine hatte Lara losgelassen und sich auf einen der Kinderstühle gesetzt. »Sie kann nichts dafür. Das sage ich die ganze Zeit, Papa«, tadelte sie ihren Vater.

»Wann gehen wir denn wieder reiten? Papa, ich darf doch?«, rief Lily.

Lara lächelte über ihren Schützling, der sie an ihre eigene Kindheit erinnerte. Sie war häufig gestürzt und hatte immer nur ein Ziel: möglichst schnell wieder reiten. »Werde erst einmal gesund.« Dann nahm sie ihren Mut zusammen und wandte sich an den Anwalt. »Die Ranch wird es nicht mehr geben, wir schließen. Eine Forderung in dieser Höhe können wir nicht aufbringen.«

»Was wird mit Sandro?«, schrie Lily und ging auf ihren Vater zu, zog ihn an seiner Anzugjacke. »Papa, was soll das? Kannst du Lara und der Ranch nicht helfen?«

Der Anwalt murmelte etwas und tippte auf seinem Mobiltelefon herum. Ihn schien das Ganze nicht weiter zu interessieren. Lara wollte gehen, aber Lily malte mit ihrer gesunden Hand ein Bild für sie und bat, dass sie auf das Kunstwerk wartete. »Für dich.« Strahlend überreichte sie eine Seite, die zwei ein wenig aus der Form geratene Pferde mit Reiterinnen vor einer Insel zeigten. »Wir beide auf Neuwerk. Das wünsche ich mir.« Lara bedankte sich und verabschiedete sich von Lily, winkte deren Vater kurz zum Gruß. Der sah endlich von seinem Telefon auf und rief: »Moment mal. Gehen Sie nicht.« Doch sie hatte keine Lust, mit diesem Menschen irgendetwas zu besprechen. Sie hörte, wie ihr eilige Schritte folgten.

»Bleiben Sie doch mal stehen!«, rief er keuchend. Er holte sie an der Stationstür ein, stellte sich ihr in den Weg und sah auf seine Schuhspitzen. »Es tut mir aufrichtig leid, Frau Kolberg, Sie durch das Schreiben beunruhigt zu haben. Ich habe Anweisung an mein Büro gegeben, die Forderung zurückzuziehen.«

Lara konnte kaum glauben, was sie gehört hatte. Nachdem sie wochenlang mit Schriften bombardiert wurden und Gerichtstermine angesetzt waren, reichte ein Anruf, und alles war wieder gut?

»Stimmt das? Können Sie mir das schriftlich bestätigen?« Er nickte und tippte auf seinem Telefon herum. Kurze Zeit später hatte sie die Rücknahme per Mail auf ihrem Mobiltelefon erhalten. Sie schüttelte ihm erleichtert die Hand. Sie waren gerettet, sie rannte zu ihrem Wagen, sie musste dringend André die Neuigkeit mitteilen.

KAPITEL 30

Lara steuerte den Käfer auf die Straße hinter dem Deich, auf der Geraden drückte sie das Gaspedal durch, jedes Teil an dem Wagen klapperte, aber es hielt. All der Stress der letzten Wochen war von ihr abgefallen, sie war voller Freude und konnte es nicht erwarten, die Neuigkeit mit André zu teilen. Mit quietschenden Reifen raste sie in die Einfahrt, ließ den Wagen im Hof stehen und rannte in Richtung der Wirtschaftsgebäude, wo sie ihn vermutete. Sie traf nur den Mitarbeiter, der nicht wusste, wo André war. Sie fand ihn weder im Stall noch auf dem Reitplatz, sein Backhaus war offen und wirkte leer, der Schlüssel steckte außen an der Tür. Sie wollte ihm die Neuigkeit persönlich überbringen, doch da er nirgends zu sehen war, musste sie ihn anrufen. Sie nahm ihr Mobiltelefon, da sah sie eine Nachricht von ihm.

»Liebe Lara, ich nehme den nächsten Zug. Es tut mir leid. Ich hätte so gerne diese Ranch mit dir weitergeführt, doch ich trage die Verantwortung für meine Mutter. Das Risiko, bald ohne die nötigen Mittel für das Pflegeheim dazustehen, ist zu hoch. Ich muss daher das Angebot der *Magic Horse Show* annehmen, um den Pflegeplatz weiter finanzieren zu können. Bitte hab Verständnis, ich verdanke Maman viel, sie hat immer alles für ihren einzigen Sohn getan, das ist das Mindeste, was ich ihr zurückgeben kann. Bitte versuche nicht, mich umzustimmen, und suche nicht nach mir. Ich ertrage keine Abschiedsszenen. So long, Cowgirl, dein André.«

Lara versuchte, ihn anzurufen, doch er antwortete nicht. Er meldete sich nicht auf ihre Rückrufbitte. Er durfte nicht abreisen, sie musste das verhindern. Sie rannte zu Elses Käfer, doch der gab nur ein leises Tuckern von sich, das immer schwächer wurde. Es gab nur einen Pferdetransporter, für den sie keinen Führerschein hatte. Kurz entschlossen rannte sie zu Hannas Paddock, ihre Stute kam an den Zaun und folgte ihr freudig. Sie sattelte sie, dann trabte sie zum Deich und galoppierte in Richtung Bahnhof. Zum Glück war sie den Weg als Kind Tausende Male mit dem Fahrrad gefahren, sie kannte Abkürzungen hinter den Hauptstraßen. Sie hatte die Hälfte der Strecke geschafft, doch ihre Stute wirkte erschöpft.

Da Hanna schwitzte und schnaufte, stieg sie dort einen Moment ab und tränkte das Pferd am Friedhof. Den nächsten Kilometer rannte sie neben ihr her. Sie sah auf die Uhr, es blieb eine Viertelstunde bis zur Abfahrt des Zuges. Sie stieg wieder auf und lief weiter im Trab auf den Bahnhof zu. Hanna hatte sich nach der Pause deutlich erholt und trabte flott am Straßenrand entlang. Mit der Baustelle kurz vor dem Ziel hatte sie nicht gerechnet, sie musste einen Umweg reiten und kam am Bahnhof an, als sie einen lang gezogenen Pfiff hörte. Die Türen waren zu, der Zug setzte sich in Bewegung. Ihr war zum Heulen zumute.

Diese ganze Anstrengung sollte umsonst gewesen sein? Nein, entschied Lara. Da die Züge eine Langsamfahrstrecke bis zum nächsten Halt passierten, konnte sie ihn einholen. Wieder trabte sie neben den Gleisen los.

Die Bahn hielt an einer Weiche an, und sie kamen am letzten Wagen an, schlossen zur Lokomotive auf. Wo saß er bloß? Endlich entdeckte sie seine dunklen Locken im zweiten Wagen hinter der Lok. Er saß mit gesenktem Kopf und sah nicht nach draußen. Sie pfiff, fuchtelte mit den Armen, doch er bemerkte sie nicht. Einige Passagiere sahen zu ihr hinüber und winkten. Sie deutete auf ihren Cowboy, der sie nicht entdeckt hatte. Wenn er doch zu ihr sehen würde! Endlich machten ihn zwei junge Mädchen im Abteil auf sie aufmerksam. Mit großen Augen sah er aus dem Fenster. Sie bedeutete ihm, auszusteigen, doch die Signale schalteten auf Grün, und der Zug beschleunigte. Sie hatte gehofft, dass er die Notbremse ziehen würde. Sie versuchte, Schritt zu halten. Hanna galoppierte mit großen Sprüngen, doch der Boden wurde uneben, sie mussten ihre Geschwindigkeit drosseln, er fuhr davon. Sie fühlte sich kraftlos und mutlos, als sie den hintersten Wagen immer kleiner werden sah. André war nicht mehr zu sehen, sie hatte ihn verloren.

Am besten wäre, wenn sie umdrehen würden. Sie versuchte, die Richtung zu ändern. Doch Hanna folgte ihrem Kommando nicht, sie bewegte sich weiter in einem langsamen und gleichmäßigen Trab hinter dem Zug her. Sie ließ ihr Pferd laufen. Sie könnten bis zur nächsten Station Wremen reiten und dort eine lange Pause einlegen. Hanna schnaubte und schwitzte, ihr Fell war von Schweiß durchnässt und von einer Staubschicht überzogen. Lara war erschöpft und verzweifelt, ihre Tränen tropften auf Hannas Mähne, sie umschlang den Pferdehals von oben und atmete den Duft.

Was hatte sie gekämpft in den letzten Monaten, manchmal kam es ihr vor, als wären Jahre seit ihrer Rückkehr aus Berlin vergangen. So viel hatte sie gelernt und verstanden – und sie hatte endlich Frieden mit ihrer Großmutter geschlossen. Jetzt sollte sie die Ranch nach all dem verlieren? Gerade lag die Rettung so nah, ohne André machte alles keinen Sinn. Sie liefen im Schritt in Richtung Bahnhof, der Zug war schon lange abgefahren. Der gepflegte Rasen vor dem Gebäude lag im Schatten, dort konnte Hanna zumindest ausruhen, sie würde ihr etwas Wasser hinstellen.

Sie lieh sich einen Eimer in der nahegelegenen Bäckerei, Hanna trank gierig das komplette Gefäß leer, dann zupfte sie weiter Grashalme. Lara setzte sich und lehnte sich mit dem Rücken gegen das Gebäude. Sie musste vor Erschöpfung eingeschlafen sein, als ein Schatten auf ihr Gesicht fiel. »Lara, suchst du jemanden?« Sie öffnete die Augen, er stand lächelnd vor ihr, sein Koffer neben ihm.

»André!« Ihr Herz klopfte im Stakkato wie zum Zerspringen. »Hast du meine Nachricht gelesen?«, fragte sie ihn gespannt.

Er nickte. »Das ist die beste Neuigkeit, seit du zurückgekehrt bist. Ist das sicher?«, wollte er wissen. Sie zeigte ihm die offizielle Bestätigung auf ihrem Telefon, die er durchlas. Lilys Vater hatte ihr geschrieben, dass er bei der Polizei eine Anzeige gegen den Besitzer der Drohne gemacht hatte. Er zog sie nach oben, an sich und nahm sie in seine Arme. Er wischte ihr den Dreck von den Wangen.

»Oha, ein echtes Cowgirl«, dann näherte er sich ihrem Gesicht und berührte ihre Lippen mit einer Sanftheit, die sie dem oft ruppigen Mann gar nicht zugetraut hatte. Sie schloss ihre Augen, schmiegte sich in seine Arme und ließ sich fallen. Obwohl er nur sanft ihre Lippen mit seinen berührte, löste dieser Kuss eine Lawine von Gefühlen aus. Es waren nicht nur Schmetterlinge in ihrem Bauch, eher ein ganzes Kraftwerk, ihr Herz schlug wie ein Presslufthammer. Und gleichzeitig meldete sich in ihrem Kopf

diese Stimme, die sie aufforderte: »Frag ihn endlich. Jetzt!«
Und diese gewann die Oberhand.

Sie machte sich los und sah ihn an.

»Kommst du mit mir zurück?« Er nickte und küsste
sie weiter, bis Hanna sie sanft mit ihrer Nase anstupste.
Beide legten ihre Arme um den Hals des Ponys und hielten in ihrer Umarmung zu dritt inne.

ENDE

Alle Bücher von Susanne Ziegert:

Kommissarin Friederike von Menkendorf ermittelt:

1. Fall: Störtebekers Erben
ISBN 978-3-8392-2266-9

2. Fall: Tod im Leuchtturm
ISBN 978-3-8392-2596-7

3. Fall: Tod vor Helgoland
ISBN 978-3-8392-0202-9

4. Fall: Küstendorf
ISBN 978-3-8392-0368-2

5. Fall: Verrat auf Helgoland
ISBN 978-3-8392-0738-3

weitere:

Der kleine Pferdehof am Deich
ISBN 978-3-8392-0573-0

GMEINER SPANNUNG

WWW.GMEINER-VERLAG.DE
Wir machen's spannend